도산십이곡

일러두기

1. 본서에 쓰인 시경, 서경, 주역, 논어, 예기의 원문과 해설은 1984년 한국교육출판공사에서 간행된 책을 표준으로 하여 인용하되, 일부 잘못 표기된 원문과 해석은 다시 수정 번역하여 수록하였다.
2. 본서에 쓰인 황제내경소문의 내용은 1998년 여강출판사에서 간행한 『편주역해 황제내경소문』의 역해를 발췌하였다.
3. 본문 중간에 나오는 시경의 시구 옆에는 각주를 달아 놓고 시의 전문을 바로 다음 장에 수록하여 해당 시문을 쉽게 읽어볼 수 있도록 구성하였다.

시의 참의를 찾아서

도산십이곡

혼천의. 천체의 운행과 그 위치를 측도하기 위하여 사용하던 기구이다. 구면(球面)에
는 성좌의 위치가 그려져 있다.

머리말

　퇴계 선생은 제자들을 가르치실 때 싫증내거나 게을리하지 않으셨고 어떤 때에는 마치 친구 같이 대하곤 하셨다. 젊은 선비들이 가르침을 얻고자 먼 곳에서 찾아오면 학식이 얕고 깊고를 차별두지 않고 그들의 수준에 알맞게 성의를 다해 질문에 답을 해 주었다. 퇴계 언행록에는 "선생님의 말씀을 들으면 마치 오래 묵은 때를 씻어내듯, 또는 취몽(醉夢)에서 깨어나는 것 같다. 어떤 사람이 '옛 사람의 말에 구름과 안개가 개고 푸른 하늘을 보며, 형극(가시밭길)을 베어 바른 길을 간다'고 했는데 과연 그러하다(권호문)"*라는 구절이 있을 만큼 아랫 사람을 대할 때에는 한없이 자애로운 마음으로 감싸주시며 공부하는 방도를 상세하게 일러주신 성리학의 대스승이었다. 후학들의 학문하는 고충을 깊이 헤아린 선생은 경전의 한 구절을 언급할 때에도 오랜 시간 몸소 체득해 온 과정 속의 시행착오와 성과 등을 세세하게 설명하며 듣는 이로 하여금 저절로 마음속에 감화가 일도록 하신 위대한 조언자였다.

　조선에는 이미 퇴계 선생의 명망이 높았는데 이는 왜에도 마찬가지였다. 왜는 1592년(선조 25) 임진왜란을 일으켜 영남 지역을 장악하였다. 특히 안동의 도산서원에 침입해 선생이 평소 읽던 서적과 저술한 책자 들을 찾아내 가져갔다. 퇴계 선생의 오랜 친구였던 농암 이현보 선생의 손

---

* 장기근 역, 퇴계집, 홍신문화사, p.369

자인 호승(顯承) 선대 어른은 다른 모든 것은 빼앗겨도 선생의 혼은 빼앗기면 안 된다 하여 왜군의 변복으로 갈아입고 왜군들과 같이 도산서원 경내로 들어갔다. 왜군들이 선생의 중요 서적들을 챙기느라 혼란한 틈을 타, 선대 어른은 퇴계 선생의 신위(神位)를 모시고 도산서원을 빠져나와 근처 청량산으로 피신하였다. 인적이 없는 곳에 신위를 정중히 모셔두며 난이 잠잠해질 때를 기다렸다가 도산서원에 다시 신위를 봉환하였다. 이에 진성 이씨 문중에서는 그 의로운 공로를 높이 여겨 도산서원 주변의 일부 토지를 하사하였다. 환암공파 문중에서 위토를 13대째 경작하며 해마다 선대 어른의 제사를 공경하여 모셔왔다.

임진왜란 이후 퇴계학이 왜에 전해지고 막부는 이를 관학으로 받아들여 영주의 자제에서부터 하급 무사의 자제들에 이르기까지 교육시켜 인재를 양성하였으며, 메이지유신 전까지 일본의 주자학자들은 퇴계를 마음속으로 깊이 흠모하며 학문하였다.

퇴계 선생의 공부법을 살펴보니 선생은 항시 공자의 도를 흠모하여 논어를 마음속으로 깊이 새겼는데 나 역시 퇴계 선생을 사숙하여 논어를 가까이 하여 읽은 바 오랜 시간이 흐른 뒤 마침내 시경의 참뜻을 헤아릴 수 있게 되었다. 경전을 공부하던 도중에 퇴계 선생의 도산십이곡을 읽고나서 열두 수에 담긴 참의를 헤아리고자 깊이 사색한 끝에 약간의 결실을 맺게 된 것이다.

논어에 공자가 아들 백어에게 건넨 말이 있다.

"주남과 소남의 참뜻을 알아냈느냐?"

이 말이 어찌 가벼이 자신의 아들에게만 얘기하려 한 것이겠으며, 학문하려는 자라면 모두에게 이 말이 통용되는 것 아니겠는가. 오늘날의 후학자도 성인들의 말씀을 가벼이 여기지 말아 진중하게 생각하여 진정한 학문의 길로 나아가면 세상에 두루 막힘이 없이 사유의 폭이 넓어지고 남의 기만이나 술책에 속지 않아 자신의 입지를 다질 수 있을 것이다.

　퇴계 이황 선생이 선조 임금에게 올린 상소문의 한 구절을 들어 글을 끝맺고자 한다.

　　孔子曰. 學而不思則罔, 思而不學則殆.
　　學也者, 習其事而眞踐履之謂也.
　　蓋聖門之學, 不求諸心, 則昏而無得故, 必思以通其微, 不習其事, 則危而不安故, 必學以踐其實.
　　思與學, 交相發而互相益也.

　　"공자는 배우기만 하고 생각하지 않으면 어두워지고 생각만 하면서 배우지 아니하면 위태로워진다고 하였습니다. 배운다고 하는 것은 어떤 일들을 잘 습득하여 진실 되게 실천하는 것을 말하는 것입니다. 대체로 성인이 되기 위하여 하는 공부는 마음에서 구하지 않으면 어두워져서 아무런 실을 거두지 못하는 것이기 때문에 반드시 깊이 생각하여야 아주 미묘한 것에까지 통달하여지는 것이고 어떤 일들을 충실히 습득하지 않으면 위태로워져서 안정되지 못하는 것이기 때문에 반드시 그 일들을 잘 배워서 충실하게 처리하여야 하는 것입니다. 그리하여 깊이 생각하고 충실하게 배운다는 것은 상호 계발되게 되어 서로가 유익한 것이 되게 하는 것입니다."*

---

* 이퇴계(李退溪), 「진성학십도차 병도(進聖學十圖箚 幷圖)」, 『성학십도(聖學十圖)』, 조남국(趙南國) 옮김(서울: 교육과학사, 1986년), pp.23~24.

차례

2부 도산십이곡 후육곡(後六曲) 153

● 내용 구성 도표 ●

도산십이곡

전육곡
1연 — 주역 계사상전1 — 황제내경소문 생기통천론편(生氣通天論篇) — 예기 공자한거(孔子閒居)
2연 — 주역 계사상전2 — 황제내경소문 삼부구후론편(三部九候論篇) — 예기 방기(坊記)
3연 — 주역 계사상전3 — 황제내경소문 음양리합론편(陰陽離合論篇)
4연 — 주역 계사상전4 — 황제내경소문 상고천진론편(上古天眞論篇) — 주역 계사하전(繫辭下傳)
5연 — 주역 계사상전5 — 황제내경소문 육절장상론편(六節臟象論篇) — 중용 도론(道論)
6연 — 주역 계사상전6 — 황제내경소문 육절장상론편(六節臟象論篇) — 중용 도론(道論)

후육곡
1연 — 예기 학기(學記)
2연 — 예기 표기(表記)
3연 — 예기 치의(緇衣)
4연 — 예기 악기(樂記)
5연 — 예기 예운(禮運)
6연 — 예기 경해(經解)

서문(序文)

子謂伯魚曰 "女爲周南 召南矣乎아 人而不爲周南召南이면 其猶正牆面而立也與인저"

공자께서 그의 아들 백어에게 말씀하셨다.
"너는 시경(詩經)의 주남과 소남의 참뜻을 알아냈느냐? 사람으로서 주남과 소남의 참뜻을 알지 못하면 마치 담장을 마주보고 서 있어서 더 나아가지 못함과 같으니라."

—논어(論語) 양화편(陽貨篇)—

子曰 法語*之言은 能無從乎아 改之爲貴니라 巽與之言은 能無說乎아 繹之爲貴니라 說而不繹하며 從而不改면 吾未如之何也已矣니라

공자께서 말씀하셨다. "바른 말을 따르지 않을 수 있겠느냐? 그러나 그 말을 따라 잘못을 고치는 것이 더욱 귀중하다. 조용히 타이르는 말이 듣기에 즐겁지 않겠느냐? 그러나 그 말의 참뜻을 찾아내는 것이 더욱 귀중하다. 즐거워만 하고 뜻을 찾지 않고, 따르기만 하고 고치지 않는다면 나로서도 어찌할 도리가 없느니라."

—논어(論語) 자한편(子罕篇)—

---

* 法語(법어) : 시경

帝曰 : 夔여! 命汝典樂하노니, 敎胄子하되 直而溫하며 寬而栗하며 剛
而無虐하며 簡而無傲케 하라. 詩言志요 歌永言이라. 聲依永이오 律和聲
이라. 八音克諧하야 無相奪倫이면 神人以和하리라

순제(舜帝)께서 또 말씀하셨다.

"기*여! 그대를 전악에 임명하오. 태자나 경대부(卿大夫)들의 맏아들을
가르치어, 곧되 온화하며, 너그럽되 위엄 있으며, 강하되 포학(暴虐)하지
않으며, 단순하되 오만하지 않게 해주시오. 시는 뜻을 읊은 것이요, 노래
는 말을 길게 늘인 것이오. 소리는 가락을 따라야 되고 음률은 소리가 조
화되어야 하오. 팔음(八音)을 조화시키어 서로 질서를 잃지 않게 하면 신
(神)과 사람들이 화해케 될 것이오."

—서경(書經) 우서(虞書)편—

---

* 기(夔) : 순제 때의 전악(典樂) 관직에 종사하였던 사람의 명(名).

1부

도산십이곡 전육곡(前六曲)

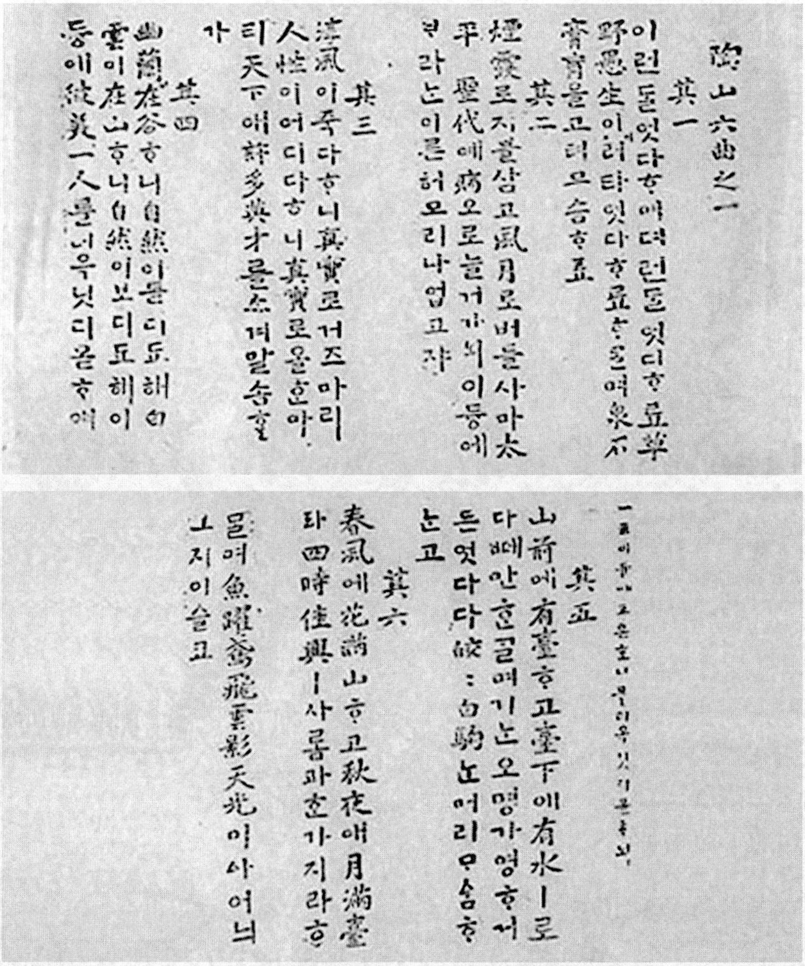

퇴계 선생 친필시. 도산육곡지일(陶山六曲之一)

其一

원문

이런들 엇더ᄒ며 뎌런들 엇더ᄒ료.

초야우생(草野愚生)이 이러타 엇더ᄒ료.

ᄒ믈며 천석고황(泉石膏肓)*을 고텨 므슴ᄒ료.

현대어

이런들 어떠하며 저런들 어떠하리오

초야우생(草野愚生)이 이렇다 어떠하리오.

하물며 천석고황(泉石膏肓)을 고쳐 무엇하리오.

---

* 절대 고칠 수 없는 불치의 병. 도는 영원불변함을 비유함.

주역(周易)
—— 계사상전 일(繫辭上傳 一)

원문

天尊地卑 乾坤定矣 卑高以陳 貴賤位矣 動靜有常 剛柔斷矣 方以類聚
物以群分 吉凶生矣 在天成象 在地成形 變化見矣

是故剛柔相摩 八卦相盪 鼓之以雷霆 潤之以風雨 日月運行一寒一暑 乾
道成男 坤道成女 乾知大始 坤作成物

乾以易知 坤以簡能 易則易知 簡則易從 易知則有親 易從則有功 有親
則可久 有功則可大 可久則賢人之德 可大則賢人之業 易簡而天下之理得
矣 天下之理得 而成位乎其中矣

역해

하늘은 높고 땅은 낮아 건괘(乾卦)와 곤괘(坤卦)의 구별이 정하여졌고,
낮은 것과 높은 것이 베풀어지니 귀한 것과 천한 것이 각기 자리 잡히고,
움직이는 것과 고요한 것의 법칙이 있어서 강한 것과 유사한 것이 판단
되고, 방법과 성행이 동류(同類)한 것들끼리 서로 모이고, 만물은 무리로
갈라서 공존하면서 그 상호작용의 행동에 따라 좋은 것(吉)과 나쁜 것(凶)
이 생긴다. 하늘에 있어서는 일월성신(日月星辰)으로 현상이 이루어지고,
땅에 있어서는 산천초목으로 형상을 이루어, 서로의 변전 추이(變轉推移)
로써 변화가 나타난다.

이러므로 강강(剛強)한 것과 유순한 것이 서로 마찰되고 팔괘(八卦)의

현상이 서로 이행된다. 이것을 우레와 번개로 고동(鼓動)시키고 이것을 바람과 비로 적시고 윤택하게 한다. 해와 달이 운행하니 한 계절은 춥고 한 계절은 덥다. 건(乾)의 법칙은 남(男)을 이루고 곤(坤)의 법칙은 여(女)를 이룬다. 건도(乾道)는 광대(光大)한 시초를 차지하고, 곤도(坤道)는 유형의 물건을 조성한다. 건(乾)은 쉽기 때문에 알고, 땅은 간편하기 때문에 형상을 이루어 능하다. 간이하면 알기 쉽고 간단하면 좇기 쉽다. 알기 쉬우면 친근함이 있고, 좇기 쉬우면 공덕(功德)이 있으며, 친근함이 있으면 오래 갈 수 있고, 공덕(功德)이 있으면 커질 수 있다. 오래 갈 수 있는 것은 현인 (賢人)의 덕성(德性)이요, 커질 수 있는 것은 현인(賢人)의 업적(業績)인 것이다. 쉽고 간편한 가운데 천하(天下)의 이치가 얻어지니, 마땅한 바를 얻으면 천지와 더불어 그 안에서 지위를 이룰 수 있음이다.

황제내경소문(黃帝內經素問)

—— 생기통천론편(生氣通天論篇)

원문

黃帝曰 : 夫自古通天者生之本, 本於陰陽. 天地之間, 六合之內, 其氣九州, 九竅, 五藏, 十二節, 皆通乎天氣. 其生五, 其氣三, 數犯此者, 則邪氣傷人, 此壽命之本也.

蒼天之氣淸淨, 則志意治, 順之則陽氣固. 雖有賊邪, 弗能害也. 此因時之序. 故聖人傳精神, 服天氣, 而通神明. 失之則內閉九竅, 外壅肌肉, 衛氣散解, 此謂自傷, 氣之削也.

역해

황제(黃帝)께서 말씀하시길, "대저 예로부터 하늘에 통(通)하는 것(사람이 자연自然과 긴밀緊密한 협조관계協調關係를 유지維持해 나가는 것)은 생(生)의 근본(根本)이며, (이 생生의 근본根本은 하늘과 사람의) 음양(陰陽)에 근본(根本)합니다. 천지(天地)의 사이, 육합(六合)의 안에서 그 (天)기(氣)는 (땅에 있어서의) 구주(九州)와 (사람에게 있어서의) 구규(九竅)·오장(五臟)·십이절(十二節)에 (충만해) 있으니, (이들의 기氣는) 모두 천기(天氣)에 통(通)하고 있습니다. 그 (천기天氣의 음양陰陽)으로부터 생(生)하는 것은 오(五)(행行)이며, 그 기(氣)는 (소장성쇠消長盛衰의 대소大小에 따라 부연敷衍하여) 삼(三)(삼음삼양三陰三陽)으로 되니, 이를(음양오행陰陽五行이 변화變化해 가는 규율規律을) 자주 범(犯)하는 자(者)는 사기(邪氣)가 사람을 손상시키리니, 이는(음양오행陰陽五行의 변화變化에 잘 적응조화適應調和해 나가는 것은)

수명(壽命)의 근본(根本)입니다.

　창천(蒼天)의 기(氣)가 청정(淸淨)하면 (사람의) 지의(志意)(정신精神)가 다스려지고(맑고 고요해지고), 이를 따르면 양기(陽氣)가 고밀(固密)해져서, 비록 적사(賊邪)(해로운 사기邪氣)가 있을지라도 능히 해(害)칠 수 없으니, 이는 (四)시(時)의 순서(順序)에 순종(順從)(인因)함입니다. 그러므로 성인(聖人)은 정신(精神)을 집중(集中)하여 모으고, 천기(天氣)에 복종(服從)(순응·順應)해서 신명(神明)을 통(通)하게 합니다(인기人氣와 천기天氣의 음양변화陰陽變化를 통일統一시킵니다). 이(천기天氣)를 그르치면(失) 안으로 구규(九竅)를 닫으며 밖으로 기육(肌肉)을 막히게 하여, 위기(衛氣)가 산해(散解)하나니, 이를 일러 자상(自傷)이라 하며, (이는 스스로가) 기(氣)를 초삭(诮削)시킴입니다."

이런돈엇다하세대른도잇디앗료

짜恩生이리타잇다하료은도먹엇不

짜허본
其二
디모습호료

煙霞료지엿삼교風月오叫ᄂᆞᆫ사마쏘

꼿代에應오로ᄂᆞᆫ거가쉬이듬에

라ᄂᆞᆫ이른허모리나며고자

其三
淸風이죽가하니秋實교거즈마리
人믈이어디다하니其覺로온호아
天下에허多紫才론죠게알손알

其四
幽蘭芬公하니니然이욘미묘해됴

其二

원문

연하(煙霞)로 집을 삼고 풍월(風月)로 벗을 사마,

태평성대(太平聖代)에 병(病)으로 늘거가뇌.

이 듕에 바라는 일은 허므리나 업고쟈.

현대어

연하(煙霞)에 집을 삼고 풍월(風月)로 벗을 삼아

태평성대(太平聖代)에 병으로 늙어가네

이 중에 바라는 일은 허물이나 없고자

주역(周易)

—— 계사상전 이(繫辭上傳 二)

원문

聖人設卦觀象 繫辭焉 而明吉凶 剛柔相推 而生 變化 是故吉凶者 失得
之象也 悔吝者 憂虞之 象也 變化者進退之象也 剛柔者 晝夜之象也 六爻
之動 三極之道也

是故君子所居而安者 易之序也 所樂而玩者 爻之辭也 是故 君子居則觀
其象 而玩其辭 動則觀 其變 而玩其占 是以自天祐之 吉无不利

역해

성인(聖人)이 천지만물의 법칙과 형상을 살펴 팔괘(八卦)를 베풀고 괘사
(卦辭)와 효사(爻辭)로 설명을 붙여 길(吉)하고 흉(凶)한 것을 밝히었다. 강
(剛)한 양효(陽爻)와 유(柔)한 음효(陰爻)가 서로 추이(推移)하여 변화가 생긴
다. 좋고 나쁘다고 하는 것은 얻고 잃는 것의 현상(現象)이요, 뉘우치고 부
끄러워 한다는 것은 근심하고 기뻐하는 현상(現象)이다. 변화한다는 것은
전진하고 퇴보하는 현상(現象)이요, 강(剛양)이니 유(柔음)이니 하는 것은
낮과 밤의 현상(現象)이다. 그러므로 육효(六爻)가 움직인다는 것은 천(天),
지(地), 인(人) 세 가지 도(道)의 지극한 법칙을 표현하는 것이다.

그러므로 군자(君子)가 편안하게 거처하고, 안정할 수 있는 것은 『주역
(周易)』의 위치의 질서를 알기 때문이요, 즐겨하며 완미하는 것은 길흉(吉
凶)을 계시하는 효사(爻辭)인 것이다. 그런 까닭에 군자(君子)는 편안하게

거처할 때는 괘상(卦象)의 선악과 효사(爻辭)의 길흉(吉凶)을 완미하고, 동
작할 때는 흉(凶)의 변화를 관찰하고 점(占)의 길흉(吉凶)을 완미한다. 그러
므로 하늘에서 그를 도우니 좋아서 순조롭지 않은 것이 없는 것이다.

황제내경소문(黃帝內經素問)
─── 삼부구후론편(三部九候論篇)

원문

帝曰: 願聞天地之至數, 合於人形血氣, 通決死生, 爲之奈何.

岐伯曰: 天地之至數, 始於一, 終於九焉. 一者天, 二者地, 三者人, 因而三 之, 三三者九, 以應九野. 故人有三部, 部有三候, 以決死生, 以處百病, 以調虛實, 而除邪疾.

帝曰: 何謂三部.

岐伯曰: 有下部, 有中部, 有上部, 部各有三候. 三候者, 有天有地有人也. 必指而導之, 乃以爲眞. 上部天, 兩額之動脈, 上部也, 兩頰之動脈, 上部 人, 耳前之動脈. 中部天, 手太陰也, 中部地, 手陽明也, 中部人, 手少陰 也. 下部天, 足厥陰也, 下部地, 足少陰也, 下部人, 足太陰也. 故下部之 天以候肝, 地以候腎, 人以候脾胃之氣.

帝曰: 中部之候奈何?

岐伯曰: 亦有天, 亦有地, 亦有人. 天以候肺, 地以候胸中之氣, 人以 候心.

帝曰: 三部以何候之?

岐伯曰: 亦有天, 亦有地, 亦有人. 天以候頭角之氣, 地以候口齒之氣, 人以 候耳目之氣. 三部者, 各有天, 各有地, 各有人. 三而成天, 三而成地, 三 而成人. 三而三之, 合則爲九, 九分爲九野, 九野爲九藏. 故神藏五, 形藏 四, 合爲九藏. 五藏已敗, 其色必夭, 夭必死矣.

역해

황제(黃帝)께서 말씀하시길, "천지(天地)의 지수(至數)는 인체(人體)의 혈기(血氣)에 합(合)하는지라, (이를 바탕으로) 사생(死生)을 통결(通決)하는데, 그것을 함에 있어서 어떻게 해야 하는지를 듣고 싶사옵니다.

기백(岐伯)께서 말씀하시길, "천지(天地)의 지수(至數)는 일(一)에서 시작하여 구(九)에서 끝납니다. 일(一)이라는 것은 천(天)이고, 이(二)라는 것은 지(地)이며, 삼(三)이라는 것은 인(人)입니다. 이것을(天地人 三部를) 바탕으로 해서 (각기) 셋으로 나뉘니, 삼(三)이 세 번하여 구(九)가 되어서 구야(九野)에 응(應)해 갑니다. 그러므로 사람에게도 상(上), 중(中), 하(下) 삼부(三部)가 있으며, 부(部)에 삼후(三候－天, 地, 人)가 있어서, (이들 三部九候의 맥脈을 살펴서) 사생(死生)을 결단(決斷)하고, 온갖 병(病)을 처(處－처단處斷, 진단診斷)하며, 허실(虛實)을 조절(調節)하여 사악(邪惡)한 질병(疾病)을 제거해 나갑니다."

황제께서 말씀하시길, "무엇을 일러 삼부(三部)라 하는지요?"

기백(岐伯)께서 말씀하시길, "하부(下部), 중부(中部), 상부(上部)가 있으며, 부(部)마다 각기 삼후(三候)가 있으니, 삼후(三候)라는 것에는 천(天), 지(地), 인(人)이 있습니다. (이들의 부위部位에 대해서는) 반드시 (스승님으로부터의) 가르침을 받아 인도(引導)되어야, 이에 (삼부구후맥三部九候脈의) 진(眞)을 얻을 수 있습니다. 상부(上部)에 있어서의 천(天)은 양 이마의 동맥(動脈, 함염혈頷厭穴)이고, 상부(上部)에 있어서의 지(地)는 양 협(頰, 뺨, 광대뼈)의 동맥(動脈, 대영혈大迎穴)이며, 상부(上部)에 있어서의 인(人)은 귀 앞의 동맥(動脈, 이문耳門, 화료혈和髎穴)이 있는 곳입니다. 중부(中部)에 있어서의 천(天)은 수태음폐경(手太陰肺經)이 지나는 기구(氣口, 태연太淵, 경거혈經渠穴)이고, 중부(中部)에 있어서의 지(地)는 수양명대장경맥(手陽明大腸經脈)이 지나는 곳(합곡혈合谷穴)

이며, 중부(中部)의 인(人)은 수소음심경맥(手少陰心經脈)이 지나는 곳(신문혈神門穴)입니다. 하부(下部)의 천(天)은 족궐음간경맥(足厥陰肝經脈)이 지나는 곳(오리혈五里穴, 여자女子는 태충혈太衝穴)이고, 하부(下部)의 지(地)는 족소음신경맥(足少陰腎經脈)이 지나는 곳(태계혈太谿穴)이며, 하부(下部)의 인(人)은 족태음비경맥(足太陰脾經脈)이 지나는 곳(기문혈箕門穴)입니다. 그러므로 하부(下部)의 천(天)으로는 간(肝)을 살피고, 지(地)로는 신(腎)을 살피며, 인(人)으로 비위(脾胃)의 기(氣)를 살핍니다."

황제(黃帝)께서 말씀하시길, "중부(中部)를 살핌에는 어떻게 하는지요?"

기백(岐伯)께서 말씀하시길, "역시 중부(中部)에도 천(天), 지(地), 인(人)이 있으니, 천(天)으로 폐(肺)를 살피며, 지(地)로써 흉중(胸中)의 기(氣)를 살피며, 인(人)으로 심기(心氣)를 살핍니다."

황제(黃帝)께서 말씀하시길, "상부(上部)는 무엇으로써 살피는지요?"

기백(岐伯)께서 말씀하시길, "상부(上部)에도 역시 천(天), 지(地), 인(人)이 있는지라, 천(天)으로 두각(頭角)의 기(氣)를 살피며, 지(地)로 구치(口齒)의 기(氣)를 살피고, 인(人)으로는 이목(耳目)의 기(氣)를 살핍니다. 삼부(三部)는 각기 천(天), 지(地), 인(人)이 있으니, 삼부(三部)로서 (三)천(天)을 이루고, 삼부(三部)로서 (三)지(地)를 이루며, 삼부(三部)로서 (三)인(人)을 이룹니다. 삼부(三部)로서 세 번 하니, 합(合)하면 구(九)가 되고, 아홉으로 나눔에 구야(九野)가 되며, 구야(九野)가 구장(九藏)에 응합니다. 그러므로 신장(神藏) 다섯과 형장(形藏) 넷이 합(合)하여 구장(九藏)이 됩니다. 오장(五臟)이 이미 그르쳐지면 그 안색(顏色)이 반드시 요(夭, 고암槁暗), 안색(顏色) 요(夭)하면 반드시 죽습니다."

예기(禮記)

─── 공자한거(孔子閒居)

孔子 閒居라시늘 子夏 侍터니 子夏 曰 敢問詩云 凱弟君子여 民之父母라 하니 何如라야 斯可謂民之父母矣이꼬

공자가 한가롭게 있을 때 자하(子夏)가 모시고 있었다. 자하가 말했다.
"감히 묻습니다. 시경(詩經)에 이르기를 「화락(和樂)한 군자여! 백성의 부모로다」* 하였는데 어떠한 것을 백성의 부모라고 말할 수 있습니까?"

---

* 형작(泂酌)

형작(泂酌)
길에 고인 물

泂酌彼行潦　挹彼注玆
형작피행료 읍피주자

길에 고인 물 떠다 부으면

可以餴饎　凱弟君子
가이분치 개제군자

밥이야 지을 수 있지. 미쁘신 임금님!

民之父母
민지부모

백성의 부모로다.

泂酌彼行潦　挹彼注玆
형작피행료 읍피주자

길에 고인 물 떠다 부으면

可以濯罍　凱弟君子
가이탁뢰 개제군자

술 단지야 씻을 수 있지. 미쁘신 임금님!

民之攸歸
민지유귀

백성들의 기둥이라네.

泂酌彼行潦　挹彼注玆
형작피행료 읍피주자

길에 고인 물 떠다 부으면

可以濯漑　凱弟君子
가이탁개 개제군자

술통은 씻을 수 있지. 미쁘신 임금님!

民之攸塈
민지유기

백성들의 그늘.

孔子 曰 夫民之父母乎인저 必達於禮樂之原하여 以致五至而行三無하여
以橫於天下하여 四方有敗어든 必先知之하나니 此之謂民之父母矣니라

공자가 말했다.

"백성의 부모 말이냐. 반드시 예악(禮樂)의 근본에 통달하여 오지(五至)
를 이루고, 삼무(三無)의 길을 행하여 도(道)를 천하에 널리 펴고, 사방에
어지러운 재앙의 조짐이 있으면 이를 반드시 먼저 안다. 이것을 백성의
부모라고 말한다."

子夏 曰 民之父母는 旣得而聞之矣어니와 敢問何謂五至이꼬 孔子 曰
志之所至에 詩亦至焉하며 詩之所至에 禮亦至焉하며 禮之所至에 樂亦至
焉하며 樂之所至에 哀亦至焉하여 哀樂이 相生하나니 是故로 正明目而視
之라도 不可得而見也며 傾耳而聽之라도 不可得而聞也오 志氣塞乎天地
하니 此之謂五至니라

자하가 말했다.

"백성의 부모가 된다는 뜻은 이미 들어서 알았습니다. 감히 묻습니다.
오지(五至)란 무엇입니까?"

공자가 말했다.

"뜻이 이르는 곳에 시(詩)가 이르고, 시(詩)가 이르는 곳에 예(禮)가 이르
며, 예(禮)가 이르는 곳에 악(樂)이 이르고, 악(樂)이 이르는 곳에는 또한 슬
픔이 이르러서 슬픔과 즐거움이 서로 낳는다. 그러므로 눈을 밝게 하여
도 볼 수 없으며, 귀를 기울여 들어도 들을 수는 없지만, 지기(志氣)는 천

지에 가득 찬다. 이것을 오지(五至)라 한다."

子夏 曰 五至는 旣得而聞之矣어니와 敢問何謂三無이꼬 孔子 曰 無聲
之樂과 無體之禮와 無服之喪이 此之謂三無니라 子夏 曰 三無는 旣得略
而聞之矣어니와 敢問何詩近之이꼬 孔子 曰 夙夜에 其命宥密은 無聲之樂
也오 威儀逮逮不可選也는 無體之禮也오 凡民有喪에 匍匐救之는 無服之
喪也라

자하가 말했다.

"오지(五至)는 이미 들어서 알았습니다. 감히 묻습니다. 삼무(三無)란 무
엇을 말하는 것입니까?"

공자가 말했다.

"소리 없는 악(樂)과 형체 없는 예(禮)와 복(服) 없는 상(喪), 이를 가리켜
삼무(三無)라 이른다."

"삼무(三無)는 대략 들어 알았습니다. 감히 묻습니다. 무슨 시(詩)가 이
에 가깝습니까?"

"「밤낮으로 천명을 받들어 너그럽고 고요한 정치를 힘썼네」라 함은
소리 없는 악이요, 「위의(威儀)가 성대하여 가릴 것이 없네」라 함은 형체
없는 예이며, 무릇 백성이 상을 당하면 포복(匍匐)하고 조문하여 도와줌
이 복 없는 상이니라."

子夏 曰 言則大矣美矣盛矣니 言盡於此而已乎이까 孔子 曰 何爲其然
也리오 君子之服之也 猶有五起焉하니라 子夏 曰 何如이꼬 孔子 曰 無聲
之樂은 氣志不違하고 無體之禮는 威儀遲遲하고 無服之喪은 內恕孔悲하
며 無聲之樂은 氣志旣得하고 無體之禮는 威儀翼翼이오

자하가 말했다.

"선생님의 말씀을 실로 크며 아름다우며 성대합니다. 말씀이 이것으
로 끝입니까?"

공자가 말했다.

"어찌 그것뿐이겠는가. 군자가 이것을 따라 행함에 오기(五起)가 더 있다."

"어떤 것들입니까?"

"무성(無聲)의 악(樂)을 행함에는 기지(氣志)가 중정(中正)을 얻어서 도리
에 어긋나지 않는다. 무체지례(無體之禮)를 행함에는 위의(威儀)가 느려서
종용하지 않는다. 무복지상(無服之喪)을 행함에는 자기에 비추어 남을 생
각하며 진실로 슬퍼하고 사랑을 다한다. 무성지악(無聲之樂)은 기지(氣志)
를 얻으며, 무체지례(無體之禮)는 위의(威儀)가 익익(翼翼)하다."

無服之喪은 施及四國하며 無聲之樂은 氣志旣從이오 無體之禮는 上下
和同이요 無服之喪은 以畜萬邦하며 無聲之樂은 日聞四方이오 無體之禮
는 日就月將이요 無服之喪은 純德孔明하며 無聲之樂은 氣志旣起오 無體
之禮는 施及四海요 無服之喪은 施于孫子니라

"무복지상(無服之喪)은 이를 널리 펴서 사방에 미친다. 무성지악(無聲之

樂)은 기지(氣志)가 이미 따르고, 무체지례(無體之禮)는 상하가 서로 화동(和同)한다.

무복지상(無服之喪)은 만방을 기른다. 소리 없는 악은 날로 사방에 들리고, 형체 없는 예는 날과 달로 진취하여 커진다. 복이 없는 상(喪)은 순수한 덕이 밝게 나타나며, 소리 없는 악은 기지(氣志)가 점점 자라며, 형체 없는 예는 사해(四海)에 퍼지며 복이 없는 상은 자손에게 퍼진다."

子夏 曰 三王之德이 參於天地하시니 敢問何如면 斯可謂參天地矣이꼬 孔子 曰 奉三無私하사 以勞天下하시니라 子夏 曰 敢問何謂三無私이꼬 孔子 曰 天無私覆하며 地無私載하며 日月이 無私照하니 奉斯三者하사 以勞天下하시니 此之謂三無私이니라

자하가 말했다.

"삼왕(三王)의 덕은 천지와 나란하다고 하였는데 감히 묻사옵니다. 어떻게 해서 천지와 나란하다고 할 수 있습니까?"

공자가 말했다.

"삼무사(三無私)를 받들어 천하를 위해 일하셨다."

"감히 묻습니다. 삼무사(三無私)란 무엇입니까?"

"하늘은 사사로이 덮는 것이 없으며, 땅은 사사로이 싣는 것이 없으며, 해와 달은 사사로이 비추는 법이 없이 공평하게 세상을 위해 일을 하니 이를 삼무사라 한다."

其在詩曰 帝命不違하여 至於湯齊라 湯降不遲하사 聖敬日齊하사 昭假
遲遲하사 上帝是祗하시니 帝命式于九圍라 하니 是湯之德也라 天有四時
하니 春秋冬夏와 風雨霜露 無非教也며 地載神氣하나니 神氣風霆이니 風
霆이 流形하며 庶物이 露生하나니 無非教也니라 淸明在躬하여 氣志如神
이라 耆欲將至에 有開必先하나니라 天降時雨에 山川出雲하나니라

시(詩)에 이르기를

「천명은 어김없이 탕왕(湯王)에 이르러 성취되었네.

탕왕(湯王)의 몸을 낮춤이 늦지 않으시어

성덕(聖德)의 공경이 해 돋 듯하네.

왕은 유유히 서두르지 않고

상제의 명으로

구주(九州)의 임금이 되셨네」*

하였으니 이것이 탕왕(湯王)의 덕이니라.

하늘에 사시(四時)가 있어 춘하추동(春夏秋冬)과 바람·비·서리·이슬 어
느 것도 가르침이 아닌 것이 없다. 땅은 신기(神氣)를 싣고 풍정(風霆)이 운
행하여 만물이 노생(露生)하여 가르침이 아닌 것이 없다.

청명(淸明)을 얻어 기지(氣志)가 신(神)과 같고 기욕(耆欲)이 장차 이루어
지려 할 때는 반드시 하늘이 먼저 조짐을 보인다. 하늘이 비를 내리려 하
면 산천에 구름이 나타나는 것과 같다.

---

* 장발(長發)

장발(長發)
슬기로운 은의 덕이여

濬哲維商　長發其祥
준철유상 장발기상

슬기로운 은의 덕이여!
그 조짐 오래 있어 왔도다.

洪水芒芒　禹敷下土方
홍수망망 우부하토방

홍수가 땅을 메우니
대우(大禹)께서 널리 다스리시어

外大國是疆　幅隕旣長
외대국시강 폭원기장

멀고 큰 나라를 경계로 하여
국토를 널리 펴시던 그때

有娀方將
유융방장

창성하던 유융씨(有娀氏)의 딸을 택하사

帝立子生商
제입자생상

하늘이 은의 조상 낳게 하시니!

玄王桓撥
현왕환발

설(契)*은 위엄으로 왕 노릇 하니

---

* 설(契) : 순제 때 사도의 관직에 명 받았던 사람의 이름.

受小國是達　受大國是達
수소국시달 수대국시달

작은 나라 맡아 잘 다스리고
큰 나라 맡아 잘 다스리사

率履不越　遂視既發
솔리불월 수시기발

예의 따라 어김없었고
모든 분부대로 행하게 하다.

相土烈烈　海外有截
상토열렬 해외유절

그 손자 상사(相土)는 빛나는 업적,
해외까지 모두 무릎 꿇게 하시니!

帝命不違　至于湯齊
제명불위 지우탕제

천명은 추호도 어김없어
탕왕 때에 이뤄지시니

湯降付遲　聖敬日躋
탕강부지 성경일제

태어나심 때에 알맞았고
성스러운 덕이 해 돋 듯하사

昭假遲遲　上帝是祇
소격지지 상제시기

하늘에 미쳐 그침 없었기
상제(上帝)도 미쁘게 여기사

帝命式于九圍
제명식우구위

이 세상에 법을 펴게 하시니!

受小球大球　爲下國綴旒
수소구대구 위하국철류

작은 구슬 큰 구슬 받으사
모든 제후의 본이 되시고

何天之休　不競不絿
하천지휴　불경불구

하늘 주신 큰 복을 받자오시다.
조이지도 늦추지도 아니하시고

不剛不柔　敷政優優
불강불유　부정우우

강하지도 유하지도 아니하시와
훌륭한 정사를 천하에 펴사

百祿是遒
백록시주

온갖 복록 한몸에 모으셨으니!

受小共大共　爲下國駿厖
수소공대공　위하국준방

작은 구슬 큰 구슬 받으사
모든 제후의 울이 되시고

何天之寵　敷奏其勇
하천지총　부주기용

하늘 주신 사랑을 받자오시다.
천하에 용맹을 나타내시어

不震不動　不戁不竦
부진부동　불난불송

두려워하지 않고 안 흔들리고
겁내지 아니하고 떠는 일 없이

百祿是總　武王載旆
백록시총　무왕재패

온갖 복록 한몸에 아우르시니!
임께서 군기를 나부끼시며

有虔秉鉞　如火烈烈
유건병월　여화열렬

손에는 부월(斧鉞)을 굳게 드시니
그 위엄은 불꽃 같아야

則莫我敢曷
즉막아감알

아무도 감히 막지 못하다.

苞有三蘗　莫遂莫達
포유삼얼　막수막달

뿌리에서 돋은 곁싹 세 개는
어찌할 바 모르고

九有有截　韋顧既伐
구유유절　위고기벌

천하는 돌아오니 우리 은나라.
위(韋)와 고(顧)와 곤오(昆吾)를 치시고

昆吾夏桀
곤오하걸

드디어 하걸(夏桀)을 망케 하시니!

昔在中葉　有震且業
석재중엽　유진차업

그 옛날 우리나라 중엽(中葉) 두렵고
위태로운 시절 있더니

允也天子　降予卿士
윤야천자　강여경사

거룩할사 탕왕께서는 하늘 계셔
인재를 내리시니

實維阿衡　實左右商王
실유아형　실좌우상왕

그분은 이윤(伊尹)이어라.
왕을 도우셨으니!

其在詩曰 崧高維嶽이 峻極于天하니 維嶽이 降神하여 生甫 及申이로
다 維申及甫 爲周之翰하여 四國于蕃이며 四方于宣이라 하니 此 文武之
德也라 三代之王也에 必先其令聞하시니 詩云호대 明明天子여 令聞不已
라 하니 三代之德也오 矢其文德하사 洽此四國이라 하니 大王之德也라
子夏 蹴然而起하여 負牆而立曰 弟子 敢不承乎리오

시(詩)에 이르기를

「숭고한 저 산이여

높아서 하늘에 닿았네.

저 산이 신령을 내리니

중산보(仲山甫)와 신백(申伯)을 낳았네.

신백(申伯)과 중산보(仲山甫)는 주(周)나라의 기둥이로다.

사국(四國)을 지키는 울타리가 되었네.

교화(敎化)를 사방에 폈네」*

했으니, 이것이 문·무왕(文·武王)의 덕(德)이다. 삼왕(三王)이 왕이 되기에
는 반드시 그 아름다운 명성이 먼저 들렸다.

시(詩)에 이르기를

「밝으신 천자여, 아름다운 명성이 끊이지 않네」

하였으니, 이는 삼왕(三王)의 덕(德)이다.

「그 문덕(文德)을 널리 펴서 사방의 나라를 융화시켰네」**

했으니, 이는 태왕(大王)의 덕이다.

---

* 숭고(崧高)

** 강한(江漢)

자하가 궐연(蹶然)히 일어나 담(牆)을 등지고 서서 말했다.

"제자(弟子)가 어찌 감히 받들어서 복응(服應)하지 않을 수 있겠습니까?"

숭고(崧高)
높이 치솟은 봉우리

崧高維嶽　駿極于天
숭고유악　준극우천

높이 치솟은 봉우리
하늘까지 닿을 듯.

維嶽降神　生甫及申
유악강신　생보급신

이 산이 신령을 내려
보(甫) 씨와 신(申) 씨 낳으셨네.

維申及甫　維周之翰
유신급보　유주지한

신백(申伯)은 보후(甫侯)와 함께
주(周)나라의 연추대 되니

四國于蕃　四方于宣
사국우번　사방우선

천하를 지키는 울이 그였고
사방을 둘러싼 담이 그로다.

亹亹申伯　王纘之事
미미신백　왕찬지사

나라 위해 애쓰는 신백을 불러
왕께선 제후 자리 잇게 하려고

于邑于謝　南國是式
우읍우사　남국시식

사(謝) 땅에 도읍을 내리어
남국에 법도를 펴라 하시다.

王命召伯 定申伯之宅
왕명소백 정신백지택

왕께서 소백에게 명하시어
신백의 거처를 정하고

登是南方 世執其功
등시남방 세집기공

남쪽에 나라를 이루게 하여
대대로 그 일을 맡게 하셨네.

王命申伯 式是南邦
왕명신백 식시남방

왕께서 신백에게 명하시어
남방에 법도를 펴고

因是謝人 以作爾庸
인시사인 이작이용

사읍의 백성들을 부려
성읍을 쌓게 하시다.

王命召伯 徹申伯土田
왕명소백 철신백토전

왕께선 소백에도 명하시어
신백의 땅을 손질케 하고

王命傅御 遷其私人
왕명부어 천기사인

다시 좌우에 영을 내리사
그 백성들을 옮기시도다.

申伯之功 召伯是營
신백지공 소백시영

신백의 성읍을 쌓는 데 왕명으로
소백이 애썼으니

有俶其城 寢廟旣成
유숙기성 침묘기성

드디어 아리따운 성,
집이며 종묘며 모두 이루다.

旣成藐藐　王錫申伯
기성막막 왕석신백

숭엄하게 역사 끝나니
왕께서 신백에 주신

四牡蹻蹻　鉤膺濯濯
사모교교 구응탁탁

네 필 수말 씩씩하고
북두는 한껏 찬란했도다.

王遣申伯　路車乘馬
왕견신백 노거승마

왕께서 신백을 보내실 때
노차(路車)와 말은 네 필 말.

我圖爾居　莫如南土
아도이거 막여남토

그대 있을 곳을 보건대
남방만한 땅이 없기에

錫爾介圭　以作爾寶
석이개규 이작이보

신물의 구슬 내리노니
대대의 가보(家寶) 삼으라.

往近王舅　南土是保
왕근왕구 남토시보

마땅히 갈지니 외숙이시여!
남방을 보존하시라.

申伯信邁　王餞于未
신백신매 왕전우미

신백이 길을 떠나니
왕은 미읍에 전송하시다.

申伯還南　謝于誠歸
신백환남 사우성귀

남으로 떠나는 수레,
사(謝) 땅 어디메뇨, 찾아가는 길.

王命召伯 徹申伯土疆
왕명소백 철신백토강

왕께서 소백을 불러
신백의 길을 닦게 하시고

以峙其粻 式遄其行
이치기장 식천기행

시량(柴糧)을 길가에 놓아
쉬이 갈 수 있게 하시다.

申伯番番 旣入于謝
신백파파 기입우사

신백의 씩씩한 모습
사 땅의 읍에 듭시니

徒御嘽嘽 周邦咸喜
도어탄탄 주방함희

걷거나 수레로 군사도 많아
온 나라가 기꺼워 뛰고

戎有良翰 不顯申伯
융유양한 불현신백

훌륭한 제후라 칭송하도다.
밝으신 신백께서는

王之元舅 文武是憲
왕지원구 문무시헌

영상(令上)의 외숙이시고
문무의 본 이시라.

申伯之德 柔惠且直
신백지덕 유혜차직

신백의 거룩한 덕은
유순하고 의에 곧으니

揉此萬邦 聞于四國
유차만방 문우사국

수많은 나라 순종케 하여
그 이름 천하에 떨치리라.

吉甫作誦 其詩孔碩
길보작송 기시공석

그 시(詩)의 말씀은 매우 크며

길보(吉甫)는 여기에 말을 얹노니

其風肆好 以贈申伯
기풍사호 이증신백

그 노래 아리따움 예사 넘으매

신백에 드리어 기리옵노라.

강한(江漢)
강수와 한수

江漢浮浮 武夫滔滔
강한부부 무부도도

강수와 한수 너울대는데
무부(武夫)의 씩씩한 모습.

匪安匪遊 淮夷來求
비안비유 회이내구

잠시 편히 쉴 틈도 없이
회남(淮南)의 오랑캐 찾아 싸우다.

旣出我車 旣設我旟
군기출아거 기설아여

수레에 병사 실어 싸움터 가는 길.
기는 바람 안아 펄럭여라.

匪安匪舒 淮夷來鋪
비안비서 회이내포

편히 숨 돌릴 틈도 없이
오랑캐 무찔러 싸우도다.

江漢湯湯 武夫洸洸
강한상상 무부광광

강수와 한수 출렁이는데
무부의 씩씩한 모습.

經營四方 告成于王
경영사방 고성우왕

천하를 횡행하니
그 공을 왕에게 아뢰리.

四方旣平　王國庶定
사방기평 왕국서정

사방의 나라 평정하면
왕국도 편안해지고

時靡有爭　王心載寧
시미유쟁 왕심재녕

다시는 이런 싸움 없이
왕께서도 마음 놓으시리라.

江漢之滸　王命召虎
강한지호 왕명소호

강수와 양수 만나는 곳,
왕께서 소호(召虎)에 분부하시다.

式辟四方　徹我疆土
식벽사방 철아강토

사방의 나라 귀속케 하여
우리의 강토를 다스리어

匪疚匪棘　王國來極
비구비극 왕국내극

그 백성 괴롭힘 없이
왕국에 의지케 하라.

于疆于理　至于南海
우강우리 지우남해

그 경계 바로 하고
남해의 끝까지 하늘 끝까지.

王命召虎　來旬來宣
왕명소호 내순래선

왕께서 소호에 분부하시다.
천하에 왕화(王化)를 펴라.

文武受命　召公維翰
문무수명 소공유한

문왕 무왕 나라를 세우신 옛적,
그대 조상은 어떠했던가.

無曰予小子 召公是似
무왈여소자 소공시사

짐을 모자란다 말고
조상의 공훈을 이어

肇敏戎公 用錫遐祉
조민융공 용석이지

싸움을 일찍 끝내면
큰 복록 내리겠도다.

釐釐圭瓚 秬鬯一卣
이이규찬 거창일유

구슬의 구기 주노니
검정기장 술 한 통에

告于文人 錫山土田
고우문인 석산토전

종묘에 가 아뢰온 다음
산과 밭 하사하리라.

于周受命 自召祖命
우주수명 자소조명

기주(岐周)로 갈지니, 그대의 조상
받았던 대명(大命)을 이으라.

虎拜稽首 天子萬年
호배계수 천자만년

소호는 머리 조아려
천자의 만세를 빌었더니라.

虎拜稽首 對揚王休
호배계수 대양왕휴

소호는 머리 조아려
성덕을 무수히 감축하고

作召公考 天子萬壽
작소공고 천자만수

받자온 책명(策命)을 기명에 새겨
천자의 만세를 축수하도다.

明明天子 令聞不已
명명천자 영문불이

그리고 아뢰니, 밝으신 왕의 아리따운
성문(聲聞)은 쉬일 줄 없고

矢其文德 洽此四國
시기문덕 흡차사국

어지신 덕을 널리 펴시어
천하에 가득 차게 하시옵소서.

其三

원문

순풍(淳風)이 죽다ᄒ니 진실(眞實)로 거즛마리.

인성(人性)이 어지다 ᄒ니 진실(眞實)로 올흔 말이.

천하(天下)에 허다영재(許多英才)를 소겨 말슴 홀가.

현대어

순풍(淳風)이 죽다하니 진실로 거짓말이

인성(人性)이 어질다 하니 진실로 옳은 말이

천하(天下)에 허다영재(許多英才)를 속여 말씀할까

주역(周易)

—— 계사상전 삼(繫辭上傳 三)

원문

象者言乎象者也 爻者言乎變者也 吉凶者言乎其失得也 悔吝者言乎其
小疵也 无咎者善補過也

是故列貴賤者存乎位 齊小大者存乎卦 辯吉凶者存乎辭 憂悔吝者存乎
介 震无咎者存乎悔 是故卦有小大 辭有險易 辭也者 各指其所之

역해

상(象), 즉 괘사(卦辭)라고 하는 것은 괘(卦) 전체의 괘상(卦象)을 설명한
것이요, 효사(爻辭)라고 하는 것은 변화를 설명한 것이다. 좋고 나쁘다(吉
凶)는 것은 성취와 실패, 즉 그 잃고 얻은 것을 말한 것이요, 뉘우치다(悔),
부끄럽다(吝)하는 것은 조그마한 험을 말하는 것이요, 허물은 없다(无咎)
는 것은 허물을 개과천선한 것이므로 귀한 것과 천한 것의 서열(序列)은
효(爻)의 자리에 있고, 그리고 큰 것(陽)과 작은 것(陰)의 분별은 괘(卦)의 형
태에 있다. 길흉(吉凶)을 판단하는 것은 괘사(卦辭), 효사(爻辭)에 있고, 뉘
우침(悔)과 부끄러움(吝)을 근심하는 것은 사소한 하자(瑕疵)의 시초에 있
고, 움직여서 허물이 없는 것은 근심하여 반성하는 데 있다. 그러므로 괘
(卦)에는 선(善)한 것과 악(惡)한 것이 있고, 괘사(卦辭), 효사(爻辭)에는 평탄
한 것과 험난한 것이 있어 각각 그 가는 곳을 가리킨다는 것이다.

황제내경소문(黃帝內經素問)
─── 음양리합론편(陰陽離合論篇)

원문

黃帝問曰 : 余聞天爲陽, 地爲陰, 日爲陽, 月爲陰, 大小月三百六十日成
一歲, 人亦應之. 今三陰三陽, 不應陰陽, 其故何也?

岐伯對曰 : 陰陽者, 數之可十, 推之可百, 數之可千, 推之可萬, 萬之大不
可勝數, 然其要一也. 天覆地載, 萬物方生, 未出地者, 命曰陰處, 命曰陰中
之陰, 則出地者, 命曰陰中之陽. 陽予之正, 陰爲之主. 故生因春, 長因夏,
收因秋, 藏因冬, 失常則天地四塞. 陰陽之變, 其在人者, 亦數之可數.

역해

황제(黃帝)께서 물어 말씀하시길, "제가 듣건대 하늘은 양(陽)이 되고,
땅은 음(陰)이 되며, 일(日)은 양(陽)이 되고 월(月)은 음(陰)이 되며, 크고 작
은 달 360(365)일(日)이 일 년(一年)을 이룸에 사람도 역시 이에 응(應)해 간
다고 들었습니다. 그런데 지금 (사람에게 있어서의) 삼음삼양(三陰三陽)이 (각
기 셋씩이어서, 천지일월天地日月 두 개의) 음양(陰陽)에 응(應)하지 않으니, 그 까
닭은 어째서인지요?

기백(岐伯)께서 대답하여 말씀하시길, "음양(陰陽)이라는 것은 헤아림에
열을 헤아릴 수 있고 (이를) 이루어 나가면 백(百)이 될 수 있으며, 헤아림
에 천(千)을 헤아릴 수 있고 (이를) 미루어 나가면 만(萬)이 될 수도 있으니,
만(萬)의 크기만 되어도 이루 다 헤아릴 수가 없습니다(즉 음양陰陽이라는 것

은 미루어 나가자면 이루 헤아릴 수 없을 정도로 무한대無限帶로 확대擴大해 나갈 수 있는 것입니다). 그러나 그 요점(要點)은 하나(일음일양一陰一陽 : 太一)입니다. 하늘이 덮고 땅이 실음에, 만물(萬物)이 (그 사이에서 천지天地의 기氣를 받아) 바야흐로 생(生)하나니, 아직 땅에서 나오지 않은 것을 명명(命名)하기를 '음처(陰處)'라고 하고 이름하여 '음(陰) 중(中)의 음(陰)'이라고 한다면, 땅에서 나오는 것은 명명(命名)하기를 '음(陰) 중(中)의 양(陽)'이라고 합니다. 양(陽)은 정기(精氣)(생기生氣)를 시여(施與)해주고(양陽은 정기精氣를 베풀어 주어 만물萬物을 화생化生하고), 음(陰)은 그를 주지(主持)해 나갑니다(음陰은 양陽의 화생작용化生作用을 이어받아 만물萬物을 지탱하여 이루어 갑니다). 그러므로 생(生)함은 봄의 시생(始生)하는 기(氣)로 인(因)하여 이루어지고, 자라남은 여름의 왕성(旺盛)한 기(氣)로 인하여 이루어지며, 거두어들임은 가을의 숙쇄(肅殺)하는 기(氣)로 인(因)하여 이루어지고, 저장(貯藏)함은 겨울의 폐장(閉藏)하는 기(氣)로 인(因)하여 이루어지는데, 만일 이 상도(常道)를 그르치면 천지(天地)(의 기氣)가 사색(四塞)됩니다. 음양(陰陽)의 변화(變化)가 사람에게 일어나는 것도 역시 수일(數日)을 헤아릴 수 있습니다.

예기(禮記)

—— 방기(坊記)

子 言之하사대 君子之道는 辟則坊與인저 防民之所不足者也라 大爲之
坊하여도 民猶踰之하나니 故로 君子는 禮以坊德하며 刑以坊淫하며 命以
坊欲하나니라

공자가 말했다.

"군자(君子)의 도(道)는 비유하여 말하면 방(坊)이리라. 백성의 부족한
것을 막는 것이다. 크게 이를 막으려 해도 백성은 아직도 넘으려 한다.
고로 군자는 예(禮)로써 덕(德)을 막으며, 형(刑)으로써 사음(邪淫)을 막으
며, 명(命)으로써 욕(欲)을 막는다."

子 云하사대 小人이 貧斯約하고 富斯驕라 約斯盜하며 驕斯亂하나니
禮者는 因人之情而爲之節文하여 以爲民坊者也라 故로 聖人之制富貴也
야 使民으로 富不足以驕하며 貧不至於約하며 貴不慊於上하나니 故로 亂
益亡니라

공자가 말했다.

"소인은 가난하면 마음이 구차하고 부유하면 교만하다. 구차하면 도
둑질을 하게 되고 교만하면 문란해진다. 예(禮)란 사람의 정(情)에 따라 이

를 절문(節文)하여 백성의 욕(欲)을 방지하는 것이다. 고로 성인(聖人)이 예(禮)로써 백성이 부귀(富貴)를 마련함에 부유하나 교만함에 이르지 않게 하고, 가난하나 마음이 구차하지 않게 하며, 몸이 귀(貴)하나 윗자리에 있다고 원망을 사지 않게 하여 혼란이 더욱 없게 하였다."

子 云하사대 貧而好樂하며 富而好禮하며 衆而以寧者 天下에 其幾矣오 詩云호대 民之貪亂이 寧爲荼毒이라 하니 故로 制國호대 不過千乘하며 都城을 不過百雉하나니 家富不過百乘 以此防民하여도 諸侯 猶有畔者하나라

공자가 말했다.

"가난하면서 악(樂)을 좋아하고, 부유하면서 예(禮)를 좋아하며, 가족이 많으면서도 집안이 평안한 자가 천하에 몇이나 되는가.

시(詩)에 이르기를

「백성은 난(亂)을 탐하여 참혹한 일을 일삼네」*

하였다.

그러므로 나라를 마련하지만 천승(千乘)을 넘지 않고 도성(都城)은 백치(百雉)에 지나지 않고, 부(富)는 백승(百乘)을 지나지 않게 했다. 이와 같이 하였어도 제후(諸侯) 가운데서 배반하는 자가 있었다."

---

* 상유(桑柔)

상유(桑柔)
뽕나무 잎새

菀彼桑柔 其下侯旬
울피상유 기하후순

뽕나무 잎새 울창할 땐
그 그늘 넓어 좋더니

捋采其劉 瘼此下民
날채기류 막차하민

한 잎 두 잎 따가니
이젠 그늘도 없어라.

付殄心憂 倉況塡兮
부진심우 창황전혜

끊임없는 마음의 근심 슬픔으로
가슴 아파하노니

倬彼昊天 寧不我矜
탁피호천 영불아긍

하늘이여, 어찌한 일로
이 몸 불쌍히 안 보시느뇨.

四牡騤騤 旟旐有翩
사모규규 여조유편

네 필 수말이 달리는 곳,
군기(軍旗)는 펄렁이는데

亂生不夷 靡國不泯
난생불이 미국불민

난리는 언제나 가라앉으리?
망하지 않는 나라 없어라.

民靡有黎　具禍以燼
민미유려 구화이신

산 백성 얼마 안 되며
재앙을 겨우 벗은 사람들.

於乎有哀　國步斯頻
오호유애 국보사빈

아, 슬퍼라, 나라의 앞길,
이젠 위태로움을 못 숨기도다.

國步蔑資　天不我將
국보멸자 천불아장

국운 돌이킬 방책 없고
하늘도 안 돌보는 이때.

靡所止疑　云徂何往
미소지응 운조하왕

있을 곳 어디 있으며
어디로 간다는 건고.

君子實維　秉心無競
군자실유 병심무경

높은 분은 높음만 귀하게 알아
착한 정사 생각 않노니

誰生厲階　至今爲梗
수생여계 지금위경

그 누구뇨, 재앙을 뿌리어
우리를 괴롭힘은!

憂心慇慇　念我土宇
우심은은 염아토우

하염없는 근심을 안고
나랏일 가슴 아파라.

我生不辰　逢天僤怒
아생불신 봉천탄노

좋지 않은 때 생(生)을 받아서
하늘의 진노 만날 줄이야!

自西徂東　靡所定處
자서조동　미소정처

서에서 동으로 다시 남으로!
몸담아 살 곳이 어디메뇨.

多我觀瘝　孔棘我圉
다아구민　공극아어

심한 고생 몸으로 겪고
다급히 변방 지키도다.

爲謀爲毖　亂況斯削
위모위비　난황사삭

궁리하고 삼가도
나날이 난리는 커지노니

告爾憂恤　誨爾序爵
고이우휼　회이서작

걱정할 일 그 무엇이며,
사람 쓰기 일러 주고저.

誰能執熱　逝不以濯
수능집열　서불이탁

뜨거운 것 손에 닿으면
물에 담가 식히게 마련.

其何能淑　載胥及溺
기하능숙　재서급닉

나라는 어떻게 되랴.
함께 망할 일 안타까와라.

如彼遡風　亦孔之僾
여피소풍　역공지애

몰아치는 바람을 안아
숨도 제대로 못 쉬네.

民有肅心　荓云不逮
민유숙심　병운불체

나랏일에 힘쓸 이 있어도
이미 늦음을 탄식케 하니

好是稼穡 力民代食
호시가색 역민대식

어진 이는 초야에 묻혀
농사로 식록을 대신하도다.

稼穡維寶 代食維好
가색유보 대식유호

어지러운 세상엔 농사가 보배,
이리 삶이 안 좋은가.

天降喪亂 滅我立王
천강상란 멸아입왕

하늘은 환난을 내려
나라와 임금을 멸하심인가.

降此蟊賊 稼穡卒痒
강차모적 가색졸양

무수한 해충 보내사
오곡을 해케 하시뇨.

哀恫中國 具贅卒荒
애통중국 구췌졸황

애달프다, 중국의 황폐한 꼴,
차마 눈뜨고 못 보리.

靡有旅力 以念穹蒼
미유여력 이념궁창

하늘의 재앙을 두고
생각해 볼 기력도 없도다.

維此惠君 民人所瞻
유차혜군 민인소첨

인자하신 왕이야말로
백성들은 받드오리니

秉心宣猶 考愼其相
병심선유 고신기상

그 마음 널리 헤아리시어
좋은 보필 구하시는 것.

維彼不順　自獨俾臧
유피불순　자독비장

무도하고 어둔 임금은
저만 잘난 체하여

自有肺腸　俾民卒狂
자유폐장　비민졸광

내세우니 어리석은 소견.
백성을 어리둥절하게 하도다.

瞻彼中林　牲牲其鹿
첨피중림　신신기록

저 숲 속을 바라보면
사슴도 떼를 지어 뛰거늘

朋友已譖　不胥以穀
붕우이참　불서이곡

사람이 벗을 속이고
친하지 않음은 웬일?

人亦有言　進退維谷
인역유언　진퇴유곡

세상에 떠도는 말처럼
나서지도 물리지도 못하게 되었구나.

維此聖人　瞻言百里
유차성인　첨언백리

슬기로운 사람들이란
앞일을 헤아리심을

維彼愚人　覆狂以喜
유피우인　복광이희

어리석은 자들은 당장 생각뿐
도리어 미쳐 기뻐하여라.

匪言不能　胡斯畏忌
비언불능　호사외기

어진 이들 할 말 있지만
왕의 노염 두려워 입 다물도다.

維此良人　弗求弗迪
유차양인　불구부적

아, 이리도 어지신 분을
찾아 쓰려도 아니하면서

維彼忍心　是顧是復
유피인심　시고시복

모질고 악한 사람은
어루만져 사랑하도다.

民之貪亂　寧爲荼毒
민지탐란　영위도독

어지러운 백성의 마음.
어찌 해독을 이리 끼치뇨.

大風有隧　有空大谷
대풍유수　유공대곡

불어 닥치는 바람 빠르고
큰 골짜기 횡하여라.

維此良人　作爲式穀
유차양인　작위식곡

아, 이리도 어지신 분은
모두 좋은 일만 하시지만

維彼不順　征以中垢
유피불순　정이중구

모질고 악한 사람은
어두운 일만 하려 하도다.

大風有隧　貪人敗類
대풍유수　탐인패류

불어 닥치는 바람 빠르고
친구도 해치는 모진 사람들.

聽言則對　誦言如醉
청언즉대　송언여취

달콤한 말엔 귀 기울이고
거슬리면 취하여 안 들리는 듯.

匪用其良　覆俾我悖
비용기량 복비아패

이 어진 사람은 쓰려 안 하고
도리어 이 몸을 몰아세워라.

嗟爾朋友　予豈不知而作
차이붕우 여기부지이작

아, 슬퍼라 친구들이여!
내 어찌 모르고 이 노래 지으리.

如彼飛蟲　時亦弋獲
여피비충 시역익획

저기 공중을 나는 새들도
때론 주살에 맞는 수 없으랴.

既之陰女　反予來赫
기지음여 반여래혁

그대의 잘못을 덮어 주려면
도리어 나에게 역정 내도다.

民之罔極　職凉善背
민지망극 직량선배

백성이 망극한 일 당하게 됨은
윗사람 오로지 도리를 등져

爲民不利　如云不克
위민불리 여운불극

백성을 해치고 울리는 일만 골라서
행하는 까닭이어라.

民之回遹　職競用力
민지회휼 직경용력

또한 백성이 모질어 감도
이들의 잘못이 이끔이로다.

民之未戾　職盜爲寇
민지미려 직도위구

백성들 아직도 어지러움은
모질고 나쁜 신하 그 때문이니

涼曰不可　覆背善詈
양왈불가 복배선리

그것을 좋잖다 말을 하면은
도리어 뒤에서 나를 욕해라.

雖曰匪予　旣作爾歌
수왈비여 기작이가

그대는 말하네, 내 알 바냐고.
그러나 노래에 이미 없도다.

子 云하사대 夫禮者는 所以章疑別微하여 以爲民坊者也니 故로 貴賤이 有等하며 衣服이 有別하며 朝廷이 有位하면 則民有所讓이니라

공자가 말했다.

"무릇 예(禮)는 의심나는 것을 명백히 밝히고 잘 나타나지 않는 은미(隱微)한 것을 분별하여 백성의 제방(堤防)이 되는 것이다. 고로 귀천에는 등급이 있고, 의복에는 분별이 있고, 조정에는 순위(順位)가 있어 백성이 겸양하게 된다."

子 云하사대 天無二日하며 土無二王하며 家無二主하고 尊無二上은 示民有君臣之別也라 春秋 不稱楚越之王喪하며 禮에 君不稱天하며 大夫를 不稱君은 恐民之惑也 詩云호대 相彼盍旦하고 尙猶患之라 하나니라

공자가 말했다.

"하늘에는 두 해가 없고, 땅에는 두 임금이 없으며, 한 집에 두 주인이 없다. 이것은 백성에게 군신(君臣)의 분별(分別)이 있음을 보여주는 것이다.

춘추(春秋)에 초(楚)·월(越)의 왕(王)의 상(喪)을 일컫지 않고, 예(禮)에 임금을 천자라 일컫지 않고, 대부를 임금이라 일컫지 않는 것은 백성이 현혹될까 두려워함이다.

시(詩)에 이르기를

「합단(盍旦)을 보고 사람은 오히려 이를 미워한다」

했다."

子 云하사대 君이 不與同姓으로 同車하며 與異姓으로 同車호대 不同
服은 示民不嫌也니 以此防民이라도 民猶得同姓以弑其君하나니라

공자가 말했다.

"국군(國君)은 동성(同姓)의 사람과 함께 수레를 타지 않으며, 다른 성
의 사람과는 수레를 함께 탈 수 있지만 같은 복(服)을 입지 않는다. 이는
백성에게 혐의가 없음을 보여주는 것이다. 이리하여 백성의 사악(邪惡)을
막지만 백성은 오히려 동성의 사람을 추대하여 그 임금을 시(弑)한다."

子 云하사대 君子 辭貴不辭賤하며 辭富不辭貧하면 則亂益亡하나니
故로 君子 與其使食浮於人也론 寧使人浮於食이니라

공자가 말했다.

"군자(君子)가 귀(貴)는 사양하고 천(賤)은 사양하지 않고, 부(富)를 사양
하고 가난을 사양하지 않으면 혼란은 더욱 없어지게 된다. 그러므로 그
녹(祿)을 사람보다 지나치게 하느니보다 차라리 사람이 녹(祿)에서 지나
치게 함이 좋을 것이다."

子 云하사대 觴酒豆肉으로 讓而受惡이라도 民猶犯齒하며 衽席之上에
讓而坐下라도 民猶犯貴하며 朝廷之位에 讓而就賤이라도 民猶犯君하나니
詩云호대 民之無良이 相怨一方하나니 受爵不讓이라 至于己斯亡하나니라

공자가 말했다.

"상주(觴酒)와 두육(豆肉)을 사양하고, 조악(粗惡)한 것을 받아도 백성은 오히려 나이를 범(犯)한다. 자리에서 상석을 양보하고 아랫자리를 차지하여도 백성은 오히려 그 귀함을 범한다. 조정의 자리에서 사양하고 천한 자리에 앉아도 백성은 도리어 임금을 범한다.

시(詩)에 이르기를

「양심(良心) 없는 사람들은 서로 다른 사람만 원망하네. 작록(爵祿)을 받아도 사양을 모르고 마침내 제 몸을 망치는구나」*

했다."

---

* 각궁(角弓)

각궁(角弓)
뿔활

騂騂角弓　翩其反矣
성성각궁　편기번의

손에 익은 각궁도 늦추면 뒤집히네.

兄弟婚姻　無胥遠矣
형제혼인　무서원의

형제 친척 사이에 멀리 해선 안 되네.

爾之遠矣　民胥然矣
이지원의　민서연의

그대 멀리 하면 백성들도 그러리.

爾之教矣　民胥傚矣
이지교의　민서효의

그대 하는 모든 일. 백성들은 따르네.

此令兄弟　綽綽有裕
차령형제　작작유유

좋은 형제 친척은 너그럽게 지내나

不令兄弟　交相爲癒
불령형제　교상위유

좋지 않은 자들은 서로 헐고 할퀴네.

民之無良　相怨一方
민지무량　상원일방

좋지 않은 자들은 남만 원망하여서

受爵不讓　至于己斯亡
수작불양　지우기사망

사양할 줄 모르기 제가 제 몸 망치네.

老馬反爲駒 不顧其後
노마반위구 불고기후

늙은 말이 젊은 체해
나중 일은 안 돌보고

如食宜饇 如酌孔取
여식의어 여작공취

먹으면 게우도록 마시면 끝이 없네.

毋教猱升木 如塗塗附
무교노승목 여도도부

원숭이에 나무 타기 가리킴은
진흙에 진흙을 덧바름 같네.

君子有徽猷 小人與屬
군자유휘유 소인여촉

윗사람에 고운 행실 있으면
아래에선 모두 이를 본받네.

雨雪瀌瀌 見晛日消
우설표표 견현왈소

펑펑 내리는 눈도
햇빛을 만나면 스러진다네.

莫肯下遺 式居婁驕
막긍하유 식거누교

겸손히 따르려 않고
언제나 자기만 잘났다 하네.

雨雪浮浮 見晛日流
우설부부 견현왈류

펑펑 쏟아지는 눈도
햇볕을 만나면 녹아버리네.

如蠻如髦 我是用憂
여만여모 아시용우

오랑캐 같은 행실이니
나는 이렇게 걱정함이네.

子 云하사대 君子 貴人而賤己하며 先人而後己하면 則民이 作讓하나니 故로 稱人之君曰君이요 自稱其君曰寡君하나니라

공자가 말했다.

"군자는 남을 귀히 여기며 나를 천히 여겨 남을 먼저하고 나를 나중으로 하면 백성이 사양하는 마음이 생긴다. 그리하여 남의 군주(君主)를 군(君)이라 일컫고, 스스로 자기 임금을 과군(寡君)이라 한다."

子 云하사대 利祿을 先死者하고 而後生者하면 則民이 不偝하고 先亡者하고 而後存者하면 則民可以託하니 詩云호대 先君之思로 以勗寡人이라 하니 以此防民하야도 民이 猶偝死而號無告하나니라

공자가 말했다.

"이록(利祿)을 포상할 때 죽은 이를 먼저하고 살아있는 자를 나중에 하면 백성이 배반하지 않는다. 또 나라 밖에 있는 사람을 먼저하고 나라 안의 사람을 나중으로 하면 백성에게 큰일을 맡길 수 있다.

시(詩)에 이르기를

「선군(先君)을 생각하여 과인을 바른 길로 이끌었네」*

하였다. 이와 같이 하여 백성의 허물을 방지하여도 백성은 오히려 사자(死者)를 저버리고 노약자(老弱者)를 빈고(貧苦)에 빠뜨려 호소할 데가 없게 만든다."

---

* 연연(燕燕)

연연(燕燕)
제비

燕燕于飛　差池其羽
연연우비　치지기우

제비들 나는데, 깃을 훨훨 치면서.

之子于歸　遠送于野
지자우귀　원송우야

그녀 시집가는 날, 들에 서서 보내며

瞻望弗及　泣涕如雨
첨망불급　읍체여우

그 뒷모습 좇다가 눈물짓고 말았네.

燕燕于飛　頡之頏之
연연우비　힐지항지

제비들 나는데, 높이 얕이 나는데.

之子于歸　遠于將之
지자우귀　원우장지

그녀 시집가는 날, 먼발치서 보내며

瞻望弗及　佇立以泣
첨망불급　저립이읍

그 뒷모습 안 보여 길가에서 운다네.

燕燕于飛　下上其音
연연우비　하상기음

제비들 나는데, 높이 얕이 우짖는데.

之子于歸　遠送于南
지자우귀　원송우남

그녀 시집가는 날,
남교(南郊) 나와 보내며

瞻望弗及 實勞我心
첨망불급 실로아심

그 뒷모습 안 보여
내 마음 정말 괴롭네.

仲氏任只 其心塞淵
중씨임지 기심색연

임씨(任氏)네 집 둘째 딸,
그윽한 그 마음씨.

終溫且惠 淑愼其身
종온차혜 숙신기신

따뜻하고 상냥하여
아름다이 삼갔었네.

先君之思 以勗寡人
선군지사 이욱과인

가신 임 생각하여 이 몸을 도왔었네.

子 云하사대 有國家者 貴人而賤祿하면 則民이 興讓하고 尙技而賤車하면 則民이 興藝하나니 故로 君子 約言하고 小人은 先言하나니라

공자가 말했다.

"나라를 가진 자가 사람을 귀하게 여기고 녹(祿)을 천히 여기면 백성에게 양보하는 덕이 일어난다. 기술을 숭상하고 수레를 천히 여기면 백성이 기(技)와 예(藝)를 일으킨다. 그러므로 군자(君子)는 말을 간략하게 하고, 소인은 말이 먼저 앞선다."

子 云하사대 上이 酌民言하면 則下 天上施하고 上이 不酌民言하면 則犯也하며 下 不天上施하면 則亂也하나니 故로 君子 信讓하여 以涖百姓하면 則民之報禮重하나니 詩云호대 先民有言호대 詢于芻蕘라 하시니라

공자가 말했다.

"윗사람이 백성의 말을 참작하면 아랫사람이 윗사람의 베풂을 하늘같이 여기게 되며, 윗사람이 백성의 말을 참작하지 않는다면 반드시 아랫사람이 범한다. 또 아랫사람이 윗사람의 베풂을 하늘같이 여기지 않는다면 이는 곧 난(亂)이다. 그러므로 군자(君子)가 신의(信義)와 예양(禮讓)으로 백성을 대한다면 백성이 은혜에 보답하는 예(禮)를 중(重)히 여기게 된다.

시(詩)에 이르기를 「예전에 성인은 꼴 베는 이나 나무꾼에게도 물었노라」*고 하였다."

---

* 판(板)

도산십이곡 전육곡 • 71

판(板)
하늘도 무심한가

上帝板板　下民卒癉
상제판판　하민졸단

하늘도 무심한가?
백성은 모두 고생하네.

出話不然　爲猶不遠
출화불연　위유불원

당신의 말씀 도리 아니고
눈앞의 일만 생각하네.

靡聖管管　不實於亶
미성관관　불실어단

성인도 업신여겨 참됨이 하나 없거니

猶之未遠　是用大諫
유지미원　시용대간

먼 앞을 못 내다보니
그래서 크게 간하려 하네.

天之方難　無然憲憲
천지방난　무연헌헌

하늘이 환난(患難)을 내리시는 때
그리 의기양양함은 무엇?

天之方蹶　無然泄泄
천지방궤　무연예예

하늘도 움직이려는 때
그리 태평함은 웬일?

辭之輯矣　民之洽矣
사지즙의　민지흡의

화평한 정사를 펴면
백성은 모이리마는.

辭之懌矣 民之莫矣
사지역의 민지막의

즐거운 정사를 펴면
백성은 가라앉으리마는.

我雖異事 及爾同寮
아수이사 급이동료

직책은 비록 달라도
다 같은 임금의 신하.

我即爾謀 聽我囂囂
아즉이모 청아효효

그렇거늘 말을 걸어도
들으려 안 함은 무엇?

我言維服 勿以爲笑
아언유복 물이위소

긴급한 내 말을 두고
웃으려 드는 건 웬일?

先民有言 詢于芻蕘
선민유언 순우추요

옛말도 있네,
어진 이들은 나무꾼에도 물으셨다고.

天之方虐 無然謔謔
천지방학 무연학학

하늘이 가혹하려는 때
히히덕거림은 무엇?

老夫灌灌 小子蹻蹻
노부관관 소자교교

늙은이가 정성으로 말해도
젊은것이 교만하네.

匪我言耄 爾用憂謔
비아언모 이용우학

내 말이 망녕이 아닌데
농으로 쳐 웃어넘기네.

多將熇熇 不可求藥
다장흑흑 불가구약

타오르는 불꽃과 같아
멀잖아 걷잡을 수 없을 걸.

天之方憻 無爲夸毗
천지방제 무위과비

하늘이 진노하는 때
아첨만 일삼다니?

威儀卒迷 善人載尸
위의졸미 선인재시

위엄과 예의는 빛을 잃고
착한 이는 맥 못 추는 세상.

民之方殿屎 則莫我敢葵
민지방전히 즉막아감규

백성들은 신음하거늘
귀 기울여 들으려 않고

喪亂蔑資 曾莫惠我師
상난멸자 증막혜아사

혼란을 수습할 길 없거늘
백성을 사랑하지 않네.

天地牖民 如壎如箎
천지유민 여훈여지

하늘이 백성을 끄시기는
나팔과 피리 어울리듯

如璋如圭 如取如攜
여장여규 여취여휴

규옥(圭玉)과 장옥(璋玉) 들어맞듯
항상 손에서 떼시지 않네.

攜無曰益 牖民孔易
휴무왈익 유민공이

몸에 지녀 게으름 없다면
백성은 쉽게 끌려올 것.

民之多辟　無自立辟
민지다벽　무자입벽

백성이 잘못 많다고
함부로 법을 정해선 안 되네.

价人維藩　大師維垣
개인유번　대사유원

덕 있는 이는 나라 울타리.
백성은 나라의 담장.

大邦維屏　大宗維翰
대방유병　대종유한

큰 제후는 나라의 먼 담이요,
친척은 나라 안에 친 담장.

懷德維寧　宗子維城
회덕유녕　종자유성

덕을 지니면 편안하리니
아들은 스스로 성벽이 됨일세.

無俾城壞　無獨斯畏
무비성괴　무독사외

이 성을 무너지게 하지 말지니.
홀로 두려움에 떨지 말라.

敬天之怒　無敢戲豫
경천지노　무감희예

하늘의 노여움에 고개 숙여
함부로 즐기지 말며

敬天之渝　無敢馳驅
경천지유　무감치구

하늘의 슬기를 공경하여
함부로 노닐지 말라.

昊天曰明　及爾出王
호천왈명　급이출왕

하늘의 굽어보심은 밝아,
나고 들어도 아니 놓치며

昊天曰旦 及爾遊衍
호천왈단 급이유연

하늘의 살펴보심 환하여
그대의 노니는 일 빠뜨림 없네.

子 云하사대 善則稱人하고 過則稱己하면 則民이 不爭하고 善則稱人
하고 過則稱己하면 則怨이 益無하나니 詩云호대 爾卜 爾筮에 履無咎言이
라 하나니라

공자가 말했다.

"착한 일은 남에게 돌리고 허물을 자기에게 돌리면 백성은 싸우지 않
는다. 착한 일을 남에게 돌리고 허물을 자기에게 돌리면 원망은 없을 것
이다.

시(詩)에 이르기를

「복(卜)과 서(筮)가 괘상(卦象)이 불길함이 없네」*

라고 했다."

---

* 맹(氓)

맹(氓)
한 남자

氓之蚩蚩 抱布貿絲
맹지치치 포포무사

어수룩한 남자가 찾아와 실을 사자고.

匪來貿絲 來卽我謀
비래무사 내즉아모

알고 보니 괜한 핑계.
사실은 내게 수작하더군.

送子涉淇 至于頓丘
송자섭기 지우돈구

그래서 기꺼이 기수(淇水)를 건너
돈구(頓丘)까지 배웅했네.

匪我愆期 子無良媒
비아건기 자무양매

'내가 늦추는 것 아니라
당신에게 좋은 중매 없는 걸.

將子無怒 秋以爲期
장자무노 추이위기

노여워하면 싫어요.
가을엔 꼭 되도록 해요.'

乘彼垝垣 以望復關
승피궤원 이망복관

무너진 담에 올라 하염없이
복관(復關)만 바라보았지.

不見復關 泣涕漣漣
불견복관 읍체연련

그래도 당신은 안 오시기에
옷소매 적시며 울었지.

旣見復關　載笑載言
기견복관　재소재언

마침내 당신이 오신 날
웃으며 얘기했지.

爾卜爾筮　體無咎言
이복이서　체무구언

점을 한번 쳐 봐 주세요.
나쁘다는 말 없으면

以爾車來　以我賄遷
이이거래　이아회천

수레 가지고 데리러 와요.
짐을 꾸려 당신께 가리니.

桑之未落　其葉沃若
상지미락　기엽옥약

가을 찬 서리 치기 전에야
뽕잎은 싱싱하대나.

于嗟鳩兮　無食桑葚
우차구혜　무식상심

구구구구 비둘기 떼야.
오디를 따먹지 마라.

于嗟如兮　無與士耽
우차여혜　무여사담

싱숭생숭 아가씨들아.
사나이 좋다고 노닐지 마라.

士之耽兮　猶可說也
사지탐혜　유가설야

사나이가 노니는 것은
그것은 어쩌면 모르네마는

女之耽兮　不可說也
여지탐혜　불가설야

아가씨 함부로 노니는 것은
그것은 안 될 말이네.

桑之落矣　其黃而隕
상지낙의 기황이운

뽕잎은 진다네 시들어 떨어진다네.

自我徂爾　三歲食貧
자아조이 삼세식빈

당신에게 시집온 뒤
가난의 삼 년이었네.

淇水湯湯　漸車帷裳
기수상상 점거유상

넓은 기수에 수레 적시며
쫓겨 가는 여자의 신세.

女也不爽　士貳其行
여야불상 사이기행

아무 잘못 없었건마는
못 믿을 건 사나이 마음.

士也罔極　二三其德
사야망극 이삼기덕

사나이 마음은 터무니없이
이리저리 흔들리네.

三歲爲婦　靡室勞矣
삼세위부 미실로의

그이 섬기던 삼 년 동안
갖은 고생 안 가리고

夙興夜寐　靡有朝矣
숙흥야매 미유조의

일찍 일어나 밤중에 자고
편안한 아침도 없었네.

言旣遂矣　至于暴矣
언기수의 지우포의

언약 겨우 맺어졌는데
이리 사나와질 줄이야!

兄弟不知　咥其笑矣
형제부지　희기소의

형제들은 알지 못하고
남 일 보듯 비웃고 있네.

靜言思之　躬自悼矣
정언사지　궁자도의

가만히 생각하니 내 신세 슬퍼지네.

及爾偕老　老使我怨
급이해로　노사아원

죽기까지 해로하자더니
늙어서 서러운 몸 되다니!

淇則有岸　隰則有泮
기즉유안　습즉유반

기수에는 기슭이 있고
진펄에는 둔덕 있건만

總角之宴　言笑晏晏
총각지연　언소안안

처녀로 즐길 때엔 웃으며
기쁘신 말씀

信誓旦旦　不思其反
신서단단　불사기반

하늘 같이 믿은 맹세.
이리 될 줄 몰랐네.

反是不思　亦已焉哉
반시불사　역이언재

이리 될 줄 참말 몰랐네.
끝났네, 어쩔 길도 없이.

子 云하사대 善則稱人하고 過則稱己하면 則民이 讓善하나니 詩云호
대 考卜惟王이 度是鎬京하사 惟龜正之커늘 武王이 成之라 하나니라

공자가 말했다.

"착한 일엔 남을 칭하고 허물에는 자기를 칭하면 백성이 선(善)을 사양
한다.

시(詩)에 이르기를

「구복을 상고하는 이가 무왕(武王)이시라. 호경(鎬京)에 사실 뜻으로 거
북이를 바르게 하시고 무왕이 이를 이루셨도다」*

라 했다."

---

* 문왕유성(文王有聲)

문왕유성(文王有聲)
나라 열기는 문왕이시니

文王有聲　遹駿有聲
문왕유성　휼준유성

나라 열기는 문왕이시니
그 덕망 크기도 하네.

遹求厥寧　遹觀厥成
휼구궐녕　휼관궐성

백성들 편안 바라사
그 이뤄짐 친히 보시다.

文王烝哉
문왕증재

아, 훌륭하신 문왕이여!

文王受命　有此武公
문왕수명　유차무공

문왕은 천명 받으시어
큰 공 거두셨으니

既伐于崇　作邑于豐
기벌우숭　작읍우풍

숭(崇)나라 친 다음
풍(豐)땅에도 읍하시다.

文王烝哉
문왕증재

아, 훌륭하신 문왕이여!

築城伊淢　作豐伊匹
축성이혁 작풍이필

십리 사방 안에 성을 쌓고
여기 맞춰 도읍을 만드시오니

匪棘其欲　遹追來孝
비극기욕 휼추래효

욕심 따라 서둚이 아니라
조상 뜻 좇아 효(孝)하려 하심.

王后烝哉
왕후증재

아, 훌륭하신 문왕이여!

王公伊濯　維豐之垣
왕공이탁 유풍지원

왕의 공적 못 숨기니
새로 지은 대궐을 향해

四方攸同　王后維翰
사방유동 왕후유한

사방에서 모여와선
오직 왕께 의지함이니

王后烝哉
왕후증재

아, 훌륭하신 대왕이여!

豐水東注　維禹之績
풍수동주 유우지적

풍수(豐水)가 동으로 흐르는 곳,
옛 우왕(禹王)의 물 끄신 자취.

四方攸同　皇王維辟
사방유동 황왕유벽

사방에서 모여와선
우러러 받음이 왕이셨어라.

皇王烝哉
황왕증재

아, 훌륭하신 무왕이여!

鎬京辟雝　自西自東
호경벽옹 자서자동

호경(鎬京)의 못 가의 궁전!
서에서 동으로

自南自北　無思不服
자남자북 무사불복

남이라 북이라 가릴 것 없이
모두가 무릎을 꿇다.

皇王烝哉
황왕증재

아, 훌륭하신 무왕이여!

考卜維王　宅是鎬京
고복유왕 택시호경

점을 쳐 괘를 푸니
호경에 계심이 길하다고

維龜正之　武王成之
유귀정지 무왕성지

거북에게 물어
이 일을 무왕께서 이루시다.

武王烝哉
무왕증재

아, 훌륭하신 무왕이시여!

豐水有芑　武王豈不仕
풍수유기 무왕기불사

풍수에는 시화 자라니
무왕께서 어이 큰일 않으시리.

詒厥孫謀　以燕翼子
이궐손모 이연익자

좋은 계책 남기시어
자손들 길이 편히 하시다.

武王烝哉
무왕증재

아, 훌륭하신 무왕이시여!

子 云하사대 善則稱君하고 過則稱己하면 則民이 作忠하나니 君陳에 曰爾有嘉謀嘉猷커든 入告爾君于內하고 女乃順之于外曰 此謀此猷는 惟我君之德이라 하니 於乎是惟良顯哉인저 하니라

공자가 말했다.

"선은 임금을 일컫고 허물은 자기를 일컫는다면 백성은 충성(忠誠)된 생각을 일으킨다.

군진(君陳)에 말하기를

「네게 좋은 계획이 있으면 들어와서 너의 임금에게 안에서 고하고 밖에 나가서 이것은 오직 임금의 덕이라 선포하여라」

아아! 이것이 진실로 임금의 이름을 나타내는 것이니라."

子 云하사대 善則稱親하고 過則稱己하면 則民이 作孝하나니 大誓에 曰 予克紂라도 非予武라 惟朕文考 無罪며 紂克予면 非朕文考有罪요 惟予小子無良이라 하니라

공자가 말했다.

"착한 것은 어버이께 돌리고 허물은 나라 칭하면 백성이 효(孝)를 일으킨다.

대서(大誓)에 이르기를

「내가 주(紂)를 이긴다면 그것은 나의 무덕(武德)이 아니고 돌아가신 나의 아버지 문왕(文王)께서 허물이 없기 때문이다. 주(紂)가 나를 이긴다면 돌아가신 나의 아버지 문왕께서 허물이 있어서가 아니라 내가 어질지 못

한 때문이다」
라고 했다."

子 云하사대 弛其親之過하고 而敬其美하나니 書經에 曰 三年을 無改
於父之道라야 可謂孝矣라 하며 高宗에 云호대 三年을 其惟不言하시나
言乃讙이라 하니라

공자가 말했다.
"군자(君子)는 그 어버이의 허물은 버려두고 그 아름다운 덕을 공경한다.
서경(書經)에 이르기를
「삼 년(三年) 동안 어버이의 유업(遺業)을 고치지 않아야 진정한 효도라
할 수 있다」
고종(高宗)에 이르기를
「삼 년(三年) 동안 말하지 않다가 말을 하니 백성이 모두 기뻐하였다」
라고 했다."

子 云하사대 從命不忿하며 微諫不倦하며 勞而不怨하면 可謂孝矣니
詩云호대 孝子 不匱라 하나니라

공자가 말했다.
"자식 된 자는 부모의 명(命)에 성내지 않고, 부모의 허물은 은근히 모
나지 않게 간(諫)함에 게으르지 않고, 부모를 위해서 수고를 하더라도 원

망하지 않는다면 이를 효도(孝道)라 할 수 있다.

　시(詩)에 이르기를

　「효자(孝子)는 어버이를 섬김에 멈추는 일이 없다」*

라고 했다.”

---

* 기취(旣醉)

기취(旣醉)
술에 흠뻑

旣醉以酒　旣飽以德
기취이주　기포이덕

술에 흠뻑 취하였고
덕엔 이미 배불렀네.

君子萬年　介爾景福
군자만년　개이경복

임께서는 천년만년!
큰 복 누려 사옵소서.

旣醉以酒　爾殽旣將
기취이주　이효기장

술에 흠뻑 취하였고
안주 또한 맛이 있네.

君子萬年　介爾昭明
군자만년　개이소명

임께서는 천년만년!
밝은 빛을 발하소서.

昭明有融　高朗令終
소명유융　고랑영종

밝은 그 빛 찬란하여
높고 밝아 끝끝까지!

令終有俶　公尸嘉告
영종유숙　공시가고

처음 좋으니 끝 좋으리.
시동 말씀 가상하네.

其告維何 籩豆靜嘉
기고유하 변두정가

시동 말씀 어떠한가.
제물 정결 훌륭하고

朋友攸攝 攝以威儀
붕우유섭 섭이위의

제사 돕는 손님들도
위의 늠름하였었네.

威儀孔時 君子有孝子
위의공시 군자유효자

위의 늠름하였으니
임에게는 좋은 아들.

孝子不匱 永錫爾類
효자불궤 영석이류

좋은 아들 아니 끊겨
길이 복을 누려가리.

其類維何 室家之壼
기류유하 실가지곤

그 받는 복 어떠한가.
집안 매우 번창하리.

君子萬年 永錫祚胤
군자만년 영석조윤

임께서는 천년만년!
복과 자손 받으시리.

其胤維何 天被爾祿
기윤유하 천피이록

그 자손은 어떠한가.
하늘이 복을 주셔

君子萬年 景命有僕
군자만년 경명유복

임께서는 천년만년!
천명 거기 따르리라.

其僕維何 釐爾女士
기복유하 이이여사

그 따름이 어떠한가.
좋은 부인 주시리라.

釐爾女士 從以孫子
이이여사 종이손자

좋은 부인 주시어서
좋은 자손 주시리라.

子 云하사대 睦於父母之黨하면 可謂孝矣니 故로 君子는 因睦而合族
하나니 詩云호대 此令兄弟는 綽綽有裕컨만 不令兄弟는 交相爲癒라 하나
니라

공자가 말했다.
"부모(父母)의 친족(親族)에 화목하면 효도라 할 수 있다. 그러므로 군자
(君子)는 친목을 위해 종족(宗族)을 모은다.
시(詩)에 이르기를
「의좋은 형제는 너그럽고 유유하지만 의 나쁜 형제는 서로를 헐뜯네」*
라고 했다."

子 云하사대 於父之執에 可以乘其車는 不可以衣其衣니 君子以廣孝也라

공자가 말했다.
"어버이의 동지(同志)와 수레는 탈 수 있어도 그 옷을 입어서는 안 된
다. 군자(君子)는 이로써 효(孝)를 넓히는 것이다."

子 云하사대 小人이 皆能養其親하나니 君子 不敬何以辨이리오

공자가 말했다.

---

* p.66 [각궁(角弓)]

"소인(小人)도 모두 그 어버이를 봉양하는데, 군자(君子)가 공경하지 않으면 무엇으로 분별하겠는가."

子 云하사대 父子 不同位는 以厚敬也니 書云호대 厥辟이 不辟이면 忝厥祖라 하나니라

공자가 말했다.
"부자(父子)가 자리를 같이하지 않는다. 이로써 어버이에 대한 공경을 두텁게 하려하는 것이다.
서경(書經)에 이르기를
「임금이 임금답지 않으면 선조(先祖)를 욕되게 한다」
라고 했다."

子 云하사대 父母 在어시든 不稱老하고 言孝하고 不言慈하며 閨門之內에 戱而不歎이니 君子 以此防民하여도 民이 猶薄於孝하고 而厚於慈하나니라

공자가 말했다.
"부모가 계실 때는 늙었다는 말은 하지 않고 효도는 말하지만 자애(慈愛)는 말하지 않는다. 규문(閨門)안에서 유희(遊戱)는 할 수 있으나 탄식은 하지 않는다. 군자(君子)가 이로써 백성을 막지만 백성은 오히려 효(孝)에 박하고 자애(慈愛)에 후하다."

子 云하사대 長民者 朝廷에 敬老하면 則民이 作孝하나니라

공자가 말했다.
"백성의 어른인 자가 조정(朝廷)에서 노인을 공경하면 백성이 효도(孝
道)를 일으킨다."

子 云하사대 祭祀之有尸也와 宗廟之有主也는 示民有事也오 修宗廟하
며 敬祀事는 敎民追孝也니 以此防民하여도 民猶忘其親하나니라

공자가 말했다.
"제사에 시(尸)가 있고 종문에 주(主)가 있어 백성에게 섬김이 있음을
보여준다. 종묘(宗廟)를 보수(補修)하며 제(祭)를 공경함은 백성에게 효(孝)
를 추앙케 하는 것이다. 이로써 백성을 막아도 백성은 도리어 그 어버이
를 잊는다."

子 云하사대 敬則用祭器하나니 故로 君子는 不以菲로 廢禮하며 不以美
로 沒禮하나니 故로 食禮에 主人이 親饋커든 則客이 祭하고 主人이 不親
饋커든 則客이 不祭하나니 故로 君子 苟無禮면 雖美나 不食焉하나니 易
에 曰 東隣殺牛 不如西隣之禴祭면 實受其福이라 하며 詩云호대 旣醉以酒
하며 旣飽以德이라 하니 以此示民하여도 民이 猶爭利而忘義하나니라

공자가 말했다.

"공경하는 사람은 제기(祭器)를 쓴다. 군자(君子)는 비박(非薄)함을 핑계로 예(禮)를 폐하지 않고, 미만(美滿)함으로 예(禮)를 넘지 않는다. 주인(主人)이 친히 공궤하면 객(客)이 제사를 지내고, 주인이 친히 공궤치 않으면 객(客)이 제사지내지 않는다. 그러므로 군자(君子)는 진실로 예(禮)가 아니면 비록 좋은 음식이라도 먹지 않는다.

주역(周易)에 이르기를

「동쪽 이웃이 소를 잡음이 서쪽 이웃이 간략한 제(祭)로 복(福)을 받음만 못하다」

했고, 시(詩)에 이르기를

「이미 술에 취했네. 이미 덕(德)으로 배가 불렀네」*

했다. 이로써 백성에게 보였어도 백성은 이(利)를 다투고 의(義)를 잊었다."

子 云하사대 七日戒하고 三日齊하여 承一人焉하여 以爲尸하여 過之者 趨走는 以敎敬也오 醴酒 在室하고 醍酒 在堂하고 澄酒 在下는 示民不淫也요 尸飮三하고 衆賓이 飮一 示民有上下也요 因其酒肉하여 聚其宗族은 以敎民睦也니 故로 堂上은 觀乎室하고 堂下는 觀乎上하나니 詩云호대 禮儀 卒度하며 笑語卒獲이라 하나니라

공자가 말했다.

"칠일(七日)을 계(戒)하고 삼일(三日)을 제(齊)하여 한 사람을 받들어 시(尸)로 삼고, 신분이 지나친 사람이 추창하여 앞으로 나감은 이것으로 공

---

* p.90 [기취(旣醉)]

경을 가르침이다. 예주가 방에 있고 제주가 당(堂)에 있고 징주(澄酒)가 아래에 있음은 백성에게 맛을 탐하지 않음을 보여 주는 것이다. 시(尸)가 석 잔을 마시고 손이 한 잔을 마심은 백성에게 상하(上下)의 분별을 보여주는 것이다. 술과 고기로 종족(宗族)을 모음은 백성에게 친목함을 가르침이다. 그러므로 당 위에서 방을 보고 당 아래에서 당 위를 바라본다.

시(詩)에 이르기를

「예의(禮儀)가 도(度)에 맞고 웃으며 나누는 이야기가 도리에 맞네」*

라고 했다.”

---

* 초자(楚茨)

초자(楚茨)
까끌까끌 가시 돋친

楚楚茨茨　言抽其棘
초초자자　언추기극

까끌까끌 가시 돋친 납가새를 뜯었네.

自昔何爲　我藝黍稷
자석하위　아예서직

예전부터 전하는 법, 기장 심고자.

我黍與與　我稷翼翼
아서여여　아직익익

기장은 무성하고 피도 잘 되어

我倉旣盈　我庾維億
아창기영　아유유억

곳집도 가득 차고
노적(露積)도 한량없네.

以爲酒食　以享以祀
이위주식　이향이사

술과 떡 이로 빚어 제사 드리리.

以妥以侑　以介景福
이타이유　이개경복

시동(尸童) 세워 드시게 해
큰 복을 빌리.

濟濟蹌蹌　絜爾牛羊
제제창창　결이우양

여럿이 왔다 갔다 하며
소와 양을 정결히 잡아

以往蒸嘗　或剝或亨
이왕증상　혹박혹팽

사당에 제사 드리네.
잡기도 삶기도 하여

或肆或將　祝祭于祊
혹사혹장　축제우팽

차려 놓고 더러는 몸소 바치고
축사(祝史)가 문간에서 신(神)을 부르니

祠事孔明 先祖是皇 사사공명 선조시황	제사 예식은 갖추어졌네. 크고 거룩하신 조상의
神保是饗 孝孫有慶 신보시향 효손유경	신보(神保)여, 이것을 받으시고 제주(祭主)에게 경사와
報以介福 萬壽無疆 보이개복 만수무강	크나큰 복과 끝없는 수명을 내리소서.
執爨踖踖 爲俎孔碩 집찬적적 위조공석	삼가고 공경하여 부엌일 보아 그릇에 차린 음식 풍성하여
或燔或炙 君婦莫莫 혹번혹적 군부막막	번육(燔肉)에 적간(炙肝)까지 고루 갖추니 큰며느리 정성이 갸륵하여서
爲豆孔庶 爲賓爲客 위두공서 위빈위객	갖가지 음식이 빠진 것 없네. 끝나면 빈객과 한자리 앉아
獻醻交錯 禮儀卒度 헌수교착 예의졸도	주거니 받거니 오가는 술잔. 예의 모두 법에 맞아
笑語卒獲 神保是格 소어졸획 신보시격	웃고 얘기함도 때에 알맞네. 신보도 내려오시어
報以介福 萬壽攸酢 보이개복 만수유작	정성의 보답으로 큰 복과 끝없는 수명 내리시리라.
我孔熯矣 式禮莫愆 아공선의 식례막건	한껏 공경으로 제사 드려 예에 어긋남 없어
工祝致告 徂賚孝孫 공축치고 조뢰효손	축사는 신의 뜻을 삼가 받들어 제주 앞에 나가 이르네.
苾芬孝祀 神嗜飲食 필분효사 신기음식	'향기 높은 너의 제사를 신께서 즐겨 받으셨노라.

卜爾百福　如幾如式
복이백복　여기여식

모든 복을 내리시리니
바라는 대로 법식대로.

旣齊旣稷　旣匡旣勅
기제기직　기광기칙

삼가고 엄숙히 하여
바르고 빈틈없기에

永錫爾極　時萬時億
영석이극　시만시억

큰 복을 길이 내리어
억만 년 변함없게 하시리'

禮儀旣備　鍾鼓旣戒
예의기비　종고기계

예절 맞게 제사 갖추어지고
종과 북 엄숙히 울리면

孝孫徂位　工祝致告
효손조위　공축치고

제주는 서쪽 당 밑에 서고
축사는 제사의 뜻을 알리네.

神具醉止　皇尸載起
신구취지　황시재기

신들도 취하셨거니
시동이 이에 일어나시면

鼓鍾送尸　神保聿歸
고종송시　신보율귀

쇠북을 쳐 배웅하고
신보도 이젠 돌아가시네.

諸宰君婦　廢撤付遲
제재군부　폐철부지

가신들과 부인들은
재빨리 제물을 내려

諸父兄弟　備言燕私
제부형제　비언연사

집안사람끼리 모여 앉아
술잔 나누며 함께 즐기네.

樂具入奏　以綏後祿
악구입주　이수후록

안으로 옮겨 풍악 울리고
복 받고자 함께 즐기네.

爾殽旣將　莫怨具慶
이효기장　막원구경

안주도 골고루 돌아가
원망 않고 모두 기뻐해

旣醉旣飽　小大稽首
기취기포　소대계수

누구나 취하고 배불러
모두 조아려 축복하는 말.

神嗜飲食 使君壽考

신기음식 사군수고

孔惠孔時 維其盡之

공혜공시 유기진지

子子孫孫 勿替引之

자자손손 물체인지

'신들도 흠향하시고
그대를 장수하게 하셨도다.
그대의 제사는 법식대로
빠짐이 하나도 없으셨도다.
자자손손 오늘의 일을
길이 받들어 이어 가소서'

子 云하사대 賓禮는 每進以讓하고 喪禮는 每加以遠하나니 浴於中霤하고 飯於牖下하고 小斂於戶內하고 大斂於阼하고 殯於客位하고 祖於廷하고 葬於墓는 所以示遠也오 殷人은 吊於壙하고 周人은 吊於家하니 示民不偝也니라

공자가 말했다.

"빈객(賓客)의 예(禮)는 나아갈 때마다 사양하며 상례(喪禮)는 갈수록 멀어진다. 목욕은 중류(中霤)에서 하고 밥은 바라지 밑에서 먹는다. 소렴(小斂)은 문 안에서 하고 대렴(大斂)은 조(阼)에서 한다. 객위(客位)에 빈(殯)하고 뜰에서 조전(祖奠)을 지내며 무덤에서 장사지냄은 멀어짐을 보여주는 것이다. 은(殷)나라 사람은 광(壙)에서 조상하였고 주(周)나라 사람은 집에서 조상했으니 이는 백성에게 저버리지 않음을 보여주는 것이다."

子 云하사대 死는 民之卒事也니 吾從周하리니 以此防民하여도 諸侯猶有薨而不葬者하니라

공자가 말했다.

"죽음은 백성의 마지막 큰일이다. 나는 주(周)나라의 예(禮)를 따르리라. 이로써 백성을 막으려 하여도 제후가 훙(薨)하여도 장사지내지 않는 사람이 있다."

子 云하사대 升自客階하며 受吊於賓位는 教民追孝也오 未沒喪커든
不稱君은 示民不爭也니 故로 魯春秋에 記晉喪曰 殺其君之子奚齊와 及其
君卓이라 하니 以此防民하여도 子猶有弒其父者하니라

공자가 말했다.

"객계(客階)에 올라와 빈위(賓位)에 조상을 받음은 백성에게 추효(追孝)
를 가르침이다. 상장(喪葬)을 끝내지 않고는 임금을 칭하지 않음은 백성
에게 다투지 않음을 보여주는 것이다. 그러므로 노춘추(魯春秋)에 진(晉)
나라의 상(喪)을 기록하여 이르기를 「임금의 아들 해제(奚齊)와 임금 탁
(卓)을 죽였다」 하였다. 이로써 백성의 허물을 방지하였어도 아들이 어버
이를 시(弒)하는 자(者)가 있었다."

子 云하사대 孝以事君하며 弟以事長은 示民不貳也니 故로 君子 有君
커시든 不謀仕하며 唯卜之日에 稱二君하나니라

공자가 말했다.

"효도를 하는 것처럼 임금을 섬기고, 공손함을 가지고 어른을 섬김은
백성에게 대항할 수 없음을 보여주는 것이다. 그러므로 임금의 아들은
임금이 계시면 벼슬을 탐하지 않고 다만 점치는 날에만 이군(貳君)을 일
컫는다."

喪父三年하고 喪君三年은 示民不疑也오 父母 在커시든 不敢有其身하
며 不敢私其財也는 示民有上下也니라

어버이를 여의면 삼 년(三年) 동안 상복(喪服)을 입고 임금이 죽으면 삼
년복(三年服)을 입음은 백성에게 의심하지 않는 것을 보여주는 것이며, 부
모가 살아계시면 감히 그 몸은 마음대로 하지 못하고, 감히 그 재산을 사
사로이 하지 못함은 백성에게 상하(上下)가 있음을 보여주는 것이다.

故로 天子는 四海之內에 無客禮하사 莫敢爲主焉이니 故로 君이 適其
臣하사 升自阼階하시며 即位於堂은 示民不敢有其室也오 父母 在커시든
饋獻이 不及車馬는 示民不敢專也니 以此防民하야 民이 猶忘其親而貳其
君하나니라

그러므로 천자는 사해(四海) 안 어디에서도 객례(客禮)가 없고 누구도
감히 주인(主人)이 되지 못한다. 그러므로 임금이 신하의 집에 가서는 조
계(阼階)로 올라서 당(堂)에 자리를 잡는다. 이것은 백성에게 감히 그 집을
가질 수 없음을 보여주는 것이다. 부모가 계시면 궤헌(饋獻)이 거마(車馬)
에 미치지 못하는 것은 백성에게 감히 마음대로 하지 못함을 보여 주는
것이다. 이것으로써 백성의 허물을 방지하려 하여도 백성은 오히려 그
어버이를 잊고 그 임금을 뒤로 한다.

子 云하사대 禮之先幣帛也는 欲民之先事而後祿也니 先財而後禮하면 則民이 利하고 無辭而行情하면 則民이 爭하나니 故로 君子 於有饋者에 不能見하면 則不視其饋하나니 易에 曰 不耕穫하며 不菑畬라 凶이라 하니 以此防民하여도 民이 猶貴祿而賤行하나니라

공자가 말했다.

"예(禮)를 폐백보다 먼저 하는 것은 백성들에게 일을 먼저 하고 녹(祿)을 뒤로 하게 하려는 것이다. 재물을 먼저 하고 예(禮)를 나중에 하면 백성이 이(利)를 탐하게 되고, 말없이 정(情)을 행한다면 백성이 다투게 된다.

그러므로 군자(君子)는 물건을 보내온 자가 있어도 먼저 만나 볼 수가 없으면 그 물건을 받지 않는다.

역(易)에 이르기를

「땅을 갈지 않고 거두며 개간하지 않고 땅이 비옥하길 바라니 흉(凶)하다」

했다. 이것으로써 백성의 허물을 막아도 백성은 오히려 녹(祿)을 귀(貴)하게 여기고 행동을 천하게 여긴다."

子 云하사대 君子는 不盡利하여 以遺民하나니 詩云호대 彼有遺秉하고 此有不斂穧하니 伊寡婦之利라 하니 故로 君子 仕則不稼하며 田則不漁하며 食時하고 不力珍하며 大夫 不坐羊하며 士 不坐犬하니 詩云호대 采葑采菲를 無以下體면 德音莫違하여 及爾同死라 하니라 以此防民하여도 民猶忘義而爭利하여 以亡其身하나니라

공자가 말했다.

"군자는 이(利)를 다 취하지 않고 백성에게 남긴다.

시(詩)에 이르기를

「저기에 버려둔 볏단이 있고 여기에 거두지 않은 벼가 있네.

저 과부의 이익이도다」*

하였다. 그러므로 군자(君子)는 벼슬을 지내면 농사를 짓지 않고, 사냥을 하면 고기를 잡지 않으며 계절의 음식을 먹어도 진귀한 것을 힘써 구하지 않는다. 대부(大夫)는 양(羊)에 앉지 않고 선비는 개에 앉지 않는다.

시(詩)에 이르기를

「배추를 따고 순무를 따네. 뿌리까지 캐지를 마시오.

그대의 덕음(德音)을 어길 바에야 차라리 함께 죽으리」**

하였다. 이것으로써 백성의 허물을 막으려 하였으나 백성은 오히려 의(義)를 잊고 이(利)를 다투어 몸을 망친다."

---

* 대전(大田)
** 곡풍(谷風)

대전(大田)
큰 밭에는

大田多稼 旣種旣戒
대전다가 기종기계

旣備乃事 以我覃耜
기비내사 이아염사

俶載南畝 播厥百穀
숙재남묘 파궐백곡

旣庭且碩 曾孫是若
기정차석 증손시약

旣方旣皁 旣堅旣好
기방기조 기견기호

不稂不莠 去其螟螣
불랑불유 거기명특

及其蟊賊 無害我田穉
급기모적 무해아전치

田祖有神 秉畀炎火
전조유신 병비염화

큰 밭에는 많이 경작하니
앞서 씨 고르고 연장 갖추어
농사일 모두 준비하고
날카로운 보습으로
밭일을 시작하여서
온갖 곡식 씨 뿌렸더니
싹은 곧고 큼직하니
우리 임도 만족하네.

껍질이 생기고 알이 생기고
이것이 영글어 좋게 익어가
잡초도 나지 않았네.
속과 잎과 뿌리와 그리고 마디
갉아먹는 벌레 모두 잡아
어린 벼를 상하게 말리.
전조께서 영검을 나타내시어
타는 불 속에 던지시길!

有渰萋萋 興雨祁祁
유엄처처 흥우기기

넓은 하늘 가득히 메워
먹장구름 생겨나서

雨我公田 遂及我私
우아공전 수급아사

비 내려 공전(公田)을 적시고
우리 밭도 적셔 주소서.

彼有不穫穉 此有不斂穧
피유불확치 차유불렴제

저기엔 베지 않은 늦곡식,
여기엔 남겨둔 볏단.

彼有遺秉 此有滯穗
피유유병 차유체수

저기엔 버려둔 곡식 단,
여기엔 떨어진 벼이삭.

伊寡婦之利 曾孫來止
이과부지리 증손내지

이것은 불쌍한 과부의 차지.
종손도 오늘은 나오셨거니

以其婦子 饁彼南畝
이기부자 엽피남묘

아낙네 애들을 앞세우고
남쪽 밭에 들밥 가져가니

田畯至喜 來方禋祀
전준지희 내방인사

전준도 오셔서 기뻐하시고
사방의 신에게 제사하시네.

以其騂黑 與其黍稷
이기성흑 여기서직

붉은 소 검은 소 잡고
메기장, 피, 쌀을 차려 놓고

以享以祀 以介景福
이향이사 이개경복

신에게 바쳐 제사하여서
큰 복 내리소서 축수하시네.

곡풍(谷風)
골바람

習習谷風　以陰以雨
습습곡풍　이음이우

힘써 마음 모아 살아왔는데
殷勉同心　不宜有怒
민면동심　불의유노

采葑采菲　無以下體
채봉채비　무이하체

德音莫違　及爾同死
덕음막위　급이동사

살랑살랑 곡풍 불더니
날 흐리고 비가 내리네.
힘써 마음 모아 살아왔는데
성내고 노여워함 너무하구려.
순무나 무 뽑을 적에
밑동만 보곤 아니 되는 것.
그 사랑 변하지 아니한다면
임과 죽음도 같이하런만!

行道遲遲　中心有違
행도지지　중심유위

不遠伊邇　薄送我畿
불원이이　박송아기

誰謂荼苦　其甘如薺
수위도고　기감여제

宴爾新昏　如兄如弟
연이신혼　여형여제

가자니 못 떼는 걸음
못 끊는 것 마음이던가.
멀리는 나오기커녕
문께에서 내보냈지.
누가 씀바귀 쓰다던가,
내게 대면 냉이보다 달아.
그이는 새 사람에 반하여
형제처럼 즐기겠지.

涇以渭濁　湜湜其沚
경이위탁 식식기지

경수 때문에 위수 흐린대도
파랗게 맑은 곳 있거늘

宴爾新昏　不我屑以
연이신혼 불아설이

그이는 새 사람에 반하여
쳐다보려 안 하네.

毋逝我梁　毋發我笱
무서아량 무발아구

내가 놓은 어살에 가지 말고
내가 놓은 통발 들추지 마오.

我躬不閱　遑恤我後
아궁불열 황휼아후

하기는 쫓겨난 이 몸,
뒷일 걱정한들 그 무슨 소용?

就其深矣　方之舟之
취기심의 방지주지

깊은 물 건널 때는 떼로 하고 배로 하고

就其淺矣　泳之游之
취기천의 영지유지

얕은 곳 이르러선 무자맥질 헤엄치기.

何有何亡　黽勉求之
하유하망 민면구지

없고 있음 가리어서 고생고생 갖추었고

凡民有喪　匍匐求之
범민유상 포복구지

이웃에 일 있을 땐 기를 쓰고 도왔었네.

不我能慉　反以我爲讎
불아능휵 반이아위수

그래도 날 위하긴커녕
도리어 원수같이 알아서
정성을 물리쳐 버리시니
안 팔리는 물건 신세,

既阻我德　賈用不售
기조아덕 고용불수

昔育恐育鞠　及爾顚覆
석육공육국 급이전복

예전 어렵고 가난할 땐
한 몸 같이 고생했건만

既生既育 比予于毒
기생기육 비여우독

인제 살림이 넉넉해지자
독처럼 외면하다니.

我有旨蓄 亦以御冬
아유지축 역이어동

갖은 양념 김장 담금은
추운 겨울 나려 함인데

宴爾新昏 以我御窮
연이신혼 이아어궁

새 사람만 좋다 하시니
난 궁할 때나 필요한가.

有洸有潰 既詒我肄
유광유궤 기이아이

우악스레 닦달하여 고생만 실컷 시키고

不念昔者 伊余來墍
불념석자 이여내기

옛날에 알뜰살뜰히 사랑하던 일
생각도 않네.

子 云하사대 夫禮는 防民所淫하며 章民之別하고 使民無嫌하여 以爲
民紀者也니 故로 男女 無媒어든 不交하며 無幣어든 不相見은 恐男女之
無別也니 詩云호대 伐柯如之何오 匪斧면 不克하며 取妻如之何오 匪媒면
不得이라 하며 蓺麻如之何니 橫從其畝며 取妻如之何오 必告父母라 하
니 以此防民하여도 民이 猶有自獻其身하나니라

공자가 말했다.

"대저 군자(君子)의 예(禮)란 백성의 음란한 것을 방지하고 백성의 분별
을 밝혀서, 백성으로 하여금 의심나는 것을 없게 하여 백성의 기강을 세우
는 것이다. 그러므로 남녀는 중매쟁이가 없으면 사귀지 않고, 폐백이 없이
서로 만나지 않는 것은 남녀의 분별이 없을 것을 두려워하는 것이다.

시(詩)에 이르기를

「도끼 자루를 찍으려면 어찌해야 하나. 도끼로 하여야 하네

아내를 맞으려면 어찌해야 하나. 중매쟁이가 있어야 하네

삼을 심으려면 어찌해야 하나. 가로 세로 이랑을 일구어야 하네

아내를 맞으려면 어찌해야 하나. 반드시 부모에게 여쭈어야 하네」*

하였다. 이렇게 하여 백성의 허물을 방지하려 해도 백성은 오히려 스스
로 바치려 하는 자가 있다.

---

* 남산(南山)

남산(南山)
남산이라

南山崔崔 雄狐綏綏
남산최최 웅호수수

남산이라 높은 봉에
수여우가 어정버정.

魯道有蕩 齊子由歸
노도유탕 제자유귀

노(魯)나라 가는 길로
제(齊)의 고주 시집갔네.

旣曰歸止 曷又懷止
기왈귀지 갈우회지

이미 시집 간 사람을
그리다니 이 무슨 말?

葛屨五兩 冠綏雙止
갈구오량 관유쌍지

칡신은 다섯 켤레
관끈은 두 줄일세.

魯道有蕩 齊子庸止
노도유탕 제자용지

노나라 가는 길로
제의 공주 시집갔네.

旣曰庸止 曷又從止
기왈용지 갈우종지

이미 시집 간 사람을
뒤쫓다니 이 무슨 말?

蓺麻如之何 橫從其畝
예마여지하 횡종기묘

삼 심을 때 어찌 하나?
가로 세로 이랑 내지.

取妻如之何 必告父母
취처여지하 필고부모

장가들 때 어찌 하나?
부모에게 아뢰야지.

旣曰告止 曷又鞠止
기왈고지 갈우국지

아뢰고서 얻은 아내
어째 이리 버려두나?

析薪如之何 匪斧不克
석신여지하 비부불극

장작 팰 때 어찌 하나?
도끼 아님 아니 되지.

取妻如之何 匪媒不得
취처여지하 비매부득

장가들 때 어찌 하나?
중매 아님 아니 되지.

旣曰得止 曷又極止
기왈득지 갈우극지

중매 세워 얻은 아내
어째 전혀 버려두나?

子 云하사대 取妻호대 不取同姓은 以厚別也니 故로 買妾호대 不知其
姓則卜之하나니 以此防民하여도 魯春秋에 猶去夫人之姓曰吳라 하고 其
死曰 孟子 卒이라 하니라

공자가 말했다.

"아내를 맞이하는 데 동성(同姓)을 얻지 않는 것은 분별(分別)을 두텁게
하려 하는 것이다. 그러므로 첩(妾)을 사는데 그 성(姓)을 모르면 점을 친
다. 이것을 가지고 백성을 막으려 하여도 노춘추(魯春秋)에 오히려 부인의
성(姓)을 버리고 오(吳)라 부르고 그가 죽자 「맹자(孟子)가 졸(卒)했다」라고
했다.

子 云하사대 禮에 非祭어든 男女 不交爵하나니 以此防民하여도 陽侯
猶殺繆侯而竊其夫人하니 故로 大饗에 廢夫人之禮하니라

공자가 말했다.

"예(禮)에 「제사가 아니면 남녀가 술잔을 나누지 않는다」 하였다. 이것
으로 백성을 막으려 하여도 양후(陽侯)가 무후(繆侯)를 죽이고 그 부인(夫
人)을 훔쳤다. 그러므로 대향(大饗)에서 부인의 예를 폐(廢)했다."

子 云하사대 寡婦之子는 不有見焉이면 則弗友也니 君子 以辟遠也라
故로 朋友之交엔 主人不在어든 不有大故면 則不入其門이니 以此防民하
여도 民猶以色厚於德이니라

공자가 말했다.

"과부의 자식은 나타나는 일이 없으면 벗으로 삼지 않는다. 군자가 피원(辟遠)하는 것이다. 그런 때문에 붕우의 사귐은 주인이 없으면 큰 연고가 없을 때엔 그 문 안에 들어가지 않는다. 이것으로써 백성을 막으려 하여도 백성은 오히려 여색을 덕(德)보다 두텁게 여긴다."

子 云하사대 好德을 如好色이니 諸侯는 不下漁色이라 故로 君子는 遠色以爲民紀니라 故로 男女 授受不親하고 御婦人則進左手니라 姑姊妹女子子已嫁而反이어든 男子 不與同席而坐하며 寡婦는 不夜哭하며 婦人疾에 問之호대 不問其疾하나니 以此防民하여도 民猶淫佚而亂於族이니라

공자가 말씀하셨다.

"덕(德)을 좋아하기를 여색 좋아하듯 해야 한다. 제후는 그 나라의 경대부나 사의 딸을 아내로 맞이하지 않는다. 그런 때문에 군자는 여색을 멀리하여 백성의 기강을 삼는다. 그러므로 남녀가 주고받는 것을 친히 하지 않는다. 부인을 위해서 수레를 몰 때는 좌편 손을 앞으로 낸다. 고자매여자(姑姊妹女子)의 자식이 이미 시집갔다가 돌아오면 남자는 자리를 같이 하지 않는다. 과부는 밤에 곡하지 않는다. 부인이 병이 있을 때에 문병은 하지만 증세는 묻지 않는다. 이것으로써 백성을 막아도 백성은 오히려 음란하고 방탕해서 종족을 어지럽힌다."

子 云 昏禮에 壻親迎하여 見於舅姑어든 舅姑는 承子以授壻하나니 恐
事之違也니라 以此防民하여도 婦猶有不至者니라

공자가 말씀하셨다.

"혼례에 사위가 친영해서 구고(舅姑)께 뵈면 구고는 자식을 앞으로 나
오게 하여 경계하고 사위에게 주는 것은 부도(婦道)를 어길까 두려워하는
것이다. 이것으로써 백성을 막지만 며느리는 오히려 남편을 좇지 않는
자가 있다."

이런 둘엇다ㅎ씨대 런도 잇다ㅎ묘쪽

야心쏘이러타잇다ㅎ묘ㄴㅎ매쑷

쫓가온고ㅁ으슬ㅎ묘

其二

娅家로지쌴샴고짼기오버ㄴ사마太

쑤ㅛ聖代에病오로ㄴ거가씨이응에

ㄴ가ㄴ는이믄허오리나며고자

其三

法风이우라ㅎ니其뽓고거즈마리

人쓰이어디다ㅎ니其뽓로온호아.

가티天下애許多ㅊ才론쇼때알손일

其四

幽蘭在空ㅎ니ㄴ이然이ㄴ됴해ㅁ

其四

원문

유란(幽蘭)이 재곡(在谷)ᄒ니 자연(自然)이 듯디 됴희.

백운(白雲)이 재산(在山)ᄒ니 자연(自然)이 보디 됴해.

이 듕에 피미일인(彼美一人)을 더옥 닛대 몯ᄒ얘.

현대어

유란(幽蘭)이 재곡(在谷)하니 자연(自然)히 듣기 좋구나

백운(白雲)이 재산(在山)하니 자연히 보기 좋구나

이 중에 피미일인(彼美一人)을 더욱 잊지 못하네

주역(周易)
―― 계사상전 사(繫辭上傳 四)

원문

易與天地準 故能彌綸天地之道 仰以觀於天文 俯以察於地理 是故知幽
明之故 原始反終 故 知死生之說 精氣爲物 遊魂爲變 是故知鬼神之情狀

與天地相似 故不違 知周乎萬物 而道濟天下 故不過旁行而不流 樂天知
命 故不憂 安土敦乎仁 故能愛 範圍天地之化而不過 曲成萬物而不遺通 乎
晝夜之道而知 故神无方 而易无體

역해

『역(易)』은 천지에 비준하여 만들어진 것이다. 그런 까닭에 능히 천지의
법칙을 이 속에 미봉하고 성립할 수 있다. 우러러서는 천체(天體)의 현상을
관찰하고 굽어서는 땅 위의 모든 상태를 살피고 있다. 그러므로 『주역(周
易)』은 어둠과 밝음의 까닭을 알 수 있는 것이다. 사물(事物)의 처음을 근원
으로 하여 사물의 종말을 생각한다. 그러므로 죽고 사는 수(數)를 알 수 있
는 것이다. 정기(精氣)가 엉겨 모인 것이 유형의 생물이 되고 변하여진 것
이 영혼인 것이다. 그러므로 귀신의 정상(情狀)을 알 수 있는 것이다.

『주역(周易)』의 법칙은 하늘과 땅과 더불어 서로 같으므로 어긋남이 없
다. 지혜는 만물에 골고루 보편화되고 법칙은 천하를 구제할 수 있다. 그
러므로 허물됨이 없으며, 임기응변하여 널리 융통성이 있으되 방자함에
흐르지 않고 하늘의 도(道)를 즐겨하여 스스로 천명(天命)을 알고 있다. 그

러므로 근심하지 아니하고, 땅에서 편안히 있어 어진 일에 돈후(敦厚)하게 한다. 그러므로 능히 만물을 사랑할 수 있는 것이다.

천지의 변화를 모범하여 둘러싸도 지나침이 없고, 형세의 변동에 따라 만물을 곡진하여도 남김이 없다. 낮과 밤의 법칙을 통하여 밝고(明), 그윽함(幽)을 안다. 그러므로 신(神)은 어느 한 방면에 국한됨이 없고, 역(易)은 일정한 형체가 없다. 어떠한 방향도 어떠한 작용도 이에 포함되는 것이다.

황제내경소문(黃帝內經素問)
── 상고천진론편(上古天眞論篇)

원문

夫上古聖人之教下也, 皆謂之. 虛邪賊風, 避之有時, 恬惔虛無, 眞氣從
之, 精神內守, 病安從來? 是以志閑而少欲, 心安而不懼, 形勞而不倦, 氣從
以順, 各從其欲, 皆得所願. 故美其食, 任其服, 樂其俗, 高下不相慕, 其民,
故曰朴. 是以嗜欲不能勞其目, 淫邪不能惑其心, 愚智賢不肖, 不懼於物,
故合於道. 所以能年皆度百歲, 而動作不衰者, 以其德全不危也.

역해

대저 상고(上古)의 성인(聖人)이 아래 백성(百姓)들을 가르치심에 모두에
게(사람을 가리지 않고 누구에게나) 이르시기를 '(사시四時에 있어서의 부정不正한)
허사적풍(虛邪賊風)을 피(避)함에 시(時)를 두고, 염담허무(恬惔虛無)로 지내
면, 진기(眞氣)가 그를 따르고, (음양陰陽의 수화水火가 잘 교제交濟하여) (신腎)정(精)
과 (심心)신(神)이 안으로 지켜지니, 병(病)이 어디로부터 들어올 수가 있겠
는가?'라고 하셨습니다. 이 때문에 (상고시대 사람들은) 뜻이 한(閑)(자제自制,
한가閑暇)하여 욕심이 적어지며, 마음이 편안(便安)해서 두려워하지 않고,
형(形)이 수고로워도 권태롭지 않으니, (진眞)기(氣)가 종(從)하여(길러져서)
순(順)해지며, 백성들이 각기 그 하고자 하는 것을 좇음에 그 원하는 것을
얻을 수 있었던 것입니다. 그러므로 그 음식(飮食)을 달게 여기고(달게 여기
되 과식過食하지 않고), 그 복장(服裝)을 뜻대로 맡겨 편한 대로 입으며(편하게

입으나, 화려(華麗)함을 추구하지 않으며), 그들 나름의 풍속(風俗)을 즐기고, 고하(高下)가 서로 선모(羨慕)하지(부러워하지) 않았으니, 그 백성(百姓)들을 고로소박(素朴)(성실誠實)하다고 합니다. 이로 인해서 기욕(嗜欲)이 그 눈을 수고롭게 하지 않으며, 음사(淫邪)가 그 마음을 의혹(疑惑)되게 하지 못하고, 어리석거나 지혜롭거나 간에 혹은 현명(賢明)하여 능력 있거나 불초(不肖)하여 무능한 사람이든 간에 물(物)을 두려워하지 않았으니, (양생수양養生修養하는) 도(道)에 합치했던 것입니다. 따라서 나이가 백세(百歲)를 넘도록 동작(動作)이 쇠(衰)하지 않을 수 있었던 것은, 그 덕(德)이 온전하여(득도得道함이 양생養生의 도道에 전면 부합되어) 위(危)(衰)하지 않았기 때문(以)입니다.

주역(周易)

—— 계사하전(繫辭下傳)

원문

古者包犧氏之王天下也 仰則觀象於天 俯則觀法於地 觀鳥獸之文 與地之宜 近取諸身 遠取諸物 於是始作八卦 以通神明之德 以類萬物之情 作結繩而爲綱罟 以佃以漁 蓋取諸離

包犧氏沒 神農氏作 斷木爲耜 揉木爲耒 耒耨之利 以敎天下 蓋取諸益

日中爲市 致天下之民 聚天下之貨 交易而退 各得其所 蓋取諸噬嗑

神農氏沒 黃帝堯舜氏作 通其變 使民不倦 神而化之 使民宜之 易窮則變 變則通 通則久 是以自天祐之 吉无不利

黃帝堯舜垂衣裳 而天下治 蓋取諸乾坤 刳木爲舟 剡木爲楫 舟楫之利 以濟不通 致遠以利天下 蓋取諸渙

服牛乘馬 引重致遠 以利天下 蓋取諸隨

重門擊柝 以待暴客 蓋取諸豫

斷木爲杵 掘地爲臼 臼杵之利 萬民以濟 蓋取諸小過 弦木爲弧 剡木爲矢 弧矢之利 以威天下 蓋取諸睽

上古穴居而野處 後世聖人 易之以宮室 上棟下宇 以待風雨 蓋取諸大壯

古之葬者 厚衣之以薪 葬之中野 不卦不樹 喪期无數 後世聖人 易之以棺槨 蓋取諸大過

上古結繩而治 後世聖人 易之以書契 百官以治 萬民以察 蓋取諸夬

역해

옛날 포희씨(包犠氏)가 천하에서 임금 노릇을 할 때, 우러러 천체의 현상을 관찰하고 굽어서는 땅의 법칙을 관찰하였으며, 새와 짐승의 문체와 땅의 마땅한 바를 관찰하여 가까이는 몸에서 취하고 멀리는 천지만물에서 가져다가 처음으로 팔괘(八卦)를 만드니, 신명(神明)한 덕(德)에 통달하고, 만물의 정상(情狀)을 유추(類推)하여 알게 되었다. 노끈으로 매듭을 지어 그물을 만들어서는 짐승을 사냥하고 물고기를 어획(漁獲)하게 하였으니, 그것은 이괘(離卦)의 이치에서 취한 것이다. 이(離)는 붙는다는 뜻이니 새와 짐승이 어느 곳에 부착(附着)하는가를 알아내는 것이 그물질하는 데 전제조건인 것이다.

포희씨(包犠氏)가 죽으니 신농씨(神農氏)가 일어나서, 신농씨(神農氏)는 나무를 깎아서는 보습(사, 耜)을 만들고 나무를 휘어잡아서는 훌청이를 만들어 갈고 매는 리(利)를 천하 만민에게 가르쳤다. 이것은 대개 익괘(益卦)에서 취한 것이다. 익(益)은 백성을 이익 되게 하는 것을 가르친 괘다. 또 신농씨(神農氏)는 한낮에 시장을 열어 천하의 백성들을 오게 하고 천하의 모든 물화를 모아 서로 바꿔서 갖고 가게 하여 각각 그 필요한 것을 얻게 하였다. 이것은 대개 서합(噬嗑)괘의 이치에서 힌트를 얻은 것이다. 서합은 아래윗니(치(齒))가 서로 한 곳에 모여 음식물을 씹는 것을 표현한 괘(卦)다.

신농씨(神農氏)가 죽고 뒤에는 황제(黃帝), 요(堯), 순(舜) 등의 어진 군왕(君王)들이 일어나서 천지만물의 변화하는 사리에 통달하여 백성들로 하여금 게으르지 않게 하고 움직여 활동하게 하고 신비스러운 음양의 법칙으로 변화를 행하여서 백성들로 하여금 각각 그 마땅한 바를 얻게 하였다.

주역(周易)의 법칙은 사물이 궁극에 도달하면 변하고, 변화하면 통하는 길이 열린다는 것이다. 변하면 통하는 길이 열리기 때문에 이 음양 변화의 법칙은 오래 지속할 수 있는 것이다. 그렇기 때문에 하늘로부터 돕게 되니 길(吉)하여 이(利)롭지 않은 것이 없다는 것이다.

황제(黃帝)와 요(堯), 순(舜)은 의상(衣裳)을 움직이지 않고 드리운 채 앉아 있어도 천하가 잘 다스려졌던 것이다. 그것은 건곤(乾坤)괘(卦)에서 그 법칙을 본받았기 때문이다. 하늘과 땅은 자연스럽고 순탄하여서 작위(作爲)하는 일도 없고 요란한 일이 없어도 천지만물을 크게 생성화육하는 것이다.

나무를 쪼개서 배를 만들고 나무를 깎아서 노를 만드니 배와 노의 이(利)로움으로 인하여 통하지 못하던 곳에 건너가게 되니 먼 데의 것을 가져오게 되어 천하에 이익이 되게 하였다. 이것은 대개 환괘(渙卦)에서 그 법칙을 취하여 온 것이다. 환괘(渙卦)에는 큰 강을 건너는 데 나무를 타기 때문에 성공한다는 말이 있다.

소를 길들이고 또 말을 타게 하여 무거운 것을 끌어 먼 곳에 운반함으로 인하여 천하를 이(利)롭게 하였다. 이것은 대개 수괘(隨卦)에서 취하여 온 것이다. 수괘(隨卦)는 시의(時宜)를 따르라는 괘이다. 때를 따라 모든 것이 각각 그 정당한 바를 얻는 것이다. 이중(二重)의 문을 세우고 밤에 딱딱이를 쳐서 난폭한 외인이 오는 것을 대비하게 하였다. 이것은 대개 예괘(豫卦)에서 취하여 온 것이며, 예(豫)는 미리라는 뜻이다. 나무를 잘라서 공이(저(杵))를 만들고 땅을 파서 호박을 만드니, 공이와 호박의 이(利)됨이 만민을 구제케 되었다. 또한 이것은 대개 소과괘(小過卦)에서 취하여 온 것이다. 소과괘(小過卦)는 간괘(艮卦)가 아래에 있고 진괘(震卦)가 위에 있다. 간(艮)은 산(山)이니 정지하는 것으로서 호박을 상징하고 진(震)은 우레로서 움직이는 것이니 공이를 의미하는 것이다.

나무를 구부려 시위를 메워 활을 만들고 나무를 깎아서 화살을 만들어 활과 화살의 이(利)로움으로써 천하를 위압하게 하니 이것은 대개 규괘(睽卦)에서 암시를 받은 것이다. 규괘(睽卦)는 반목질시(反目疾視)를 표현한 괘(卦)다.

옛날에는 사람이 바위틈이나 구멍에서 살았고 들에서 거처하였다. 후에 성인(聖人)이 훌륭한 궁실을 지어 옛날의 생활방식을 바꾸게 하니 위에는 마룻대를 세우고 아래에는 서까래를 놓아 바람과 비에 대비하게 되었다. 이것은 대개 대장괘(大壯卦)에서 취하여 온 것이다. 대장(大壯)은 궁실의 장대한 것을 연상케 한다.

옛날에 장사를 지낼 때 시체를 섶으로 두텁게 싸서 들 한복판에 장사하고 봉분을 만들거나 묘에 나무를 심지도 않았으며, 상기(喪期)도 일정한 시일이 없었다. 후세의 성인(聖人)이 섶 대신에 관을 쓰는 것으로 바꿔 놓았다. 이것은 대개 대과괘(大過卦)에서 연상한 것이다. 대과(大過)는 성대하기가 매우 지나치다는 뜻이다. 관을 사용하여 죽은 사람의 장사를 지낼 만큼 후(厚)한 예(禮)로 한다는 것이다.

옛날에는 노끈 마디를 맺어 의사를 표시함으로써 다스리던 것을 후세에 성인(聖人)이 서계(書契)로 바꾸어 모든 관원과 만민이 그로 인하여 다스리고 알게 되었다. 이것은 대개 쾌괘(夬卦)에서 취하여 온 것이다. 쾌(夬)는 결단한다는 뜻이니 문자(文字)로써 모든 일을 처리 결단한다는 것이다.

이린 둘이엇다ᄒᆞ매 대런도 잇디ᄒᆞ요 왓지
얏노고 디오슴ᄒᆞ요

其二

姻家로지 안삼고 取月모 버는사마소 平生일代에 愛오로 거ᄭᅵ이등에 우라노 이든 허모리나엄고자

其三

法風이주다ᄒᆞ니 其實고 거즈마리 人生이어다다ᄒᆞ니 其實모 온호아 가리天下애 韓多數才론쏘 떠말쏟

其四

幽蘭在谷ᄒᆞ니 自然이든 디요히요

其五

원문

산전(山前)에 유대(有臺)ᄒᆞ고 대하(臺下)애 유수(有水) ㅣ 로다.

ᄠᅦ 만흔 ᄀᆞᆯ며기ᄂᆞᆫ 오명가명 ᄒᆞ거든,

엇더타 교교백구(皎皎白駒)ᄂᆞᆫ 머리 ᄆᆞ음 ᄒᆞᄂᆞᆫ고

현대어

산전(山前)에 유대(有臺)하고 대하(臺下)에 유수(有水)로다.

떼 많은 갈매기는 오명 가명 하거늘

어떻다 교교백구(皎皎白鷗)는 멀리 마음 하는고.

주역(周易)

—— 계사상전 오(繫辭上傳 五)

원문

一陰一陽之謂道 繼之者善也 成之者性也 仁者見之謂之仁 知者見之謂
之知 百姓日用而不知 故 君子之道鮮矣 顯諸仁 藏諸用 鼓萬物 而不與聖
人同憂 盛德大業至矣哉

富有之謂大業 日新之謂盛德 生生之謂易 成象之謂乾 效法之謂坤 極數
知來之謂占 通變之謂事 陰陽不測之謂神

역해

한 번은 음기로 되기도 하고 한 번은 양기로 되기도 한다. 이것을 천지
자연의 도(道)라고 한다. 이것을 계속하는 것이 선(善)이요, 이것을 이룩하
는 것은 사람의 본성(本性)이다. 본성이 인(仁)한 자는 이 도(道)를 보고 인
(仁)이라고 하고, 본성이 지혜로운 자는 이 도(道)를 보고 지(知)라고 하나,
일반 백성들은 이 도(道)를 날마다 사용하고 있으면서도 그것이 무엇인
지를 알지 못한다. 인자(仁者)는 인(仁)만을 보고 지자(知者)는 지(知)만으로
규정하고 백성은 전연 자각하지 못하므로 천지자연의 도(道)를 완전히 이
해하는 군자(君子)의 도(道)를 갖춘 자는 드물다.

천지자연의 도(道)의 형체는 인(仁)에서 나타난다. 그러므로 그 공덕이
만물에 덮인다. 도(道)는 일상생활 속에 잘 나타나지 않으므로 날마다 사
용하면서도 그것이 도(道)인 것을 깨닫지 못한다. 만물을 고동(鼓動)하게

하고 있으나 아무런 하는 일도 노력하는 형적도 없다. 성인(聖人)이 도(道)를 체득(體得)하였으나 그것을 실용에 옮기기에는 항상 근심하고 두려워하고 있음과는 같지 않다. 천지자연의 도(道)의 성(盛)한 공덕과 위대한 업적은 더할 수 없이 지극한 것이다. 풍부하게 소유하는 것을 위대한 사업(事業)이라 하고 날마다 새로워지는 것을 성대한 덕이라고 하며, 낳고 또 낳는 것을 역(易)이라고 한다. 도(道)의 상이 이루어지는 것을 건(乾)이라고 하고, 도(道)의 법칙을 본받는 것을 곤(坤)이라고 한다. 수리(數理)를 극진히 하여 미래를 아는 것을 점(占)이라 한다. 변화를 통하여 발생하는 것을 일이라고 한다. 천하 만물이 모두 음양(陰陽)의 변화(變化)에 따라 생성 발전하여 미리 헤아릴 수 없는 것을 신(神)이라고 한다.

황제내경소문(黃帝內經素問)
——— 육절장상론편(六節臟象論篇)

원문

帝曰 : 五運之始, 如環無端, 其太過不及何如?

岐伯曰 : 五氣更立, 各有所勝, 盛虛之變, 此其常也.

帝曰 : 平氣何如?

岐伯曰 : 無過者也.

帝曰 : 太過不及奈何?

岐伯曰 : 在經*有也.

帝曰 : 何謂所勝?

岐伯曰 : 春勝長夏, 長夏勝冬, 冬勝夏, 夏勝秋, 秋勝春, 所謂得五行時之
  勝, 各以氣命其藏.

帝曰 : 何以知其勝?

岐伯曰 : 求其至也, 皆歸始春, 未至而至, 此爲太過, 則薄所不勝, 而乘所勝
  也, 命曰氣淫. 不分邪僻內生, 工不能禁. 至而不至, 此謂不及, 則所勝妄
  行, 而所生受病, 所不勝薄之也, 命曰氣迫, 所謂求其至者, 氣至之時也.
  謹候其時, 氣可與期, 失時反候, 五治不分, 邪僻內生, 工不能禁也.

帝曰 : 有不襲乎?

岐伯曰 : 蒼天之氣, 不得無常也, 氣之不襲, 是謂非常, 非常則變矣.

---

* 經(경) : 시경(詩經)

帝曰：非常而變奈何？

岐伯曰：變至則病, 所勝則微, 所不勝則甚, 因而重感於邪, 則死矣. 故非其
時則微, 當其時則甚也.

역해

황제(黃帝)께서 말씀하시길 "오운(五運)의 기(氣)가 시작하고 마침에, 고
리처럼 끝이 없이 순환(循環)함에 있어서, '태과(太過)'와 '불급(不及)'은 어
떻게 나타나는지요?"

기백(岐伯)께서 말씀하시길 "오기(五氣)가 번갈아 들어섬에 각기 승(勝)
하는 것이 있고, 성허(盛虛)의 변화(變化)가 있으니, 이것이 세기(歲氣)의 일
정한 규율(規律)인 것입니다."

황제(黃帝)께서 말씀하시길 "평기(平氣)'는 어떻게 나타나는지요?"

기백(岐伯)께서 말씀하시길 "평기(平氣)는 과실(過失)(태과太過 불급不及)이
없는 것입니다."

황제(黃帝)께서 말씀하시길 "태과(太過)와 불급(不及)은 무엇인지요?"

기백(岐伯)께서 말씀하시길 "경전(經典, 시경)에 있습니다."

황제(黃帝)께서 말씀하시길 "무엇을 일러 승(勝)하는 것이라고 하는지요?"

기백(岐伯)께서 말씀하시길 "춘(春)이 장하(長夏)를 승(勝)하고, 장하(長
夏)가 동(冬)을 승(勝)하고, 동(冬)이 하(夏)를 승(勝)하고, 하(夏)가 추(秋)를 승
(勝)하고, 추(秋)가 춘(春)을 승(勝)하나니, 이것은 이른바 오행시(五行時)가
승(勝)함을 득(得)함이니(오행상五行上의 어떤 한 시령時令이 자신이 승勝하는 시령時令
을 만남이니), 각기 그 기(氣)로써 그 장기(臟器)를 명(命, 名)합니다.

황제(黃帝)께서 말씀하시길 "어떻게 그 승(勝)함을 알 수 있는지요?"

기백(岐伯)께서 말씀하시길 "그 기운(氣運)이 이르는지의 여부를 살핌

에, 모두 (춘기春氣가 시작되는 날인) 시춘(始春)으로 돌아가 (시령時令과 기후氣候가 상응하는지의 여부를 추산推算하여) 봅니다. (시령時令이) 아직 도달하지 않았는데도 (기후氣候가 먼저) 도달했으면 이것을 일러 태과(太過)라고 하는데, 즉 (이 때에는 기기氣가 너무 지나치게 되어) 자기가 승(勝)하지 못하는 것도 침범하고, 자기가 승(勝)하는 것도 올라타게 되니, 이름하여 기음(氣淫, 기기氣가 음란淫亂함, 기기氣가 너무 왕성함)이라고 합니다. (이와는 반대로 시령時令이) 이르렀는데도 (기후氣候가) 아직 이르지 않은 것, 이것을 일러 불급(不及)이라고 합니다. 즉 (이때에는 기기氣가 미치지 못하여) 자기가 승(勝)할 수 있었던 기(氣)가 (제약制約을 받지 않게 되어) 망령되이 행하고, 내가 낳아주는 기(氣)도 (도움을 받지 못하게 되어) 병(病)이 나며, 내가 승(勝)하지 못하는 기(氣)가 (허虛한 것을 틈타) 핍박(逼迫)해 오니, 이름 하여 기박(氣迫)이라고 합니다. 이른바 '기(氣)가 다다름을 구한다'는 것은 (시령時令에 근거根據하여) 기(氣)가 (일찍 또는 늦게) 이르는 시기(時期)를 추구(推求)하는 것입니다. 삼가 그 시(時, 시령時令에 따른 기기氣의 변화)를 살필 것 같으면 기(氣의 다다름)를 여기(與期, 예기豫期)할 수 있습니다. 시령(時令)과 기후(氣候)를 실반(失反, 제대로 분별해내지 못)하고, 오운(五運)의 기(氣)가 (번갈아 들며) 다스리는 법(法)을 구분하지 못한다면, 사기(邪氣)가 안으로 생겨나게 되어, 훌륭한 의술가(醫術家)일지라도 고칠 수가 없습니다."

황제(黃帝)께서 말씀하시길 "오기(五氣)가 순서(順序)에 따라 서로 이어받지 않는 수도 있는지요?"

기백(岐伯)께서 말씀하시길 "창천(蒼天)에 있는 (오행五行의) 기(氣)는 일정(一定)한 규율(規律)이 없을 수가 없습니다. 기(氣)가 순서(順序)에 따라 서로 이어받지 못함, 이것을 일러 비상(非常, 비정상非正常)이라고 하는데, 비상(非常)이면 변이(變異)하게 됩니다."

황제(黃帝)께서 말씀하시길 "비상(非常)하여 변이(變異)하게 되면 어떻게 되는지요?"

기백(岐伯)께서 말씀하시길 "(기후氣候의) 변(變)함이 이르면 병(病)납니다. (만약에 주기主氣가 변기變氣를) 승(勝)하는 것이라면 병(病)이 가벼워지고, 승(勝)하지 못하는 것이라면 심하게 되며, 거기에다가(인因) (또 다른) 사기(邪氣)에 거듭 감촉(感觸)이 되면 죽게 됩니다. 그러므로 (변기變氣가 다다름에, 변기變氣 자신이 승勝하지 못하는) 그 시(時)가 아니면 (병病이) 경미(輕微)해지고, (변기變氣가 주기主氣를 승勝하는) 그 시(時)를 만나면 (병病이) 심해집니다."

중용(中庸)
──── 도론(道論)

君子之道, 四에 丘, 未能一焉이로니 所求乎子로 以事父를 未能也하며 所求乎臣으로 以事君을 未能也하며 所求乎弟로 以事兄을 未能也하며 所求乎朋友로 先施之를 未能也로니 庸德之行하며 庸信之謹하여 有所不足이어든 不敢不勉하며 有餘어든 不敢盡하여 言顧行하며 行顧言하니 君子, 胡不慥慥爾리오

군자(君子)의 도(道)가 넷인데 구(丘)*는 한 가지도 잘하지 못한다. 자식들에게 바라는 것으로써 아버지 섬김을 잘하지 못하고, 신하들에게 바라는 것으로써 임금 섬김을 잘하지 못한다. 아우에게 바라는 것으로써 형 섬김을 잘하지 못하고, 벗들에게 바라는 것으로써 먼저 베풀어 주기를 잘하지 못한다.

용덕(庸德)을 행하며 용언(庸言)을 삼가서 행동에 부족한 바가 있으면 감히 힘쓰지 아니치 못하며, 말에 남음이 있으면 감히 다하지 않아 말은 행동을 돌아보고 행동은 말을 돌아보는 것이니, 군자(君子)가 어찌 독실(篤實)치 아니하랴!

---

* 구(丘) : 공자

─── 군자(君子)와 처신(處身)

君子는 素其位而行이오 不願乎其外니라 素富貴하얀 行乎富貴하며 素貧賤하얀 行乎貧賤하며 素夷狄하얀 行乎夷狄하며 素患難하얀 行乎患難이니 君子는 無入而不自得焉이니라

군자(君子)는 그 자신의 위치에 알맞게 처신(處身)할 뿐이요, 부당하게 처지 밖의 것은 바라지 않는다. 부귀(富貴)에 처(處)해선 부귀에 알맞게 처신하고, 빈천(貧賤)에 처해선 빈천에 알맞게 처신하고, 이적(夷狄)에 처해선 이적에 알맞게 처신하며, 환난(患難)에 처해선 환난에 알맞게 처신하나니 군자(君子)는 어디를 가나 자득(自得)하지 못할 데가 없다.

在上位하야 不陵下하며 在下位하야 不援上이오 正己而不求於人이면 則無怨이니 上不怨天하며 下不尤人이니라 故로 君子는 居易以俟命하고 小人은 行險以徼幸이니라 子曰 射, 有似乎君子하니 失諸正鵠이오 反求諸其身이니라

윗자리에 있어 아랫사람을 업신여기지 않고, 아랫자리에 있어 웃사람을 당겨 잡지 않는다. 자신을 바로잡고 남에게 구(求)하지 아니하면 원망하는 마음이 없나니 위로 하늘을 원망하지 아니하며 아래로 사람을 허물하지 않는다. 그러므로 군자(君子)는 평탄(平坦)에 처(處)하여 명(命)을 기다

리고 소인(小人)은 위험(危險)에 행(行)하여 행(幸)을 바란다.

공자(孔子)께서 "활쏘기는 군자(君子)의 태도와 유사한 점이 있다. 정곡(正鵠)을 맞히지 못하면 돌이켜 그 자신에게서 원인을 찾는다"라고 말씀하셨다.

——— 도(道)는 비근(卑近)한 곳부터

君子之道는 辟如行遠必自邇하며 辟如登高必自卑니라 詩曰 妻子好合
이 如鼓琴瑟하며 兄弟旣翕하야 和樂且耽이라 宜爾室家하며 樂爾妻帑라
하야날 子曰 父母는 其順矣乎신저

　군자(君子)의 도(道)는 비유하면 먼 곳을 가기 위해 반드시 가까운 곳에
서부터 출발함과 같으며, 높은 곳에 오르기 위해 반드시 낮은 곳에서부
터 출발함과 같다.

　시경(詩經)에선

「처자(妻子)의 어울림이 거문고, 비파를 타는 듯

형제(兄弟) 진작 뜻 맞아 즐거웁고도 즐거웁나니

너의 집안 화목케 하며

너의 처자 즐겁게 하라」*

고 노래한 바 있는데 공자(孔子)는 이 시(詩)를 읊고서 부모(父母)는 참 안락
하시겠다고 말씀하셨다.

---

* 상체(常棣)

상체(常棣)
산앵두

常棣之華여 鄂不韡韡아
상체지화 악부위위

산앵두꽃 활짝 피어 찬란한데

凡今之人은 莫如兄弟이니라
범금지인 막여형제

세상사람 가운데
형제만한 사람은 없지.

死喪之威에 兄弟孔懷하며
사상지위 형제공회

죽을 고비에서도
서로 형제 생각하고

原隰裒矣에 兄弟求矣하니라
원습부의 형제구의

언덕과 진펄의 황량한 곳에서도
서로 형제 찾아 헤매네.

脊令在原하니 兄弟急難이로다
척령재원 형제급난

들판의 할미새도 무색하리만큼
형제끼리 바삐 돕네.

每有良朋이나 況也永歎이니라
매유량붕 황야영탄

좋은 친구 있다고 해도
한탄하기 고작일세.

兄弟鬪于牆이나 外禦其務니라
형제혁우장 외어기무

집안에선 형제끼리 싸워도
밖에선 깔보일까 함께 막네.

每有良朋이나 烝也無戎이니라
매유량붕 증야무융

좋은 벗이 있다고 해도
우리를 돕지 않으리.

喪亂旣平하여 旣安且寧하면
상란기평 기안차녕

세상 난리 가라앉아
태평성대 누릴 때는

雖有兄弟나 不如友生이니라
수유형제 부여우생

형제 있어도 친구보다 못한 법이라네

儐爾籩豆하여 飮酒之飫라도
빈이변두 음주지어

좋은 안주 늘어놓고
마음껏 술을 마셔도

兄弟旣具라야 和樂且孺이니라
형제기구 화락차유

형제가 모두 한자리에 모여야
어린아이처럼 즐거운 법이라네.

妻子好合이 如鼓琴瑟이라도
처자호합 여고금슬

아내와 자식이 화합함이
금슬소리 어울리듯

兄弟旣翕이라야 和樂且湛이니라
형제기흡 화락차담

형제 모두 여기 모이니
기쁨이 끝이 없어라.

宜爾室家하여 樂爾妻帑하네
의이실가 낙이처탕

온 집안이 화목하여
처자가 함께 즐기네.

是究是圖면 亶其然乎인저
시구시도 단기연호

이런 이치 깨닫거든
그의 참됨 알지어다.

이런 둘엇다ᄒᄊ에대린 또 넛디한ㅛ복 不

와ᄹᆢ쏘이리다 잇다 ᄒᆢ요ᄒᆢ떡ᄊ지

쫒어놋고 다오습ᄒᆞ요

其二

煙氣로지 ᄲᅡᆺ삼고 鼠月로 머눈사마쏘

꾸ᄲᅩ代에 病오로 눌거가서 이듕에

요라노이른 허모리나먼고라

其三

涼風이주라ᄒ니 其빗고거즈마리

人生ᄂ기어디다ᄒ니 其빗로운혼이

가리天下에 ᄒ多共才른소데 말솜을

其四

幽蘭森公ᄒ니다 然이돈디해여

其六

원문

춘풍(春風)에 화만산(花滿山)ᄒ고 추야(秋夜)애 월만대(月滿臺)라.

사시가흥(四時佳興)ㅣ 사롬과 ᄒ가지라.

ᄒ믈며 어약연비(魚躍鳶飛) 운영천광(雲影天光)이아 어늬 그지 이슬고.

현대어

춘풍(春風)에 화만산(花萬山)하고 추야(秋夜)에 월만대(月萬臺)라

사시가흥(四時佳興)이 사람과 한가지라

하물며 어약연비(魚躍鳶飛) 운영천광(雲影天光)이야 어느 끝이 있을꼬

주역(周易)

── 계사상전 육(繫辭上傳 六)

원문

夫易廣矣大矣 以言乎遠則不禦 以言乎邇則靜而正以言乎天地之間則備矣 夫乾其靜也專 其動也直 是以大生焉 夫坤其靜也翕 其動也闢 是以廣生焉 廣大配天地變通配四時 陰陽之義配日月 易簡之善配至德

역해

무릇 역(易)의 작용은 넓고 크다. 그것으로 먼 데를 말하면 무한대하여 막힘이 없고, 그것으로 가까운 데를 말하면 눈앞의 모든 것이 고요하여 적당함을 얻고 있다. 역(易)의 작용은 천지 사이에 가득 차서 이지러짐이 없다.

대개 건(乾)의 작용은 고요하면 전일(專一)하여 편파함이 없고, 움직일 때에는 그 기운이 왕성하고 바르다. 그러므로 천지만물을 크게 만들어 내고 있다.

대개 곤(坤)의 작용은 그것이 고요할 때는 기운을 거두어 내재(內在)하고, 움직이기 시작하면 기운을 펴서 만물을 기른다. 그러므로 넓게 생양(生養)한다. 역(易)의 작용은 넓고 큰 것은 천지와 배합하고, 변하고 통하는 것은 춘하추동(春夏秋冬) 사계절(四季節)과 합치한다. 음양(陰陽)의 법칙은 해와 달과 같고, 평이하고 간단한 것은 선(善)함이 천지(天地)의 지극한 덕성(德性)에 합치한다.

황제내경소문(黃帝內經素問)
── 육절장상론편(六節臟象論篇)

원문

中略

帝曰 : 善. 余聞氣合而有形, 因變以正名. 天地之運, 陰陽之化, 其於萬物,

孰少孰多, 可得聞乎?

岐伯曰 : 悉哉問也, 天至廣不可度, 地至大不可量, 大神靈問, 請陳其方. 草

生五色, 五色之變, 不可勝視, 草生五味, 五味之美, 不可勝極, 嗜欲不同,

各有所通. 天食人以五氣, 地食人以五味. 五氣入鼻, 藏於心肺, 上使五

色脩明, 音聲能彰, 五味入口, 藏於腸胃, 味有所藏, 以養五氣, 氣和而生,

津液相成, 神乃自生.

역해

(중략)

황제(黃帝)께서 말씀하시길 "훌륭하십니다. 제가 듣기에 (천지天地 음양陰陽
의) 기(氣)가 합(合)해짐에 형체(形體)가 있게 되고, (기氣의 다양多樣한) 변화(變
化)로 인(因)하여 (나타나는 각기 다른 형체形體의) 명칭(名稱)을 정(定)한다고 하
는데, 천지(天地)의 기운(氣運)과 음양(陰陽)의 변화(變化) 중 그들이 만물(萬
物)에 대해 (일으키는 작용作用의 영향력影響力이 천天 또는 지地, 음陰 또는 양陽 중에서)
어느 것이 적고 어느 것이 많은지를 들을 수 있을는지요?

기백(岐伯)께서 말씀하시길 "자상하시도다, 질문하심이여! 하늘은 지

극히 넓어서 헤아릴 수 없고(度度), 땅은 지극히 커서 헤아릴 수 없으니, (황제黃帝께서 질문하신 것이 천지음양天地陰陽에 관한) 매우 신령(神靈)(심오深奧하고 미묘微妙하여 선뜻 풀기 어려운) 문제(問題)이긴 하오나, 그 방(方)(지략智略, 도리道理)을 말씀드려 보겠습니다. 풀은 오색(五色)을 낳고 이 오색(五色) (조화造化로 일어나는) 변화(變化)는 이루 다 볼 수가 없고, 또한 풀은 오미(五味)를 낳는데, 오미(五味)의 미(美)(미묘微妙함)를 이루 다 헤아릴 수가 없습니다. (인체人體 오장五臟의 오색五色, 오미五味에 대한) 기욕(嗜欲)(기호嗜好)은 (각기) 다른지라, (각 색色과 각 미味별로 오장五臟에 대하여 서로) 통(通)하는 것이 있게 마련입니다. 하늘은 사람에게 오기(五氣)를 먹여 주고, 땅은 오미(五味)를 먹여 주나니, 오기(五氣)는 코로 들어와서 심폐(心肺)에 저장되고, (심장心臟의 주혈작용主血作用에 의해) 그 기(氣)가 위로 상승(上昇)하여 (안면顔面의) 오색(五色)으로 하여금 수명(修明)(밝고 윤택潤澤)하게 하고, (폐肺의 주기작용主氣作用에 의해) 음성(音聲)을 통창(通彰)하게 해주며, 오미(五味)는 입으로 들어와서 장(腸)과 위(胃)에 저장되었다가, (소화消化, 흡수吸收 과정過程을 거쳐) 오미(五味)의 정미(精微)한 것이 오장(五臟)에 저장되는 것이 있어서, 오장(五臟)의 기(氣)를 길러줍니다. 장기(臟氣)가 화(和)하여 생화작용(生化作用)을 하면 진액(津液)이 생성(生成)되고, (이에 정기精氣가 충만해져서), 신기(神氣)가 이에 저절로 생겨납니다.

중용(中庸)

——— 도론(道論), 도(道)의 용(用)과 체(體)

원문

君子之道는 費而隱이니라 夫婦之愚로도 可以與知焉이로되 及其至也하야는 雖聖人이라도 亦有所不知焉하며 夫婦之不肖로도 可以能行焉이로되 及其至也하야는 雖聖人이라도 亦有所不能焉하며 天地之大也에도 人猶有所憾이니 故로 君子, 語大면 天下, 莫能載焉이요 語小면 天下, 莫能破焉이니라 詩云 鳶飛戾天이어늘 魚躍于淵이라 하니 言其上下察也니라 君子之道는 造端乎夫婦니 及其至也하야는 察乎天地니라

역해

군자(君子)의 도(道)는 광대(廣大)하면서도 은미(隱微)하다. 필부필부(匹夫匹婦)의 어리석음으로써도 함께 알 수 있는 것이지만, 그 지극한 데에 이르러선 비록 성인(聖人)이라도 역시 알지 못할 바가 있다. 필부필부의 불초(不肖)함으로써도 넉넉히 행할 수 있는 것이지만, 그 지극한 데에 이르러선 비록 성인(聖人)이라도 또한 능히 해내지 못할 바가 있다. 뿐만 아니라 하늘과 땅의 위대함도 사람들에겐 오히려 불만스러운 바가 있다. 그러므로 군자(君子)의 도(道)는 그 크기로 말하면 천하(天下)도 이를 실어낼 수 없고, 그 작기로 말하면 천하도 이를 쪼개어 낼 수 없다. 시경(詩經)에서 읊기를

「솔개는 하늘에 나는데 고기는 못에서 뛰어 오르누나!」*
라고 했는데, 이것은 도(道)가 위와 아래로 나타남을 말한 것이다. 군자(君子)의 도(道)는 필부필부에게서부터 발단되지만 그 지극한 데에 이르러선 천지(天地)에 나타난다.

---

* 한록(旱麓)

한록(旱麓)
저 한산 기슭

瞻彼旱麓 榛楛濟濟
첨피한록 진호제제

저 한산(旱山) 기슭 바라보니
개암나무 싸리나무 울창하네.

豈弟君子 干祿豈弟
개제군자 간록개제

안락하신 우리 임께선
복도 편히 받으시네.

瑟彼玉瓚 黃流在中
슬피옥찬 황류재중

술구기엔 옥 자루, 결도 고와,
울창주는 그 속에 철철 넘치네.

豈弟君子 福祿攸降
개제군자 복록유강

안락하신 임이야말로
하늘에서 모든 복 받으시네.

鳶飛戾天 魚躍于淵
연비여천 어약우연

솔개는 하늘을 날고
고기는 연못에 뛰네.

豈弟君子 遐不作人
개제군자 하부작인

안락하신 우리 임께선
모든 백성 덕화하시네.

淸酒旣載　騂牡旣備
청주기재 성모기비

맑은 술을 차리고 황소도 갖추었으니

以享以祀　以介景福
이향이사 이개경복

신에게 제사를 드려
큰 복을 삼가 빌리라.

瑟彼柞棫　民所燎矣
슬피작역 민소료의

굴참나무 두릅나무 무성함은
백성들이 땔나무 할 것

豈弟君子　神所勞矣
개제군자 신소로의

안락하신 우리 임에겐
신들도 위로의 손을 뻗으리.

莫莫葛藟　施于條枚
막막갈류 이우조매

무성한 드렁칡 덩굴.
나뭇가지에 감겨 오르네.

豈弟君子　求福不回
개제군자 구복불회

안락하신 우리 임께선 덕 닦으사
복 구하시네.

—— 도(道)의 현실성(現實性)과 충서(忠恕)

子曰 道不遠人하니 人之爲道而遠人이면 不可以爲道니라 詩云 伐柯伐柯여 其則不遠이라 하니 執柯以伐柯하되 睨而視之하고 猶以爲遠하나니 故로 君子는 以人治人하다가 改而止니라

공자(孔子)께서 말씀하셨다. 도(道)는 사람에게서 멀리 있지 않나니 사람들이 도(道)를 하되 사람에게서 멀리 한다면 도(道)일 수 없다.
시경(詩經)에서는 노래하기를
「도끼자루 찍네, 도끼자루 찍네, 그 법이 멀지 않지」*
라고 했다. 도끼자루를 잡고서 도끼자루를 찍어내면서 눈을 흘겨 바라보고는 오히려 멀다고 생각한다. 때문에 공자(孔子)는 사람의 도(道)로써 사람을 다스리다가 고치면 그친다.

忠恕, 違道不遠하니 施諸己而不願을 亦勿施於人이니라

충서(忠恕)는 도(道)에서 멀지 않나니 나에게 베풀어짐을 원(願)하지 않는 것을 또한 남에게 베풀지 말라

---

* 벌가(伐柯)

벌가(伐柯)
도끼 자루

伐柯如何 匪斧不克
벌가여하 비부불극

도끼 자루 찍자면 도끼 아님 아니 되지.

取妻如何 匪媒不得
취처여하 비매부득

색시를 얻자면 중매 아님 아니 되지.

伐柯伐柯 其則不遠
벌가벌가 기측불원

도끼 자루 찍자면 그 법이 멀지 않지.

我覯之子 籩豆有踐
아구지자 변두유천

그 사람 만난다면 진수성찬 대접하지.

2부

도산십이곡 후육곡(後六曲)

陶山六曲之二

其一
天雲臺도라드러玩樂齋蕭洒호딕
萬卷生涯로樂事ㅣ無窮호얘라이
듕에往來風流ㅣ를닐어무슴홀고

其二
雷霆이破山호야도聾者는몯듣느
니白日이中天호야도瞽者는몯보
누니우리는耳目聰明男子로聾瞽
롤디마로리

其三
古人도날몯보고나도古人몯뵈
人룰몯봐도녀던길알픠잇니
녀던길알픠잇거든아니녀고엇덜고

其四
當時예녀던길흘몃히룰브려두고
어듸가든니다가이제사도라온고
이제나도라오나니년듸ᄆ숨마로

其五
青山는엇데ᄒ야萬古애프르르며
流水ᄂ엇데ᄒ야晝夜애긋디아니
ᄂ고우리도그치디마라萬古常青
호리라

其六
愚夫도알며ᄒ거니그아니쉬운가
聖人도몯다ᄒ시니그아니어려운
가쉬거나어렵거나듕에늙노주르
몰래라

퇴계 선생 친필시. 도산육곡지이(陶山六曲之二)

其一

원문

天雲臺 도라드러 玩樂齋 瀟灑한듸
萬卷生涯로 樂事ㅣ 無窮ᄒ애라
이듕에 往來風流를 닐어 므슴 홀고

현대어

천운대(天雲臺) 도라드러 완락재 소쇄(瀟灑)한데
만권(萬卷)* 생애(生涯)로 낙사(樂事) 무궁(無窮)하여라
이 중에 왕래(往來) 풍류를 일러 무엇 할꼬

---

* 만권(萬卷) : 소학, 대학, 중용, 논어, 시경, 예기, 서경, 주역, 황제내경소문.

예기(禮記)
──── 학기(學記)

發慮憲하고 求善良은 足以諛聞이오 不足以動衆이며 就賢하며 體遠은
足以動衆이오 未足以化民이니 君子 如欲化民成俗이면 其必由學乎인저
玉不琢이면 不成器하고 人不學이면 不知道하나니 是故로 古之王者 建國
君民하시고 敎學으로 爲先하시니 兌命에 曰念終始典于學이라 하니 其此
之謂乎인저 雖有嘉肴나 弗食하면 不知其旨也하며 雖有至道나 弗學이면
不知其善也하나니 是故로 學然後에 知不足하며 敎然後에 知困이니 知不
足然後에 能自反也하며 知困然後에 能自强也니 故로 曰敎學이 相長也니
兌命에 曰斆學半이라 하니 其此之謂乎인저

배우지 않고서도 스스로 생각하여 도리에 맞는 경우도 있다. 또 선량
한 사(士)를 가까이 하여 이로부터 배워 스스로를 돕는 경우도 있다. 이
런 방법으로 조그만 명예를 얻을 수 있을지는 모르나 뭇사람을 감동시켜
교화하기에는 부족한 점이 있다. 어진 이를 좇고 재능이 있는 사람과 친
히 사귀어 자기의 지덕을 연마하는 사람은 뭇사람을 감동시키기에는 족
하지만 아직 인민을 감화시키기에는 부족한 점이 있다. 그러므로 군자가
만일 만민을 감화시키고 좋은 풍속을 이룩하려 한다면 반드시 학문에 의
해야 한다.

옥은 다듬지 않으면 그릇이 될 수 없으며, 사람은 배우지 않으면 도리를
알 수 없다. 그러므로 옛날의 왕자가 나라를 세우고 인민의 위에 군림할

때는 학문을 가르치는 것을 우선으로 하였다. 열명(兌命)에 이르기를 「처음과 끝을 생각하고 언제나 배움에 힘쓴다」하였으니 이것을 두고 말하는 것이다.

비록 좋은 안주가 있다 하여도 맛을 보지 않고는 그 좋은 것을 알 수 없다. 그렇듯이 아무리 지극한 도(道)가 있다 하여도 배우지 않으면 그 착한 것을 알 수 없다. 이런 까닭으로 배운 후에야 자기의 지덕(知德)이 모자라는 것을 알게 되며, 가르치고 나서야 충분히 사람을 감화시킬 수 없음을 알게 된다. 지덕이 모자람을 알고 나서야 스스로 반성하여 면학하게 된다. 또 사람을 가르친다는 어려움을 겪고 나서야 힘쓰게 된다. 그러므로 일컫기를, 가르치는 것이나 배우는 것 모두가 지덕을 키우게 하는 것이라 했다. 열명(兌命)에도 이르기를 「가르치는 것이 남에게 지덕을 키우게 해줄 뿐만 아니라 반은 자기 자신도 배우는 것이니 곧 자신의 지덕도 쌓게 되는 것이다」 했는데 이것을 두고 하는 말이다.

古之敎者는 家有塾하며 黨有庠하며 州有序하며 國有學하니 比年에 入學하고 中年에 考校하여 一年에 視離經辨志하고 三年에 視敬業樂群하고 五年에 視博習親師하고 七年에 視論學取友하나니 謂之小成이오 九年에 知類通達하여 强立而不反이니 謂之大成이라 夫然後에야 足以化民易俗하여 近者說服하고 而遠者懷之니 此大學之道也라 記曰 蛾子時術之라 하니 其此之謂乎인저

옛날의 교육 방법에는 집에는 숙(塾)이 있고 당(黨)에는 상(庠)이라는 학교가 있었고, 주(州)에는 서(序)라는 주의 학교가 있었고, 국도(國都)에는

학(學)이라는 대학교가 있었다. 해마다 학생들을 입학시키고 한 해 걸러서 향당(鄕黨)의 대부가 그 학예의 진선여부를 시험하고 다시 1년 만에 시험하여 경서의 장구를 나누어 그 뜻을 밝히고 그 지향하는 바의 정사(正邪)를 구별하는 정도를 본다. 3년 만에 다시 시험을 보아 그 학문을 경애하여 힘쓰는가, 친구들과 사이좋게 지내는가를 보고, 5년 만에 시험하여 널리 배우고 스승을 친애하는지의 여부를 보며, 7년 만에 시험을 보아 학문의 깊은 뜻을 얼마나 터득하여 시비를 논할 줄 알며, 친구를 얻는데 얼마나 방정한 자를 가리는가의 여부를 본다. 이런 것들을 학문의 소성(小成)이라고 일컫는다.

9년 만에 시험을 치러 모든 사물의 이치를 판단하여 통달하고 탁연(卓然)히 자립하여 도(道)에 어긋남이 없고 유혹에 흔들리지 않게 될 때, 이것을 학문의 대성(大成)이라 한다. 이와 같이 한 뒤에야 인민을 감화시키고, 좋지 못한 풍속을 바로 잡을 수 있을 것이다. 그리하여 가까운 데에 있는 자는 열복(悅服)하고, 먼 데 있는 사람들은 따라오게 된다. 이것이 대학의 길이다. 기록에 이르기를, 개미 새끼도 흙을 운반하는 일을 배워서 커다란 뜻을 이룬다고 했는데, 이는 학문이 여러 해 걸려서 대성(大成)하는 것에 비유한 것이다.

大學始敎에 皮弁祭菜는 示敬道也요 宵雅肄三은 官其始也요 入學鼓篋은 孫其業也요 夏楚二物은 收其威也요 未卜禘하여 不視學은 遊其志也요 時觀而弗語는 存其心也요 幼者 聽而弗問은 學不躐等이니 此七者 敎之大倫也라 記에 曰凡學은 官先事요 士先志라 하니 其此之謂乎인저

대학에서 가르침을 시작할 때 선생은 우선 피변(皮弁)의 차림으로 나물을 공궤하여 선사(先師)를 제사지내는데 이것은 학생으로 하여금 도(道)를 존경하도록 모범을 보이는 것이다. 초아(宵雅)의 세 편을 노래해서 익히게 하는 것은 그 처음에 벼슬하는 길을 가르치는 것이다. 입학하여 첫 수업을 받을 때 북을 쳐서 그 시작을 알리고, 그런 뒤 행암을 열어 책을 꺼내도록 함은, 그 학업에 순종하도록 하기 위해서이다. 하(夏)·초(楚) 두 가지의 회초리는 게으름을 채찍하고 위엄을 거두게 하는 것이다.

　아직 체제(禘祭)의 날을 복정(卜定)하기 전에는 천자는 대학을 시찰하지 않는 법인데 이는 학생의 마음으로 하여금 편안하고 여유 있는 마음을 갖게 한 후에 학문에 열중하게 하기 위해서이다. 또 선생이 때때로 학생의 행동을 관찰하고도 일일이 얘기하지 않는 것은 학생들로 하여금 스스로 깨닫고 터득해서 학업에 돌려 분발 노력하여 스스로 진리를 터득케 하기 위해서이다. 배우는 자는 강의를 들을 뿐이고, 선생이 질문하지 않는 것은 조급하게 공부하는 차례를 넘어서게 될 것을 우려해서이다.

　위에 말한 일곱 가지는 대학의 가르침의 대본(大本)이다. 옛날 기록에 이르기를 무릇 배우는 자로서 이미 벼슬길에 나간 자는 자기가 종사하는 직무에 필요한 것을 먼저 배우고, 아직 벼슬길에 나가지 않은 자는 그 지향하는 바를 먼저 배운다고 했는데, 이는 곧 학생된 자는 모름지기 앞서 말한 일곱 가지 가르침을 터득하여 각자가 자기의 위치를 돌이켜보아 먼저 해야 할 것이 어떤 것인지 알고 배움에 전념할 것을 말한 것이 아니겠는가.

大學之敎也는 時敎必有正業하며 退息에 必有居學이니 不學操縵이면 不能安絃이오 不學博依면 不能安詩요 不學雜服이면 不能安禮요 不興其藝면 不能樂學이니 故로 君子之於學也 藏焉하며 修焉하며 息焉하며 遊焉이니라 夫然故로 安其學而親其師하며 樂其友而信其道라 是以로 雖離師輔而不反也니라 兌命 曰호대 敬孫務時敏하면 厥脩乃來라 하니 其此之謂乎인저

대학의 가르침은 사계절의 교육에 반드시 바른 학업이 있는 것이다. 물러가서 휴식할 땐 반드시 연거(燕居)의 학(學)이 있다. 조만(操縵 : 금슬(琴瑟)의 현을 익히는 것)을 배우지 않으면 현(絃)을 바르게 할 수 없다. 박의(博依 : 널리 사물의 이치를 궁구해서 그 실지를 얻는 것)를 배우지 않으면 시(詩)에 편안할 수 없다. 잡복(雜服 : 여러 가지 복잡한 예복禮服)을 배우지 않으면 예(禮)에 편안할 수 없다. 그 예(藝)를 일으키지 않으면 배움을 좋아한다고 할 수 없다. 그러므로 이 일을 마음에 간직하고 그 일을 닦는다. 물러가서 쉬면서 이상의 예를 흥기(興起)시켜 힘쓰지 않으면 학교에서도 즐겁게 배울 수가 없다. 그러므로 군자는 학문에 있어서는 학교에 있거나 집에 있거나를 막론하고 이것을 그 마음에 간직하고 그것을 닦고 그 근원을 양식하고 그 예(藝)에 우유(優游)하는 것이다. 그렇게 함으로써 그 배움에 안거(安居)하여 그 스승을 친하게 되고 벗과 즐기고 그 도(道)를 믿는다. 이런 이유로 비록 사보(師輔)를 떠나더라도 도(道)에 어긋나지 않는다. 열명(兌命)에 이르기를 공경하여 유순하게 학문에 힘써 언제나 민첩하기에 힘쓴다면, 그 수양(修養)이 곧 이를 것이라 했으니 곧 이것을 이르는 말인가.

今之敎者는 呻其佔畢하고 多其訊하여 言及于數하며 進而不顧其安하며 使人不由其誠하며 敎人不盡其材라 其施之也 悖하며 其求之也 佛하나니 夫然故로 隱其學而疾其師하며 苦其難而不知其益也하여 雖終其業하나 其去之必速하나니 敎之不刑이 其此之由乎인저

오늘날의 교육자는 부질없이 책을 읽히는 것만 되풀이하고, 질문을 많이 하여 쓸데없이 말만 많을 뿐이다. 서둘러 나아가는 데에만 중요시 여기고 편안히 잘 되었는지를 돌아보지 않는다. 사람을 시키되 그 성의(誠意)에서 나오게 하지 못하며 사람을 가르치되 그 재능(才能)을 다 하지 못하게 한다. 그 베푸는 것이 상도(常道)에 어긋나고 그 구하는 것이 또한 무리하다. 그리하여 그 학문에 유은(幽隱)하여 밝지 못하므로 그 스승을 미워하고 그 학문을 닦기 어려워하여 그 이익을 알지 못한다. 비록 그 학업을 마쳐도 곧 이것을 버리니, 가르침이 이루어지지 않는 것은 곧 이것에 말미암은 것인가.

大學之法은 禁於未發之謂豫요 當其可之謂時요 不能節而施之謂孫이요 相觀而善之謂摩니 此四者 敎之所由興也라 發然後禁이면 則扞格而不勝이요 時過然後學이면 則 勤苦而難成이요 雜施而不孫이면 則壞亂而不修요 獨學而無友면 則孤陋而寡聞이요 燕朋은 逆其師요 燕辟은 廢其學이니 此六者 敎之所由廢也라

대학의 교수법에 학생의 나쁜 습관이 발생하기 전에 미리 방지하는 예법(豫法)이 있으며, 학생 스스로가 알기를 원할 때 가르쳐 주는 것을 시법

(時法)이라 한다. 또 절도(節度)를 넘지 않고 가르침을 베푸는 것을 손법(孫法)이라 하며 서로 관찰하여 선행을 따르는 것을 마법(摩法)이라 한다. 이네 가지는 가르침에 따라 일어나는 것이다.

악습이 이미 발견된 연후에 금하려 든다면, 그것이 강하기 때문에 막을 수가 없다. 때가 지난 후에 배우려 들면 긴장이 풀려 아무리 부지런하고 고생을 해도 학문이 달성되기 어렵다. 잡시(雜施)해서 순리(順理)로 하지 않는다면, 혼란을 빚어내서 학업이 닦여지지 않는다. 벗이 없이 홀로 배운다면 고루(孤陋)하여 진보가 없다.

더럽고 부정한 벗을 가까이 하여 물들면 스승의 길에 거슬리게 된다. 또 연벽(燕辟)은 그 몸을 악으로 유혹하는 것이므로 이를 즐기는 것은 학문을 망치는 것이다. 이 여섯 가지의 것이 교육을 망치는 근본이다.

君子 旣知敎之所由興하고 又知敎之所由廢니 然後라야 可以爲人師也니 故로 君子之敎喩也는 道而弗牽하며 强而弗抑하며 開而弗達이니 道而弗牽則和요 强而弗抑則易요 開而弗達則思니라 和易以思는 可謂善喩矣라 學者有四失하니 敎者 必知之니라 人之學也 或失則多하며 或失則寡하며 或失則易하며 或失則止하나니 此四者心之莫同也라 知其心然後에야 能救其失也니 敎也者는 長善而救其失者也라

교육의 흥폐의 근본은 앞에서 논술한 바와 같다. 군자는 마땅히 이것을 알아서 그런 후에 남의 스승이 되어야 한다. 그러므로 군자의 가르침은 바른 길로 인도하되, 무리하게 이끌어나가려 하지 않으며, 지력이 있는 학생에게 그 뜻을 진작(振作)시켜서 이것을 억제하지 않으며, 그 깨달

는 길을 열어주되 통달하기를 구하지 않는다. 인도하기만 하고 무리하게 끌지 않으면 친화(親和)하고 그 뜻하는 바를 진작시켜서 억제하지 않으면 쉽게 배우며, 깨닫는 길을 열어 주어서 통달하지 못하면 연구하게 될 것이다. 학문을 즐거워하고 쉽게 배우며 연구하게 된다면 이것이야말로 잘 가르친다고 말할 수 있는 것이다.

학문을 연구하는 데 빠지기 쉬운 네 가지 과실(過失)이 있다. 교사는 이것을 알아두지 않으면 안된다. 즉 첫째는 다(多)에 실(失)한다는 것, 둘째는 과(寡)에 실(失)한다는 것, 셋째는 역(易)에 실(失)한다는 것, 넷째는 지(止)에 실(失)한다는 것이다. 위의 네 가지 과실은 원인 혹은 취지가 각기 다르므로 그 취지를 잘 이해하고 나서야 비로소 그 과실을 구제할 수 있다. 사람을 가르치는 자는 그 선(善)을 증익(增益)하여 과실에 빠짐을 구해 주는 것이다.

善歌者는 使人繼其聲하고 善敎者는 使人繼其志하나니 其言也 約而達하고 微而臧하며 罕譬而喩면 可謂繼志矣라 君子 知至學之難易하고 而知其美惡然後에야 能博喩요 能博喩然後에야 能爲師요 能爲師然後에야 能爲長이요 能爲長然後에야 能爲君이니 故로 師也者는 所以學爲君也라 是故로 擇師는 不可不愼也니 記에 曰三王四代唯其師라 하니 其此之謂乎인저

노래를 잘 부르는 자는 남에게 가르쳐서 그 목소리나 가락을 내는 방법을 후세에 전하도록 하고, 학문을 잘 가르치는 자는 남을 인도하여 자기의 학문상 혹은 사상상의 뜻하는 바를 계승시킬 수가 있다. 이런 경우

가르치는 말은 간약(簡約)하나 취지는 잘 전하여지며, 표현은 평범하나 내용이 깊고, 비유가 적더라도 그 뜻은 직접 나타나게 된다. 이래야만 제자된 자가 스승의 뜻을 이어 이를 만대에 전한다는 것이다.

뛰어난 교사는 학문하는 사람들의 도(道)에 이르는 난이(難易)를 이해하고 그 미악(美惡)을 분별한 연후에야 능히 널리 깨우친다. 깨우친 연후에야 능히 스승이 되고 스승이 된 연후에야 벼슬들 중 장(長)이 될 수 있고 장이 될 수 있는 후에야 능히 군주(君主)가 될 수 있다. 그러므로 스승이라는 것은 군주가 되는 길을 배우는 것이다. 이런 까닭으로 배우는 자는 스승을 신중하게 선택해야 한다. 옛 기록에 삼왕사대(三王四代)의 시대에는 군이 곧 스승이고 스승이 곧 군이었다고 했는데 이것은 곧 위의 글을 뜻하는 것이다.

凡學之道는 嚴師 爲難하니 師嚴然後에야 道尊하고 道尊然後에야 民知敬學하나니 是故로 君之所不臣於其臣者二니 當其爲尸하면 則弗臣也하며 當其爲師하면 則弗臣也하나니라 大學之禮에 雖詔於天子라도 無北面은 所以尊師也라

무릇 학문을 왕성하게 하려면 교육자의 존엄(尊嚴)이 중요하다. 사(師)의 존엄이 보존되어야만 그가 설명하는 도(道)가 존중되고 도가 존중되어야만 사람들은 학문을 공경할 줄 알게 되는 것이다. 이런 까닭으로 군주의 신하를 신하로서 대하지 않는 경우가 두 가지가 있는데, 하나는 신(臣)이 군주의 선조(先祖)의 신주(神主)를 맡아볼 경우이고 또 하나는 신(臣)이 군주(君主)의 스승을 맡아볼 경우이다. 대학의 예에 스승은 천자에게 고

(告)할 때라 해도 북면(北面)하는 일이 없다 했는데, 이것은 스승을 공경하기 때문이다.

善學者는 師逸而功倍하고 又從而庸之하며 不善學者는 師勤而功半하고 又從而怨之하며 善問者는 如攻堅木이라 先其易者요 後其節目하여 及其久也하여 相說以解하나 不善問者는 反此니라 善待問者는 如撞鍾이라 叩之以小者則小鳴하고 叩之以大者則大鳴하여 待其從容然後에야 盡其聲이니 不善答問者는 反此니 此皆進學之道也라

잘 배우는 자는 스승이 편안하면서도 공(功)은 배가 된다. 따라서 이것을 스승의 공으로 돌린다. 그러나 잘 배우지 않는 자는 스승은 부지런히 가르치지만 그 공은 반밖에 안된다. 따라서 스승을 원망한다. 묻기를 잘하는 자는 마치 굳은 나무를 치는 것과 같아서 먼저 쉬운 것부터 물어 어려운 것에 이르기까지 시간이 흐르면 지덕(知德)이 크게 진보하는 것이다. 묻기를 잘하지 않는 자는 이것에 상반(相反)된다. 또 물음을 잘 기다리는 자는 예를 들면, 종을 치는데 있어 이를 작은 것으로 치면 작게 울리고 큰 것으로 치면 크게 울린다. 그러므로 종용(從容)하여 허둥대지 않고 천천히 이를 친 연후에야 그 소리를 다 알 수 있는 것처럼, 여유를 갖고 서서히 물을 때 충분히 그 이치를 깨달을 수 있는 것이다. 그런데 잘 문답하지 못하는 자는 이것의 반대가 된다. 따라서 묻는 자는 마땅히 이에 유의(留意)해야 하는데 이것이 모두 학문에 나아가는 길인 것이다.

記問之學은 不足以爲人師니 必也其聽語乎인저 力不能問然後에야 語之니 語之而不知면 雖舍之라도 可也니라

기문(記問)의 학(學)은 이로써 남의 스승이 되기에 부족한 바가 있다. 남을 가르치려면 먼저 반드시 상대방에게 질문을 하게 하여 이에 따라서 적당하게 가르쳐야 한다. 또한 상대가 명확하게 질문을 할만한 힘이 있다면 그 때는 이쪽에서 적당한 교훈을 주는데, 가르쳐도 모르면 상관치 않아도 된다.

良冶之子 必學爲裘하며 良弓之子 必學爲箕하며 始駕馬者 反之하여 車在馬前하나니 君子 察於此三者면 可以有志於學矣니라

양아(良冶)의 아들은 반드시 갖옷 만드는 일을 배우고, 양궁(良弓)의 아들은 반드시 키(箕) 만드는 일을 배운다. 말을 멍에하는 것은 이에 반(反)하여 수레가 말 앞에 있다. 군자가 이 세 가지를 살핀다면 배움에 뜻을 둘 수 있을 것이다.

古之學者는 比物醜類 鼓無當於五聲 五聲 弗得 不和하며 水無當於五色 五色 弗得이면 不章하며 學無當於五官 五官이 弗得이면 不治하며 師無當於五服 五服이 弗得이면 不親이니라 君子 曰 大德은 不官하고 大道는 不器하고 大信은 不約하고 大時는 不齊니 察於此四者면 可以有志於本矣이니라 三王之祭川也 皆先河而後海하시니 或源也하며 或委也 此之

謂務本이라

    옛날의 배움은 사물을 비교함에 있어 같은 종류의 것으로 했다. 북은 오성(五聲)에 해당되는 것이 없으나, 오성은 이것을 얻지 못하면 조화를 이루지 못한다. 물은 오색(五色)에 해당되는 것이 없으나 오색이 이것을 얻지 못하면 빛이 밝아지지 못한다. 학문이 오관(五官)에 해당되는 것이 없으나, 오관이 이것을 얻지 못하면 다스려지지 않는다. 스승이 오복(五服)에 해당되는 것이 없으나, 오복이 이것을 얻지 못하면 친하지 못한다. 군자가 말하기를 「대덕(大德)은 한 가지 벼슬에 구애받지 않고, 대도(大道)는 그릇하지 않고, 대신(大信)은 약속하지 않고, 대시(大時)는 서로 같지 않다. 이 네 가지를 살핀다면 근본에 뜻을 둘 수 있을 것이다. 삼왕(三王)의 물에 제사지냄에는 강을 먼저 하고 바다를 뒤에 했으니, 이는 강은 근원이고 바다는 끝(末)이 되기 때문이다. 이것을 가지고 근본을 힘쓰는 것이라고 한다」

이린돌 엇다하며 뎌린돌 엇더하료

만수산 이리타 잇다 하료 ᄯᅥ엿지
갓흐로 고뇌숩

其二

煙霞로 집을 삼고 風月로 버들 사마
太平聖代에 病으로 늙거가 이몸에
이럴 듄 허물이나 업고쟈

其三

浮氣이 즉하니 眞實고 거즈마리
人性이 여디다하니 니겻로 온호아
天下애 許多才 록 쓰 데 알 슐

가 티

其四

山菌在公하니 이돈 이뇨해

其二

원문

雷霆이 破山ᄒ야도 聾者ᄂᆫ 몯 듣ᄂᆞ니
白日이 中天ᄒ야도 瞽者ᄂᆫ 몯 보ᄂᆞ니
우리ᄂᆞ 耳目聰明男子로 聾瞽 ᄀᆞᆮ디 마로리

현대어

뇌정(雷霆)이 파산(破山)하여도 농자(聾者)는 못 듣나니
백일(白日)일 중천하야도 고자(瞽者)는 못 보나니
우리는 이목총명(耳目聰明) 남자로 농고(聾瞽) 같지 말리.

예기(禮記)

── 표기(表記)

子 言之하사대 歸乎인저 君子 隱而顯하며 不矜而莊하며 不厲而威하며 不言而信이니라

공자가 말했다.

"돌아가리다. 군자(君子)는 몸을 숨긴다 하여도 자연히 드러나고, 잘난 체하지 않아도 자연히 장엄해지는 것이요, 위엄 있게 굴지 않아도 저절로 위엄이 나타나는 것이요, 말을 하지 않아도 저절로 남이 믿게 되는 것이다."

子 曰 君子는 不失足於人하며 不失色於人하며 不失口於人하나니 是故로 君子는 貌足畏也이며 色足憚也이며 言足信也이니 甫刑에 曰敬忌하여 而罔有擇言이 在躬이라 하니라

공자가 말씀하시기를

"군자는 사람에게 바른 동작을 잃지 않으며, 사람에게 바른 안색을 잃지 않으며, 사람에게 바른 말을 잃지 않으니, 그러므로 군자의 용모는 족히 두려우며 군자의 안색은 족히 두려우며 말은 미덥기에 족하다. 보형(甫刑)에 말하기를 「평소에 항상 공경하고 경계하여 특별히 가려야 할 말

이 그 몸에 있다」 한 것은 그 말이 다 옳은 것을 말한다."

子曰 裼襲之不相因也는 欲民之毋相瀆也이니라

공자가 말씀하시기를
"석의(裼衣)를 습의(襲衣)라 할 수 없고, 습의를 석의라 할 수 없는 것은 백성이 서로 예(禮)를 더럽게 하지 못하게 함이니라."

子曰 祭極敬하고 不繼之以樂하며 朝極辨하고 不繼之以倦이니라

공자가 말씀하시기를,
"제사에는 극진한 공경을 드려야 하며, 즐기는 일을 계속하지 말고 조정에서는 판단을 극진하게 하고, 게으름을 계속하지 말아야 한다."

子曰 君子는 愼以辟禍하며 篤以不揜하며 恭以遠恥이니라

공자가 말씀하시기를
"군자는 몸을 삼가 화를 피하고 성실하고 두텁게 몸을 닦음으로써 덕(德)의 빛이 밖으로 발하여 사람이 능히 공경함으로써 치욕에서 멀어진다."

子 曰 君子 莊敬하면 日强하고 安肆하면 日偸하나니 君子는 不以一日을 使其躬으로 儳焉하여 如不終日이니라

공자가 말씀하시기를
"군자(君子)가 씩씩하고 공경스러우면 그 덕업(德業)이 날로 강대해지고, 안일방자하면 그 덕업(德業)이 날로 경박하여질 것이다. 군자는 하루라도 그 몸을 마음 붙일 곳이 없어서 불안 난잡하여 그 날을 넘길 수 없는 것과 같지는 않느니라."

子 曰하사대 齊戒하여 以事鬼神하며 擇日月하여 以見君은 恐民之不敬也이니라

공자가 말씀하시기를
"목욕재계하고 귀신을 섬기고 일월(日月)을 택하여 임금을 뵙는 것은 백성이 공경하는 일을 소홀히 할까 두려워하기 때문이다."

子 曰하사대 狎侮하여 死而不畏也하나니라

공자가 말씀하시기를
"사람을 멸시할 때는 화를 받아 죽음에 이르러도 그 잘못을 깨닫는 데 이르지 못한다."

子 曰하사대 無辭이어든 不相接也하며 無禮이어든 不相見也는 欲民
之毋相褻也이니 易에 曰호대 初筮이어든 告하고 再三이면 瀆이니 瀆則
不告라 하니라

공자가 말씀하시기를
"말이 없으면 서로 접하지 말며, 예(禮)가 없으면 서로 보지 말라는 것
은 백성이 서로 무례한 행동이 없게 하려고 한 것이다. 역(易)에 말하기를
「점을 처음 칠 때는 정성되므로 고(告)하고 두 번 세 번에 이르면 거만하
고 거만할 때는 고하지 않는다」"

子 言之하사대 仁者는 天下之表也이오 義者는 天下之制也이니라 報
者는 天下之利也이니라

공자가 말씀하셨다.
"인(仁)은 천하(天下)의 사람이 지향하는 목표이다. 의(義)는 천하(天下)의
일을 옳게 하는 제재(制裁)이며, 예(禮)는 천하에 다시없는 큰 이익이다."

子 曰以德報德하면 則民有所勸하고 以怨報怨하면 則民有所懲하니 詩
曰無言不讎하며 無德不報이라 太甲에 曰 民非后면 無能胥以寧하고 后
非民이면 無以辟四方이라 子 曰하사대 以德報怨은 則寬身之仁也이라
以怨報德 則刑戮之民也니라

공자가 말씀하시기를

"덕을 덕으로 갚을 때에는 백성이 권할 곳이 있으며, 원한을 원한으로 갚으면 백성이 징계할 곳이 있다. 시경(詩經)에 말하기를 「말로 하여서는 원수 되지 않는 것이 없고, 덕으로 하면 갚아지지 않는 것이 없다」*고 했다.

태갑(太甲)에 이르기를 「백성이 임금이 아니면 능히 서로 편안할 수 없고, 임금이 백성이 아니면 천하에 임금 할 수 없다」

공자가 말씀하시기를

"덕으로 원망을 갚는 것은 관대하고 박애한 사람이요, 덕을 원망으로 갚는 것은 형벌로 죽이는 사람이다."

---

* 억(抑)

억(抑)
아름다운 위의야말로

抑抑威儀 維德之隅
억억위의 유덕지우

아름다운 위의야말로
덕의 올바름을 이르거늘

人亦有言 靡哲不愚
인역유언 미철불우

사람들이 모두 말하길
어진 이도 바보 되었다네.

庶人之愚 亦職維疾
서인지우 역직유질

백성들의 어리석음은
본래부터 탈이거니와

哲人之愚 亦維斯戾
철인지우 역유사려

어진 이의 바보 됨은
있을 수 없는 것.

無競維人 四方其訓之
무경유인 사방기훈지

사람의 도리를 다하면
사방이 이를 좇으며

有覺德行 四國順之
유각덕행 사국순지

덕을 행하여 어질게 굴면
온 천하 뒤따르리.

訏謨定命 遠猶辰告
우모정명 원유신고

헤아리어 정령(政令)장하고
멀리 생각하여 분부 내리며

敬愼威儀 維民之則
경신위의 유민지측

위의를 삼간다면 백성의 본이 되리라.

其在于今 興迷亂于政
기재우금 홍미란우정

지금의 세상에서는
난동하는 무리 귀히 여겨

顛覆厥德 荒湛于酒
전복궐덕 황담우주

그 덕을 뒤집어엎고
술에 빠져 헤어나지 못하네.

女雖湛樂從 弗念厥紹
여수담락종 불념궐소

그대는 향락에 젖는다기로
계승할 일 뉘게 미루며

罔敷求先王 克共明刑
망부구선왕 극공명형

선왕의 덕을 다시 찾아서
어이 법을 밝히지 않느뇨.

肆皇天弗尙 如彼泉流
사황천불상 여피천류

이리하여 하늘도 안 돕고
샘물이 흘러나가듯.

無淪胥以亡
무륜서이망

멸망의 길 함께 가려는가.

夙興夜寐 洒埽廷內
숙흥야매 쇄소정내

새벽에 일어나고 밤중에 자며
빗질하고 걸레치고

維民之章
유민지장

이래야 백성의 본이 안 되랴.

修爾車馬 弓矢戎兵
수이거마 궁시융병

그대의 수레와 말,
활과 살 방패와 창 갖추어

用戒戎作 用逷蠻方
용계융작 용척만방

싸움에 대비할지며
오랑캐 멀리 쫓아버리라.

質爾人民 謹爾侯度
질이인민 근이후도

그대의 백성을 바르게 하고
임금의 법도를 삼가 지키어

用戒不虞 愼爾出話
용계불우 신이출화

뜻밖의 환난(患難) 막을 것이며,
말 하나에 조심을 하고

敬爾威儀　無不柔嘉
경이위의　무불유가

위의 잃을까 몸을 삼가서
화평하고 착하게 하라.

白圭之玷　尙可磨也
백규지점　상가마야

흰 구슬의 모가 떨어졌다면
다시 갈 수 없으랴마는

斯言之玷　不可爲也
사언지점　불가위야

말의 그릇된 것은
어찌할 도리 없도다.

無易由言　無曰苟矣
무이유언　무왈구의

가벼이 말하지 말며
'구차히 이러니라' 하지 말라.

莫捫朕舌　言不可逝矣
막문짐설　언불가서의

그 누가 막아주리오?
함부로 입 밖에 내지 말라.

無言不讎　無德不報
무언불수　무덕불보

어떤 말이라도 되돌아오고
어떤 덕이라도 보답 있는 것.

惠于朋友　庶民小子
혜우붕우　서민소자

신하들에 은혜 베풀어
서민까지 미치게 하면

子孫繩繩　萬民靡不承
자손승승　만민미불승

자손은 대대로 이어나가며
만민이 받들 것이다.

視爾友君子　輯柔爾顔
시이우군자　즙유이안

사람과 사귈 때는 얼굴을 부드러이 해

不遐有愆　相在爾室
불하유건　상재이실

허물 있을까 두려워하라.
옥루(屋漏)에 혼자 있어도

尙不愧于屋漏　無曰不顯
상불괴우옥루　무왈불현

부끄러움 살펴볼지니
어둡다고 이르지 말며

莫予云覯　神之格思
막여운구 신지격사

보는 이 없다고 말하지 말라.

신께서 언제 어디에

不可度思　矧可射思
불가탁사 신가역사

나타날지 누가 알리.

더욱 소홀히 할 줄 있으랴.

辟爾爲德　俾臧俾嘉
벽이위덕 비장비가

그대의 덕을 본으로 하여

백성을 어질게 교화하여

淑愼爾止　不愆于儀
숙신이지 불건우의

그대의 몸가짐을 삼가 위의에

그르침이 없고

不僭不賊　鮮不爲則
불참부적 선불위측

어그러짐 없다 하며는

어느 누가 아니 따르리.

投我以桃　報之以李
투아이도 보지이리

복숭아를 던져 준다면

나도 오얏 준다 하였네.

彼童而角　實虹小子
피동이각 실홍소자

양에게 뿔을 내라는 식의 억지는

그대만 어지럽히리.

荏染柔木　言緡之絲
임염유목 언민지사

부드러운 나무는 베어 줄 걸어

활을 만들 듯

溫溫恭人　維德之基
온온공인 유덕지기

공손한 사람이야말로

큰 덕의 기초 되도다.

其維哲人　告之話言
기유철인 고지화언

총명한 사람을 향해

좋은 말씀 일러주면

順德之行　其維愚人
순덕지행 기유우인

기꺼이 덕을 좇건마는 미련한 무리는

覆謂我僭 民各有心
복위아참 민각유심

나를 되려 속인다 하니
사람 마음 다름이 이와 같도다.

於乎小子 未知臧否
오호소자 미지장부

아, 젊은이는 좋고 나쁨 못 가리네.

匪手攜之 言示之事
비수휴지 언시지사

손으로 끌어줄 뿐 아니라
사실을 들어서 밝히고

匪面命之 言提其耳
비면명지 언제기이

맞대해 가르쳐 주고
귀라도 잡고 들려 주고저.

借曰未知 亦旣抱子
차왈미지 역기포자

아직 사리를 모른다 해도
이미 아들 안고 있는 나이.

民之靡盈 誰夙知而莫成
민지미영 수숙지이모성

백성의 불만을
일찍 깨달으면 되리라마는.

昊天孔昭 我生靡樂
호천공소 아생미락

밝은 하늘 이고 있어도
내겐 살맛 전혀 없어라.

視爾夢夢 我心慘慘
시이몽몽 아심참참

그대는 분별없으매
내 마음 쓰리기만 하네.

誨爾諄諄 聽我藐藐
회이순순 청아막막

타일러 보기는 하나
봄바람이 쇠귀 스치듯

匪用爲教 覆用爲虐
비용위교 복용위학

교훈으로 여기기는커녕
농으로 돌리는도다.

借曰未知 亦聿其耄
차왈미지 역률기모

철이 들지 않았다 해도
늙어서 망령든 듯하여라.

於乎小子 告爾舊止
오호소자 고이구지

아, 젊은이여, 옛 법을 일러주리니

聽用我謀 庶無大悔
청용아모 서무대회

내 말을 따른다면야
후회도 없으리로다.

天方艱難 曰喪厥國
천방간난 왈상궐국

하늘이 재앙을 내려
나라를 망하게 하려시니

取譬不遠 昊天不忒
취비불원 호천불특

먼 비유를 말함 아니라
천도(天道)에는 망령됨 없는데

回遹其德 俾民大棘
회휼기덕 비민대극

어찌 그릇된 덕 지니어
이리 백성을 괴롭히는가?

子 曰하사대 無欲而好仁者와 無畏而惡不仁者는 天下에 一人而已矣니
是故로 君子는 議道自己하고 而置法以民하나이다

공자가 말씀하시기를

"아무런 욕심 없이 인(仁)을 좋아하고, 두려움 없이 불인(不仁)을 미워하
는 사람이 천하에 극히 드물다. 그러므로 군자(君子)는 도(道)를 의논하는
것을 자기부터 먼저 실행하고 법을 제정함에 있어 백성이 할 수 있는 것
으로 한다."

子 曰하사대 仁이 有三하고 與仁同功而異情하니 與仁同功하면 其仁
은 未可知也요 與仁同過然後이라야 其仁을 可知也이니라 仁者는 安仁하
며 知者는 利仁하고 畏罪者는 强仁하나니 仁者는 右也이오 道者는 左也
이며 仁者는 人也이오 道者는 義也이라 厚於仁者는 薄於義하며 親而不
尊하며 厚於義者는 薄於仁하여 尊而不親이니라

공자가 말씀하기를

"인(仁)에는 세 가지가 있다. 이 인(仁)은 그 공(功)은 같이 하지만 정(情)
은 달리한다. 인과 공을 한가지로 하나 그 인을 아직 알지 못한다. 인(仁)
과 과(過)를 하나로 한 후에야 그 인(仁)을 알 수 있다. 인자(仁者)는 인(仁)
에 편안하고, 지자(知者)는 인(仁)을 이롭게 하고, 죄를 두려워하는 자는 인
을 좋아하지 않지만 참고 힘써 행한다. 인은 우(右)편이요, 도(道)는 좌(左)
편이다. 도(道)는 인(仁)이 아니면 서지 못하고, 의는 사람이 아니면 행할
수 없다. 대체로 사람의 행동은 반드시 우(右)를 먼저 하고 좌(左)가 이를

따른다. 그러므로 인은 사람을 사랑하는 일이며 도는 의로서 애(愛)를 행하는데 차별을 두어 좋은 것에 적용된다. 인(仁)에 후한 사람은 의에 박하므로 사람과 친하지만 높이지 않는다. 의에 두터운 자는 인에 박하므로 높이지만 친함이 없다."

道는 有至하며 有義하며 有考하고 至道는 以王하고 義道는 以覇하고 考道는 以爲無失하니라

도에는 지(至)가 있고 의(義)가 있고 고(考)가 있다. 지도(至道)는 왕이 되고 의도(義道)는 패(覇)가 되고 고도(考道)는 잃은 것이 없다.

子 言之하사대 仁有數하고 義有長短小大하니 中心憯怛은 愛人之仁也이요 率法而强之는 資仁者也이며 詩云호대 豐水有芑하니 武王이 豈不仕이리오 詒厥孫謀하니 以燕翼子이라 하니 數世之仁也이오 國風에 日호대 我今不閱이라 皇恤我後요 終身之仁也니라

공자가 말씀하셨다.
"인(仁)에는 그 종류가 여러 가지이며 의(義)에는 길고 짧고 크고 적음이 있다. 그 중심이 사람을 슬프고 아프게 하는 것은 사람을 사랑하는 인(仁)이며 고인들이 세운 법을 따라서 힘써 준행하는 것은 인을 사람으로부터 취하여 행하는 것이다. 시경(詩經)에 이르기를
「풍수(豐水)의 둘레에는 윤택함으로 휜 차조기풀이 있다.

무왕(武王)의 은덕이 크므로 지혜로운 사람이 사모하여 모였으니
무왕이 어찌 그들을 받아들여 신하로 받아들이지 않겠는가」*

그 자손을 위하여 좋은 계획을 주어 신하들에게 자손을 편안하게 도와
주는 것은 수세(數世)의 인(仁)이다. 국풍(國風)에 말하기를 「내 몸을 세상
에서 써주지 않고 내 자손의 일을 위해 걱정할 여가가 없다」** 했다. 이것
은 자신의 몸만을 생각한 생애이다.

子 曰 仁之爲器 重하며 其爲道遠하야 擧者莫能勝也요 行者는 莫能致
也하나 取數多者는 仁也이니 夫勉於仁者는 不亦難乎아 是故로 君子는
以義度人하면 則難爲人하고 以人望人하면 則賢者를 可知已矣니라

공자가 말씀하시기를

"인의 그릇(器) 됨이 무겁고 그 길이 멀어서 드는 자는 능히 이기지 못
하고 이르려 하는 자는 능히 도달하지 못한다. 인을 여러 가지로 나누어
행하는 것도 어진 것으로 허락한다. 인(仁)을 위해 힘쓰는 자 또한 어렵지
않겠느냐? 그러므로 사람을 의로 헤아릴 때에는 사람 되기 어렵고, 사람
으로 사람을 바랄 때에는 다만 현자(賢者)만이 알 뿐이다."

---

* p.83 [문왕유성(文王有聲)]
** p.109 [곡풍(谷風)]

子 曰 中心安仁者는 天下에 一人而已矣니라 大雅에 曰 德輶如毛하여 民鮮克擧之하더니 我儀圖之하니 惟仲山甫擧之오 愛莫助之하라 小雅에 曰 高山仰止하며 景行行止라 하여늘 子 曰하사대 詩之好仁이 如此로다 鄕道而行하며 中道而廢하니 忘身之老也요 不知年數之不足也라 俛焉日 有孶孶하여 斃而后已니라

공자가 말씀하시기를

"중심(中心)이 인(仁)에 안주하는 사람은 한 사람뿐이다. 대아(大雅)에 이르기를 「덕(德)이 사람에게 가벼운 털 같아서 어렵지 않으나 행하는 백성이 적다. 윤길보가 덕을 행할 사람을 구하자 중산보(仲山甫)만이 따랐다. 윤길보가 그 사람을 사랑하여 도와주려 하였으나 산보가 잘하여 도와주지 못했다」*

소아(小雅)에 말하기를 「높은 산은 모두 우러러 보며 높은 덕행은 사람이 본받아 행한다」**"

공자가 말씀하시기를

"시경(詩經)에 인(仁)을 좋아하는 것은 이와 같으니 도를 따라 나가며 중도에 힘이 다해 폐(廢)하니 몸이 늙음도 잊고 연수(年數)의 모자람도 모르는구나. 모든 것을 잊고 돌아볼 틈도 없이 날마다 전심으로 힘쓰고 가다듬어 죽은 후에야 그만둘 것이다."

---

* 증민(烝民)
** 거할(車舝)

증민(烝民)
하늘이 백성을

天生烝民 有物有則
천생증민 유물유측

하늘이 백성을 낳으셨으며

만물엔 도리 있으니

民之秉彝 好是懿德
민지병이 호시의덕

백성의 타고난 마음

아리따운 덕을 사모하는 것

天監有周 昭假于下
천감유주 소격우하

하늘은 우리 주(周)가

널리 정성된 덕 폄을 살피사

保玆天子 生仲山甫
보자천자 생중산보

밝은 천자를 받들게 하려

중산보(仲山甫)를 보내시도다.

仲山甫之德 柔嘉維則
중산보지덕 유가유측

중산보께서 지니신 덕은 훌륭하고

법이 있나니

令儀令色 小心翼翼
영의영색 소심익익

그 위의(威儀) 그 용모 아름다우며

모든 것 삼가서

古訓是式 威儀是力
고훈시식 위의시력

본받으니 옛적의 교훈,

위의에 힘을 쓰시고

天子是若 明命使賦
천자시약 명명사부

천자의 뜻을 받들어

어명(御命)을 널리 펴도다.

王命仲山甫 式是百辟
왕명중산보 식시백벽

왕께서 중산보에 명하시다.

제후들을 옳게 이끌고

纘戎祖考　王躬是保
찬융조고 왕궁시보

그대의 조상을 이어
짐의 몸을 편안케 하라.

出納王命　王之喉舌
출납왕명 왕지후설

왕명을 받들어 내고 들이며
임금의 목도 되고 혀도 되어서

賦政于外　四方爰發
부정우외 사방원발

정령(政令)을 바깥에 펴고
사방에 두루 베풀게 하라.

肅肅王命　仲山甫將之
숙숙왕명 중산보장지

지엄하신 왕의 분부를
중산보가 행하니

邦國若否　仲山甫明之
방국약비 중산보명지

나라의 베푸는 정사,
좋고 나쁨을 가리었으며

旣明且哲　以保其身
기명차철 이보기신

밝으며 또 분명하여서
그 몸을 미쁘게 지켜 갔어라.

夙夜匪解　以事一人
숙야비해 이사일인

아침, 밤 없이 힘써
오직 한 분을 섬기었도다.

人亦有言　柔則茹之
인역유언 유즉여지

세상에 떠도는 말이
부드러우면 삼키고

剛則吐之　維仲山甫
강즉토지 유중산보

딱딱하면 뱉는다고,
그러나 중산보께선

柔亦不茹　剛亦不吐
유역불여 강역불토

부드럽기로 안 삼키고
딱딱하여도 안 뱉었으며

不侮矜寡　不畏彊禦
불모환과 불외강어

홀아비 과부 업신여김 없었고
강폭(强暴)한 무리 두려워 않도다.

人亦有言　德輶如毛
인역유언 덕유여모

세상에 떠도는 말이
덕의 가벼움 털과 같으나

民鮮克擧之 我儀圖之
민선극거지 아의도지

維仲山甫擧之 愛莫助之
유중산보거지 애막조지

袞職有闕 維仲山甫補之
곤직유궐 유중산보보지

仲山甫出祖 四牡業業
중산보출조 사모업업

征夫捷捷 每懷靡及
정부첩첩 매회미급

四牡彭彭 八鸞鏘鏘
사모방방 팔란장장

王命仲山甫 城彼東方
왕명중산보 성피동방

四牡騤騤 八鸞喈喈
사모규규 팔란개개

仲山甫徂齊 式遄其歸
중산보조제 식천기귀

吉甫作誦 穆如淸風
길보작송 목여청풍

仲山甫永懷 以慰其心
중산보영회 이위기심

드는 이 아무도 없다고.
그러나 내가 보건대
드는 이 있으니 중산보라.
애석하나 돕는 이 없는 것.
천자에 결(缺)한 덕 있다면
중산보 반드시 도우리.
중산보 제사 지내고 길 떠나니
네 필 수말 웅장하고
병사는 씩씩하여서
행여 못 미칠까 걱정하네.
네 필 수말 달리는 곳,
여덟 방울 짤랑이노니
왕께서 중산보에 명하시어
동방에 성 쌓게 하심이로다.

네 필 수말 달리는 곳,
여덟 방울 쨍강이노니
천리 길 제(齊)에 가시면
하루속히 돌아오시라.
길보(吉甫)가 가락에 얹는 이 노래,
바람처럼 아 맑게 번지길!
보내는 이 마음 끝이 없노니
오로지 임 위해 불러 보도다.

거할(車舝)

굴대 빗장

間關車之舝兮　思孌季女逝兮
간관거지할혜　사련계녀서혜

굴대 빗장 쳐서 수레 몰아
예쁜 사람 맞으러 갔네.

匪飢匪渴　德音來括
비기비갈　덕음내괄

굶주리고 목마른 듯
부덕 높은 그이를 만나기 위해.

雖無好友　式燕且喜
수무호우　식연차희

좋은 벗 옆에 없어도
기쁘게 마시고 즐기리.

依彼平林　有集維鷮
의피평림　유집유교

저기 울창한 숲에 모여
울음 우는 산꿩.

辰彼碩女　令德來教
신피석녀　영덕내교

이젠 아리따운 그 아가씨
좋은 부덕 지니고 왔네.

式燕且譽　好爾無射
식연차예　호이무역

잔치하여 마음껏 즐기세
이 사랑 변함 없으리.

雖無旨酒　式飮庶幾
수무지주　식음서기

맛있는 술은 없어도
마시어 취하고 싶네.

雖無嘉殽　式食庶幾
수무가효　식식서기

특별한 안주 없어도
마음껏 배불리 먹고 싶네.

雖無德與女　式歌且舞
수무덕여여 식가차무

덕이야 그대에 손색 있어도
노래하고 춤추며 즐기세.

陟彼高岡　析其柞薪
척피고강 석기작신

析其柞薪　其葉湑兮
석기작신 기엽서혜

鮮我覯爾　我心寫兮
선아구이 아심사혜

높은 언덕 위에 올라
굴참나무 장작을 패었네.
굴참나무 장작 패자니
그 잎새 무성도 하더이다.
그리던 그대 만나 기쁘니
내 마음 훤히 개여 오네.

高山仰止　景行行止
고산앙지 경행행지

四牡騑騑　六轡如琴
사모비비 육비여금

覯爾新昏　以慰我心
구이신혼 이위아심

높은 산은 우러러보고
한길은 가야 하는 것.
쏜살같은 네 필 수말
여섯 고삐 가지런해!
시집온 당신을 이렇게 보니
내 마음 적이 흐뭇해 오네.

子曰 仁之難成이 久矣라 人人이 失其所好하나니 故로 仁者之過는 易辭也라

공자가 말씀하시기를

"인(仁)을 행함이 어려운지는 이미 오래다. 이는 사사로움에 매여 할 것을 아니하고, 아니 할 것을 좋아하기 때문이다. 그런 때문에 어진 자의 잘못은 말하기 쉬운 것이다."

子曰 恭은 近禮하고 儉은 近仁하며 信은 近情하니 敬讓以行此하면 雖有過는 其不甚矣니라 夫恭은 寡過하며 情은 可信하고 儉은 易容也이니 以此로 失之者不亦鮮乎아 詩云溫溫恭人이 維德之基라 하니라

공자가 말씀하시기를

"공손함은 예에 가깝고 검소함은 인에 가깝고, 신의는 정에 가깝다. 공경하고 사양하여 인을 행한다면 허물이 있어도 그렇게 심하지 않다. 공손하면 허물이 적고, 정이 있으면 신의가 있고, 검소하면 사귀기 쉽다. 이것을 가지고 이것을 잃는 자는 또한 적지 않겠는가? 시경(詩經)에 말하기를 「온화하고 공손한 사람이 덕의 기초」*라 했다."

---

* p.175 [억(抑)]

子 曰 仁之難成이 久矣라 唯君子라야 能之하나니 是故로 君子는 不以
其所能者로 病人하며 不以人之所不能者로 愧人하나니 是故로 聖人之制
行也엔 不制以己하여 使民으로 有所勸勉愧恥하여 以行其言하고 禮以節
之하며 信以結之하며 容貌以文之하며 衣服以移之하며 朋友以極之하며
欲民之有一也이니 小雅에 曰 不愧于人이며 不畏于天이라 하나니라

공자가 말씀하시기를

"인(仁)을 이룸이 어려운 것은 오래이나 다만 군자(君子)만이 능히 행한
다. 그러므로 군자는 그 능(能)한 것으로 사람을 병(病)되게 괴롭히지 않
으며, 능하지 못한 것으로 사람을 부끄럽게 하지 않으니 이것은 성인(聖
人)이 백성의 행동을 제어하되 자기를 기준해서 제어하지 않으며, 백성
을 권면(勸勉)하여 스스로 부끄럽게 하여 그 말을 따르게 하며, 예로 조절
하고 믿음으로 이어 용모로 아름답게 하며, 의복으로 그 덕을 옮기게 하
며, 지극한 벗으로 대하며 백성이 인도(仁道)한 일만 말하게 하는 것이다.
소아(小雅)에 이르기를 「이웃을 둘러보아도 부끄럽지 않고 하늘을 우러러
보아도 두렵지 않다」* 하였다."

---

* 하인사(何人斯)

하인사(何人斯)
저 사람은

彼何人斯　其心孔艱
피하인사　기심공간

저 사람은 어떤 사람?
마음씨도 험살궂네.

胡逝我梁　不入我門
호서아량　불입아문

내 어살엔 어째 가며
내 집엔 왜 발을 끊나.

伊誰云從　維暴之云
이수운종　유포지운

누구 따라 노니는지
사납기도 사나웁네.

二人從行　誰爲此禍
이인종행　수위차화

둘이 가는 그중에서
누가 이 화(禍) 지어냈나.

胡逝我梁　不入唁我
호서아량　불입언아

내 어살엔 어째 가며
위로조차 아니하나.

始者不如今　云不我可
시자불여금　운불아가

처음에는 지금같이
나쁘다곤 안 하더니.

彼何人斯　胡逝我陳
피하인사　호서아진

저 사람은 어떤 사람?
우리 뜰은 왜 지나나.

我聞其聲　不見其身
아문기성　불견기신

그 목소리 들으면서
그 얼굴을 내 못 보네.

不愧于人　不畏于天
불괴우인 불외우천

사람도 안 부끄럽고
하늘도 안 두려운가.

彼何人斯　其爲飄風
피하인사 기위표풍

저 사람은 어떤 사람?
표풍이나 되었다가

胡不自北　胡不自南
호불자북 호불자남

북에서라 왜 안 오며
남에서라 왜 안 오나.

胡逝我梁　祇攪我心
호서아량 기교아심

내 어살엔 어째 가서
내 마음만 휘젓는지.

爾之安行　亦不遑舍
이지안행 역불황사

천천히 갈 적에도
쉬어갈 틈 없는 사람.

爾之亟行　遑脂爾車
이지극행 황지이거

급하거니,
수레 기름 칠 틈인들 있겠는가.

一者之來　云何其盱
일자지래 운하기우

한 번만은 왔다 가지.
눈 빠지게 기다림을!

爾還而入　我心易也
이환이입 아심이야

돌아와서 찾아주면 그래도 기쁘려니

還而不入　否難知也
환이불입 부난지야

그때에도 안 온다면
난들 내 맘 어찌 알리.

一者之來　俾我祇也
일자지래 비아기야

한번 어서 찾아오셔
내 마음 좀 놓게 하소.

伯氏吹壎　仲氏吹篪
백씨취훈 중씨취지

형은 부니 질나팔에,
아우는 저를 불어

及爾如貫　諒不我知
급이여관 양불아지

떨어짐이 없던 사이.
그래도 날 모르시면

出此三物　以詛爾斯
출차삼물 이조이사

돼지 닭 개 제물 드려
당신에게 맹세하리.

爲鬼爲蜮　則不可得
위귀위역 즉불가득

귀신이나 단호(短狐)라면
못 보기도 하려니와

有靦面目　視人罔極
유전면목 시인망극

뻔뻔스레 면목 갖춘 사람이며
못 보기에

作此好歌　以極反側
작차호가 이극반측

노래 한 곡 지어 불러
못 믿을 맘 따져 두네.

是故로 君子 服其服하면 則文以君子之容하며 有其容이면 則文以君子
之辭하고 遂其辭하면 則實以君子之德하나니

그러므로 그 옷을 입으면 그 얼굴을 군자의 얼굴로 꾸며야 하며, 그 얼
굴에는 군자의 말로 꾸며야 하며, 그 말을 이루면 군자의 덕으로 채워
진다.

是故로 君子는 恥服其服而無其容하며 恥有其容而無其辭하며 恥有其
辭而無其德하며 恥有其德而無其行하나니

그러므로 군자는 그 옷을 입고 그에 맞는 얼굴이 없음을 부끄러워하
고, 그 얼굴이 있으면서 그에 맞는 말이 없음을 부끄러워하며, 그 말이 있
으나 그에 맞는 덕이 없음을 부끄러워하며, 그 덕이 있으나 그에 맞는 행
실이 없음을 부끄러워한다.

是故로 君子는 衰絰則有哀色하고 端冕則有敬色하며 甲冑則有不可辱
之色하나니 詩云 維鵜在梁에 不濡其翼이로다 彼記之子 不稱其服이라 하
니라

그러므로 군자는 쇠(衰)나 질(絰)의 상복을 입었을 때는 애통하는 빛이
있고, 예복(禮服)을 입었을 때는 공경하는 빛이 있고, 갑옷과 투구를 갖추
었을 때는 위엄이 있다.
시경(詩經)에 말하기를 「사다새는 물에 들어가서 생선을 먹어야 할 것

인데 그 날개를 적시지 않으니 이것은 소인이 높은 지위에서 녹(祿)만 훔쳐 먹고 그 직분을 다하지 못함과 같아 직분에 알맞지 않다」*라고 했다.

* 후인(候人)

후인(候人)
길잡이

彼候人兮　何戈與祋
피후인혜　하과여대

彼其之子　三百赤芾
피기지자　삼백적불

저기 저 길잡이는
길고 짧은 창 들었네.
아니아니 저 양반은
삼백 귀인(貴人) 한 패거리.

維鵜在梁　不濡其翼
유제재량　불유기익

彼其之子　不稱其服
피기지자　불칭기복

어살이라 사다새는
날개조차 안 젖었네.
저 양반의 옷 좀 봐요.
썩 어울리진 않는구먼.

維鵜在梁　不濡其咮
유제재량　불유기주

彼其之子　不遂其媾
피기지자　불수기구

어살이라 사다새는
부리조차 안 젖었네.
저 양반 나와 이젠 만나려도 아니 해요.

薈兮蔚兮　南山朝隮
회혜위혜　남산조제

婉兮孌兮　季女斯飢
완혜련혜　계녀사기

뭉게뭉게 구름 솟네.
남산 위에 아침 구름.
젊고 예쁜 아가씨가
주리는 줄 왜 모르나.

子 言之하사대 君子之所謂義者는 貴賤이 皆有事於天下이니 天子는 親耕하여 粢盛秬鬯으로 以事上帝하나니 故로 諸侯 勤以輔事於天子하나니라

공자가 말씀하였다.

"군자의 의(義)라는 것은 귀한 자와 천한 이가 다 천하에 일이 있는 것이다. 천자가 손수 밭 갈아서 자성(粢盛)과 거창(秬鬯)을 만들어 상제(上帝)를 섬기니 제후도 부지런히 천자를 도와 섬긴다."

子 曰 下之事上也에 雖有庶民之大德이나 不敢有君民之心은 仁之厚也이니 是故로 君子는 恭儉以求役仁하며 信讓以求役禮하며 不自尙其事하며 不自尊其身하며 儉於位而寡於欲하며 讓於賢하며 卑己而尊人하며 小心而畏義하여 求以事君하여 得之自是하며 不得自是하여 以聽天命하나니 詩云 莫莫葛藟 施于條枚로다 凱弟君子求福不回라 하니 其舜禹文王周公之謂與아 有君民之大德하고 有事君之小心하시니라 詩云 維此文王이여 小心翼翼이로다 昭事上帝하여 聿懷多福하시니 厥德이 不回라 以受方國이라 하나니라

공자가 말씀하시기를

"아랫사람이 윗사람을 섬김에는 백성을 덮을 큰 덕이 있다할지라도 감히 그 임금을 배척하지 않고 저를 위함이 없으니 인이 두터운 까닭이다. 그러므로 군자는 공경하고 검소하여 인을 행하기를 구하며, 믿고 사양하여 예를 하기를 구할 것이다. 스스로 그 일을 높이지 않고 스스로 그

몸을 높이지 않으며, 지위에 맞게 검소하고 욕심이 적으며 어진 이에게 양보하고, 몸을 낮추어 남을 높이며 삼가 의를 두려워하며, 임금 섬기기를 구하여 임금의 마음을 얻었을 때도 스스로 도(道)를 행하고 임금의 마음을 얻지 못하였을 때도 스스로 도(道)를 행하여 천명을 듣는 것이다.

시경(詩經)에 말하기를 「무성하고 **빽빽한** 칡덩굴과 칡덤불이 나무의 줄기와 가지에 왕성하다」고 했다. 이것은 문왕 선조의 공에 의해 일어난 것을 비유했다. 착하고 공경하는 군자는 복(福)을 구함에 간사하지 않다고 했으니 이것은 순(舜)임금·우(禹)·문(文)·주공(周公)을 두고 하는 말일까. 백성에게 임금이 될 큰 덕이 있고서 임금 섬김을 조심하는 마음이 있다. 시경(詩經)에 이르기를 「문왕(文王)은 소심하여 공경했다. 밝게 상제(上帝)를 섬겨 복(福)을 받았고 그의 덕이 헛되지 않아 사방(四方)의 나라가 굴복하여 받아들였다」"*

---

* p.199 [한록(旱麓)]

대명(大明)
밝은 덕

明明在下　赫赫在上
명명재하　혁혁재상

밝은 덕 땅에 있으면
위엔 밝은 천명 따르거니

天難忱斯　不易維王
천난침사　불이유왕

덕 없이 하늘을 믿을 건가.
지키기 힘든 제왕의 자리.

天位殷適　使不挾四方
천위은적　사불협사방

은(殷)의 적자(嫡子)로서도
천하를 지키지 못했네.

摯仲氏任　自彼殷商
지중씨임　자피은상

지땅의 둘째 딸 임(任)씨께선
먼 은(殷)의 경내(境內)로부터

來嫁于周　曰嬪于京
내가우주　왈빈우경

짝 찾아 주(周)에 시집오서
새살림 차려 신부 되시니

乃及王季　維德之行
내급왕계　유덕지행

왕계(王季) 받들어
두 몸이 하나로 덕을 닦고 베푸셨네.

大任有身　生此文王
태임유신　생차문왕

거룩하신 태임(大任)이시기
우리의 문왕을 낳으셨도다.

維此文王　小心翼翼
유차문왕　소심익익

아, 우리의 문왕께선 공경하고 삼가시어

昭事上帝　聿懷多福
소사상제 율회다복

덕으로 하늘을 섬기셨으니
많은 복을 누리시니

厥德不回　以受方國
궐덕불회 이수방국

그 덕이 헛되지 않아
나라를 받으셨도다.

天監在下　有命旣集
천감재하 유명기집

하늘은 세상을 살피시어
천명이 여기에 이뤄졌나니

文王初載　天作之合
문왕초재 천작지합

문왕이 첫 해에 들자
하늘이 후비(后妃)될 이를

在洽之陽　在渭之涘
재흡지양 재위지사

흡수(洽水)의 북쪽 위수(渭水) 기슭에
미리 점지해 놓으시도다.

文王嘉止　大邦有子
문왕가지 대방유자

문왕도 이를 기뻐하시다.
그 나라에 좋은 규수 있음을.

大邦有子　俔天之妹
대방유자 견천지매

좋은 규수 나라에 있으니
상제(上帝)의 누이가 비유되랴.

文定厥祥　親迎于渭
문정궐상 친영우위

길(吉)하다는 괘를 얻어서
위수 가에 맞이하시다.

造舟爲梁　不顯其光
조주위량 불현기광

배를 이어 다리를 놓고
찬란한 예식 눈부셨도다.

有命自天　命此文王
유명자천 명차문왕

하늘의 뜻 막힐 것이랴.
주나라 서울에 계신

于周于京　纘女維莘
우주우경 찬녀유신

長子維行　篤生武王
장자유행 독생무왕

保右命爾　燮伐大商
보우명이 섭벌대상

문왕에게 천명은 내리시도다.

태임의 덕을 이으시기는

신국(莘國)의 장녀 태사씨.

무왕을 낳으셨으니

하늘이 도우시어서

은나라 치시게 하셨도다.

殷商之旅　其會如林
은상지려 기회여림

矢于牧野　維予侯興
시우목야 유여후흥

上帝臨女　無貳爾心
상제임여 무이이심

은나라 무리 수를 모르고

늘어선 깃대 숲을 이루니

무왕은 목야(牧野)에 맹세하시다.

우리는 일어나는 때

하늘이 너희를 굽어보시니

그대들 마음 변치 말라.

牧野洋洋　檀車煌煌
목야양양 단거황황

駟騵彭彭　維師尙父
사원방방 유사상부

時維鷹揚　涼彼武王
시유응양 양피무왕

肆伐大商　會朝淸明
사벌대상 회조청명

목야는 하늘에 닿고

박달나무 수레 휘황도 한데

배 흰 사마 씩씩도 해라.

신하에 태공망(太公望) 있어

새매처럼 떨쳐 일어나

무왕을 도와 드리니.

이리하여 은나라를 치매

하늘도 아침부터 청명했니라.

子 曰 先王이 諡以尊名하시며 節以一惠하나니 恥名之浮於行也이니
是故로 君子는 不自大其事하며 不自尙其功하여 以求處情하며 過行弗率
하여 以求處厚하며 彰人之善하고 而美人之功하여 以求下賢하나니 是故
로 君子 雖自卑而民이 敬尊之하나니라 子 曰호되 后稷의 天下之爲烈也
여 豈一手一足哉아 唯欲行之浮於名也니라 故로 自謂便人이시니라

공자가 말씀하시기를

"선왕(先王)이 시호를 지어 성명을 높이고 미행(美行)이 많으나 그의 큰
것을 정해 절문으로 온전하게 하려는 것인데 이름이 행실에 나타나는 것
을 부끄러워한 것이다. 그러므로 군자는 스스로 그의 일을 크다고 하지
않고, 스스로 그의 공을 높이지 않으며 사실에 처할 일을 구하며 너무 높
은 행실을 좇지 않으며 후한 것에 처하기를 구하며 사람의 착함을 밝게
나타내서 그의 공을 칭찬하며 어진 곳으로 나아감을 구한다. 그러므로
군자는 스스로 낮추나 백성이 공경하여 높인다."

공자가 말씀하시기를

"후직(后稷)이 천하의 빛이 된 것이 어찌 한 손 한 발 뿐이겠느냐. 다만
행실이 이름에 나타나는 일을 하고자 하는 것뿐이다. 그러므로 스스로
백성의 일에 편습하는 사람이라 했다."

子 言之호대 君子之所謂仁者는 其難乎아 詩云 凱弟君子는 民之父母
라 하니 凱以强敎之하고 弟以說安之하여 樂而毋荒하며 有禮而親하며 威
莊而安하고 孝慈而敬하여 使民有父之尊하고 有母之親하니 如此而后에
可以爲民父母矣니 非至德이면 其孰能如此乎이리오

공자가 말씀하셨다.

"군자가 말하는 인(仁)은 그렇게도 어려운가. 시경(詩經)에 이르기를 「화락(和樂)한 군자는 백성의 부모」라 하였다. 개(凱)는 스스로 노력하여 애써 가르침을 쉬지 않으며, 제(弟)는 기쁨으로 편안하며 즐거워서 거칠지 않으며, 예의로 친하며 위엄이 있고 씩씩하고 편안하며 효(孝)로 사랑하여 공경하고 백성에게 아버지의 높음이 있고, 어머니의 친함이 있으니 이와 같아야 백성의 부모가 된다. 지극(至極)한 덕(德)이 없으면 그 누가 이와 같이 할 수 있겠느냐."

今父之親子也는 親賢而下無能하고 母之親子也는 賢則親之하고 無能則憐之하나니 母는 親而不尊하고 父尊而不親하며 水之於民也에 親而不尊하고 火尊而不親하고 土之於民也에 親而不尊하고 天은 尊而不親하며 命之於民也에 親而不尊하며 鬼는 尊而不親하느니라

지금 아버지가 아들을 친함에는 어질면 친하고 무능(無能)하면 멀리하고, 어머니가 아들을 친함에는 어질면 친하고 무능하면 불쌍하게 여기니 어머니는 친하고서 높이지 않으며 아버지는 높이고서 친하지 않는다. 물은 백성에게 친하나 높지 않으며 불은 높으나 친하지 않다. 흙이 백성에게 친하고 높지 않으며 하늘은 높으나 친하지 않고 교령(敎令)은 백성에게 친하고 높지 않으며 귀신은 높으나 친하지 않다.

子 曰 夏道는 尊命하여 事鬼敬神而遠之하고 近人而忠焉하여 先祿而
後威하며 先賞而後罰하여 親而不尊하니 其民之敝는 惷而愚하며 喬而野
하며 朴而不文하니라 殷人은 尊神하여 率民以事神하야 先鬼而後禮하며
先罰而後賞하여 尊而不親하고 其民之敝는 蕩而不靜하며 勝而無恥하니
라 周人은 尊禮尙施하며 事鬼敬神而遠之하고 近人而忠焉하며 其賞罰은
用爵列하며 親而不尊하고 其民之敝는 利而巧하며 文而不慚하고 賊而蔽
하니라

공자가 말씀하시기를

"하(夏)의 도는 교명을 존중하며 귀신을 섬기고 공경하여 종묘를 궁 밖
에 멀리 세우고 조정을 대궐 안에 두어 충성함에 있다. 녹을 먼저 하고 위
엄을 뒤에 하고, 상을 먼저하고 벌을 뒤에 하면 백성은 위를 친할 줄 알고
높일 줄 모른다. 그 백성의 폐는 둔하고 어리석으며 교만하고 거칠며 투
박하고 글을 모른다. 은(殷)나라 사람은 신(神)을 높이고 백성을 거느려 신
을 섬기며 귀신을 먼저 하고 예를 뒤에 하며, 벌을 먼저 하고 상을 뒤로
하며, 높이고 친하지 않으니 그 백성의 폐는 황탕하다. 안정하여 사리를
판단하지 못하고 이기려하여 부끄러움이 없다. 주(周)나라 사람은 예(禮)
를 높이고 은혜의 베풂을 숭상하며 귀신을 섬기며 신을 공경하여 멀리하
며 사람을 가까이 하여 충성이 있고 상벌은 작열(爵列)에 따라 고하로 기
준하여 친하나 높이지 않는다. 그 백성의 폐는 이로운 것을 찾고 공교하
며 글로 꾸미는 것이 많고 허위에서 달아나서 부끄러움을 모르고 타인을
해하고도 그 사실을 분별하지 못한다."

子曰 夏道는 未瀆辭하여 不求備하며 不大望於民하고 民未厭其親하고 殷人은 未瀆禮하여 而求備於民하고 周人은 强民하여 未瀆神하고 而 賞爵刑罰이 窮矣니라

공자가 말씀하시기를

"하(夏)의 도는 가르침을 존중하여 사랑에 힘쓰고 사령(辭令)을 더럽히지 않았고 상벌을 생략하여 백성에게 행실의 갖출 일을 요구하지 않았다. 조세를 가볍게 하여 백성에게 많은 수렴을 받으려 하지 않았으며 임금을 존중하고 위와 친함을 스스로 잊을 수 없었다. 은(殷)나라 사람들은 예를 뒤로 하였으나 아직 예(禮)를 상하게 하지 않았고 백성에게 갖출 일을 구했다. 주(周)나라 사람들은 예법으로 백성을 강행시켰고, 아직 신(神)을 불공하게 대하지 않았고 상과 작위와 형(刑)과 벌(罰)을 자세하고 극진히 살폈다."

子曰 虞夏之道는 寡怨於民하고 殷周之道는 不勝其敝하니라 子 曰호되 虞夏之質과 殷周之文은 至矣라 虞夏之文은 不勝其質하고 殷周之質은 不勝其文이니라

공자가 말씀하시기를

"우하(虞夏)의 도는 백성에게 원망이 적고 은주의 도는 번다스러워 그 폐단을 이길 수 없었다."

공자가 말씀하시기를

"우하의 질(質)과 은주의 문은 그 극에 이르렀다. 우하의 문은 그 질에

이기지 못하고, 은주의 질(質)은 그 문(文)을 이기지 못한다."

子 言之曰 後世에 雖有作者이나 虞帝를 弗可及也已矣니라 君天下하
여 生無私하며 死不厚其子하고 子民如父母하여 有憯怛之愛하며 有忠利
之敎하고 親而尊하며 安而敬하며 威而愛하며 富而有禮하며 惠而能散하
니 其君子 尊仁畏義하며 恥費輕實하고 忠而不犯하며 義而順하고 文而靜
寬하며 而有辨하니 甫刑에 曰德威惟威하며 德明惟明하니 非虞帝면 其孰
能如此乎이리오

공자가 말씀하시기를

"후세에 좋은 정치를 행하는 이가 있어도 우제(虞帝)에 미치지 못하리
라. 천하의 임금이 되어 살아서는 사사로움이 없고 죽어서는 그 아들에
후하지 않고 백성을 아들로 삼아 부모와 같이 대하여 슬픔과 아픈 사랑
이 있고 충성과 용서함과 이익된 교훈이 있다. 친하고 높으며 편하되 공
경하고 위엄있게 사랑하여 부(富)하나 예(禮)가 있고 은혜로워 나누어 준
다. 그 군자는 인(仁)을 존중하며 의를 두려워하며 낭비함을 부끄럽게 여
기며 재화를 가볍게 여기며 충성하여 범(犯)하지 않고 의롭고 순(順)하고
예의 바르고 고요하며 너그럽고 분별이 있다. 보형(甫刑)에 말하기를 「임
금이 덕을 지니고 위엄 있게 대하면 그 백성도 덕의 위엄이 있고, 임금이
덕이 있고 빛으로 대하면 그 백성도 덕의 빛이 있다」고 했다. 우제가 아
니면 그 누가 능히 이와 같겠는가."

子 言之호되 事君에 先資其言하고 拜自獻其身하여 以成其信하나니 是故로 君有責於其臣하며 臣有死於其言하나니 故로 其受祿이 不誣하며 其受罪益寡이니라

공자가 말씀하셨다.

"임금을 섬기는 데 미리 가슴에 쌓은 것을 말로 나타내고, 그런 후에 벼슬을 받고 그의 몸이 나아가 그 말의 신실을 이루는 것이다. 그러므로 임금이 그 신하를 문책할 때에는 그 말을 실행할 수 없으면 죽어야 한다. 그러므로 녹을 받는 일이 허무하지 않고 죄를 받음이 더욱 적은 것이다."

子曰 事君에 大言이 入則望大利하고 小言이 入則望小利하나니 故로 君子는 不以小言으로 受大祿하며 不以大言으로 受小祿하나니 易에 曰 不家食이면 吉이라 하니라

공자가 말씀하시기를

"임금을 섬김에 있어 대언(大言)을 진언하고 용납되면 대리(大利)를 바라고, 소언(小言)을 진언하고 용납되면 소리(小利)를 바랄 것이다. 그러므로 군자는 소언(小言)으로 대록(大祿)을 받지 않고 대언(大言)으로 소록(小祿)을 받지 않는다. 역(易)에 말하기를 「집에서 먹지 않으니 길하다」 하였다."

子曰 事君호되 不下達하며 不尙辭하며 非其人弗自이니라 小雅에 曰 호되 靖共爾位하여 正直是與하면 神之聽之하여 式穀以女이라 하니라

공자가 말씀하시기를

"임금을 섬김에 하달(下達)을 하지 말고 말을 너무 숭상하지 말 것이며 그 사람이 아니면 따르지 말아야 한다. 소아에 이르기를 「그 직위를 조용하고 공손하게 지키고 노력하여 정직한 길로만 따른다면 신이 들어 너에게 복록을 줄 것이다」*라고 했다.

---

* 소명(小明)

소명(小明)
밝고 밝은

明明上天　照臨下土
명명상천 조림하토

밝고 밝은 하늘 있어
온 세상을 비치신다고.

我征徂西　至于艽野
아정조서 지우구야

서켠으로 출정(出征)하여
먼 거친 들에 이르렀네.

二月初吉　載離寒暑
이월초길 재리한서

이월(二月) 초하루 집 떠나
어느덧 여름, 겨울 가고,

心之憂矣　其毒大苦
심지우의 기독태고

마음의 근심은 또한
얼마나 이 몸을 괴롭혔나.

念彼共人　涕零如雨
염피공인 체령여우

좋은 사람 생각하니
눈물만 비 오듯 하네.

豈不懷歸　畏此罪罟
기불회귀 외차죄고

어찌 가고프지 않으리,
행여 허물 될까 저어하네.

昔我往矣　日月方除
석아왕의 일월방제

예전에 집을 떠날 때
일월이 바뀐 봄이었거니

曷云其還　歲聿云莫
갈운기환 세율운모

언제 돌아갈지 아득해라.
이해도 저물어 가는데

念我獨兮　我事孔庶
염아독혜 아사공서

변방에 외로이 떠도는 몸이
맡은 일은 왜 이리 많은지?

心之憂矣　憚我不暇
심지우의　탄아불가

마음엔 근심 일고
시달림에 쉴 틈 없도다.

念彼共人　睠睠懷顧
염피공인　권권회고

좋은 사람 생각하니
먼 하늘 보며 애태우노니

豈不懷歸　畏此譴怒
기불회귀　외차견노

어찌 가고프지 않으리,
행여 역정 살까 저어하네.

昔我往矣　日月方奧
석아왕의　일월방욱

예전에 집을 떠날 때
날씨도 따뜻한 봄이었거니

曷云其還　政事愈蹙
갈운기환　정사유축

언제 돌아갈지 아득해라.
일만 밀려 닥치는도다.

歲聿云莫　采蕭穫菽
세율운모　채소확숙

이해도 저물어 가는데
다북쑥 뜯고 콩을 땄거니

心之憂矣　自詒伊戚
심지우의　자이이척

마음의 근심 끝없어!
스스로 제 몸을 원망하도다.

念彼共人　興言出宿
염피공인　흥언출숙

좋은 사람 생각하니
일어나 온밤을 어정대노니

豈不懷歸　畏此反覆
기불회귀　외차반복

어찌 가고프지 않으리,
행여 누명 쓸까 저어하네.

嗟爾君子　無恒安處
차이군자　무항안처

아 세상의 모든 군자들
편안함을 생각지 말라.

靖共爾位　正直是與
정공이위　정직시여

그대의 자리 삼가 받들어
곧은 이와 언제나 같이 일하면

神之聽之　式穀以女
신지청지　식곡이여

천신(天神)도 그대를 어여삐 보사
좋은 복 내려 주시리로다.

嗟爾君子 無恒安息
차이군자 무항안식

靖共爾位 好是正直
정공이위 호시정직

神之聽之 介爾景福
신지청지 개이경복

아 세상의 모든 군자들

안식만을 생각지 말라.

그대의 자리 삼가 받들어

곧은 이를 언제나 좋아하면

천신도 그대를 어여삐 보사

큰 복 내려 주시리로다.

子 曰 事君호되 遠而諫則諂也요 近而不諫則尸利也이니라 子曰하사대
邇臣은 守和하며 宰는 正百官하며 大臣은 慮四方이니라

공자가 말씀하시기를

"임금을 섬김에 있어 임금과 먼 지위에 있으면서 굳이 간한다면 이는
아첨하는 것이요, 임금과 가까운 지위에 있으면서도 간하지 않음은 이
(利)를 탐하는 것이다. 이록을 얻을 것을 주로 하므로 시리(尸利)라 한다."

공자가 말씀하시기를

"임금과 친근한 신하가 화(和)를 지키는 것은 착한 이를 나가게 하고
악한 이를 물리쳐서 그 조화를 얻게 하며 재상은 백관(百官)을 바르게 다
스리고 대신(大臣)은 사방의 평안을 염려해야 한다."

子 曰 事君호되 欲諫不欲陳이니 詩云호되 心乎愛矣라도 瑕不謂矣리
오 中心藏之하니 何日忘之리요 하니라

공자가 말씀하시기를

"임금을 섬김에 있어서 간(諫)할 뿐이지 떠벌리지 말아야 한다. 시(詩)에
말하기를 「나의 마음은 현자를 애모하여 더불어 말하려고 생각했으나 상
거가 멀어서 말하려는 말을 심중에 감추어서 잊을 날이 없다」* 했다."

---

* 습상(隰桑)

습상(隰桑)
진펄의 뽕나무

隰桑有阿　旣葉有難
습상유아　기엽유나

旣見君子　其樂如何
기견군자　기락여하

아름다운 진펄의 뽕나무,
잎새들의 무성한 모습!
우리 임 이미 뵈오니
즐거움 무어라 할까.

隰桑有阿　其葉有沃
습상유아　기엽유옥

旣見君子　云何不樂
기견군자　운하불락

아름다운 진펄의 뽕나무,
잎새들의 싱싱한 빛깔!
우리 임 이미 뵈오니
어찌 즐겁지 않으리.

隰桑有阿　其葉有幽
습상유아　기엽유유

旣見君子　德音孔膠
기견군자　덕음공교

아름다운 진펄의 뽕나무,
잎새들의 검푸른 모양!
우리 임 이미 뵈오니
그 말씀 굳으신 언약!

心乎愛矣　遐不謂矣
심호애의　하불위의

中心藏之　何日忘之
중심장지　하일망지

속으론 이리도 사랑하면서
말 못하는 안타까움!
보배 품듯 이 마음,
언제면 잊힐리야.

子曰 事君호되 難進而易退하면 則位有序하고 易進而難退하면 則亂也이니 故로 君子는 三揖而進하고 一辭而退는 以遠亂也이니라

공자가 말씀하시기를

"임금을 섬김에 있어 나아가 벼슬을 하는 것은 어려우나 벼슬에서 물러나기 쉬운 것은 직위에 엄격한 질서를 확립하는 것이다. 벼슬하기가 쉽고 물러나기가 어려우면 질서가 없어 혼란하다. 그러므로 군자는 임금을 뵐 때 세 번 읍(揖)하고 나아가 한 번 사양하고 물러가듯 진퇴를 엄격히 하는 것은 지위의 질서의 혼란과 현우의 구별이 없는 혼란에서 멀어지기 위해서이다."

子曰 事君호되 三遠而不出竟하면 則利祿也이니 人雖曰不要이나 吾弗信也라

공자가 말씀하시기를

"임금을 섬김에 있어서 세 번 벼슬을 사퇴하고 물러갈 것을 요청하고도 국경을 넘지 않은 것은 이록(利祿)을 생각하여서이다. 비록 그 사람이 녹을 구하지 않았다 하지만 나는 그 말을 믿지 못하겠다."

子曰 事君호되 愼始而敬終이니라 子曰하사대 事君호되 可貴可賤이며 可富可貧可生可殺이니 而不可使爲亂이니라

공자가 말씀하시기를

"임금을 섬기되 처음을 조심스럽게 하며 마지막을 공경할 것이다."

공자가 말씀하시기를

"임금을 섬김에 있어 임금이 나를 어질다하면 가히 부귀하게 할 것이요, 불초하다하면 가히 빈천하게 할 것이요, 무죄하다면 가히 살릴 것이요, 유죄하다면 가히 죽일 것이니, 임금의 명에 복종하며 내게 있는 것은 의리이므로 난을 일으킬 수가 없다."

子曰 事君호되 軍旅 不辟難하며 朝廷은 不辭賤이니 處其位而不履其事하면 則亂也이니라

공자가 말씀하시기를

"임금을 섬기되 군려(軍旅)는 난을 피하지 않고, 조정(朝廷)에서는 천(賤)한 것을 거절하지 않고, 그 지위에 있으면서 그 일을 밟지 않는 것이 난(亂)이다."

故로 君이 使其臣에 得志則愼慮而從之하고 否則孰慮而從之하여 終事而退하나니 臣之厚也이니 易에 曰호되 不事王侯하여 高尙其事이라 하나라

그러므로 임금이 그 신하를 쓰는 데 뜻을 얻었을 때는 신중하게 생각하여 그 명받은 것을 따르고, 그렇지 못하다면 깊이 생각하여 이에 따르고 그 일을 마치고는 사퇴하는 것이니 이것이 신하의 충성된 길이다. 주

역에 말하기를 「왕후(王侯)를 섬기지 말고 그 일을 고상(高尙)하게 여긴
다」하였다.

子 曰 唯天子受命于天하고 士는 受命于君하나니 故로 君命이 順하면
則臣有順命하니 君命이 逆하면 則臣有逆命하나니 詩曰호되 鵲之彊彊이
며 鶉之奔奔이어던 人之無良을 我以爲君하니라

공자가 말씀하시기를

"오직 천자(天子)는 명령을 하늘에서만 받고 선비는 명령을 임금에게
서 받는다. 그러므로 임금의 명(命)이 도리에 맞을 때는 신하가 명에 순종
하고 임금의 명이 도리에 거역될 때는 신하도 명령에 거역한다. 시경(詩
經)에 말하기를 「까치는 강강(彊彊)하는 것이 있고, 메추리는 분분(奔奔)하
는 것이 있다.」*고 했다. 까치가 다투고 메추리가 다투는 것은 자기 짝의
음란함을 막기 위한 것이다. 그러나 사람은 진실하지 못함을 탄식한 말
이다."

---

* 순지분분(鶉之奔奔)

순지분분(鶉之奔奔)
메추리는 짝지어 날고

鶉之奔奔　鵲之彊彊
순지분분　작지강강

人之無良　我以爲兄
인지무량　아이위형

까치도 쌍쌍이 날거늘.

메추리는 짝지어 날고

너무한 이 사람을 형이라 해야 하니!

鵲之彊彊　鶉之奔奔
작지강강　순지분분

人之無良　我以爲君
인지무량　아이위군

까치는 쌍쌍이 날고

메추리도 짝지어 날거늘

너무한 이 사람을 임금이라 해야 하니!

子 曰 君子는 不以辭로 盡人이니 故로 天下有道하면 則行有枝葉하고
天下無道하면 則亂有枝葉이니라

공자가 말씀하시기를

"군자는 말로 사람의 전부를 보지 않는다. 그러므로 천하에 도(道)가
있을 때는 나뭇잎이 무성한 것처럼 사람마다 착한 행실이 있을 것이요,
천하에 도가 없으면 사람들이 예를 지키지 않아 여러 가지 말만을 꾸미
며 세상이 어지러워질 것이다."

是故로 君子는 於有喪者之側에 不能賻焉이면 則不問其所費하며 於有
病者之側에 不能饋焉이면 則不問其所欲하며 有客不能館이면 則不問其
所舍하나니

그러므로 군자는 초상을 당한 자에게 부의를 줄 수 없을 때는 쓸 곳을
묻지 않으며 병이 난 사람에게 음식을 나누어 줄 수 없으면 먹고 싶은 것
을 묻지 않으며 객(客)에게 잘 자리를 제공할 수 없으면 그 잘 곳을 묻지
않는다.

故로 君子之接은 如水하고 小人之接은 如醴하며 君子는 淡而成하고
小人은 甘以壞하나니 小雅에 曰호되 盜言孔甘이라 亂是用餤이라 하니라

그러므로 군자의 접대하는 것은 물과 같고 소인의 접대하는 것은 감주

(甘酒)와 같다. 군자는 담담하게 교제가 이루어지고 소인은 달콤하여 교제가 파괴된다. 시경(詩經) 소아(小雅)에 말하기를 「도적의 말은 몹시 달콤하여 어지러움이 이것을 이용해 나아간다」*고 했다.

---

* 교언(巧言)

교언(巧言)
교묘한 말

悠悠昊天 曰父母且
유유호천 왈부모저

넓고 넓은 저 하늘은
부모라고 이르데만

無罪無辜 亂如此憮
무죄무고 난여차호

아무 죄도 없는 몸이
이리 큰 난(亂) 만날 줄야!

昊天已威 予愼無罪
호천이위 여신무죄

하늘 매우 두렵지만
나에게는 허물 없고

昊天泰憮 予愼無辜
호천태호 여신무고

하늘 위엄 대단치만
나에게는 죄가 없네.

亂之初生 僭始旣涵
난지초생 참시기함

거짓 용납되는 곳에
난의 싹이 생겨났고

亂之又生 君子信讒
난지우생 군자신참

임이 참언(讒言) 믿으셨기
난은 다시 일어났네.

君子如怒 亂庶遄沮
군자여노 난서천저

임이 역정 내신다면
난은 즉시 그칠 것을.

君子如祉 亂庶遄已
군자여지 난서천이

어진 그 말 들으시면
난은 바로 그칠 것을.

君子屢盟　亂是用長
군자누맹　난시용장

맹세 거듭하신 끝에
난은 더욱 자라났고

君子信盜　亂是用暴
군자신도　난시용포

간사함을 믿으셨기
사납게만 되어갔네.

盜言孔甘　亂是用餤
도언공감　난시용담

간사한 말 달콤하여
난은 더욱 늘어났고

匪其止共　維王之邛
비기지공　유왕지공

직책 모두 버렸기에
임의 재앙 돼버렸네.

奕奕寢廟　君子作之
혁혁침묘　군자작지

우람찬 저 종묘는
옛 임 이를 지으셨고

秩秩大猷　聖人莫之
질질대유　성인막지

올바른 문물제도
성인 이를 세우셨네.

他人有心　予忖度之
타인유심　여촌탁지

다른 사람 먹은 마음
헤아리기 어렵잖네.

躍躍毚兎　遇犬獲之
적적참토　우견획지

펄펄 뛰는 저 토끼도
사냥개엔 잡히는 것!

荏染柔木　君子樹之
임염유목　군자수지

저기 저 좋은 나문,
옛 임 심어주신 걸세.

往來行言　心焉數之
왕래행언　심언수지

오고 가며 흘리는 말,
분별 바로 하여야 하네.

蛇蛇碩言　出自口矣
이이석언　출자구의

나팔 부는 호언장담
되는대로 지껄이고

巧言如簧　顏之厚矣
교언여황 안지후의

음악인 듯 교묘한 말
뻔뻔스레 마구 하니!

彼何人斯　居河之麋
피하인사 거하지미

저 사람은 대체 누구?
물가에나 사는 몸이

無拳無勇　職位亂階
무권무용 직위난계

용맹조차 없으면서
난만 자꾸 일으키네.

旣微且尰　爾勇伊何
기미차종 이용이하

한데 종기 난 다리로
용맹이 다 무슨 용맹?

爲猶將多　爾居徒幾何
위유장다 이거도기하

하는 것은 모략질 뿐.
네 패거리 그 얼마냐.

子 曰 君子 不以口로 譽人하면 則民이 作忠하나니 故로 君子는 問人之 寒하면 則衣之하고 問人之飢則食之하며 稱人之善則爵之하나니 國風에 曰호되 心之憂矣로니 於我歸說이라 하니라

공자가 말씀하시길

"군자가 입으로 들어서 사람을 칭찬하면 백성은 충성을 다한다. 그러므로 군자는 사람이 춥다하고 물으면 옷을 입히고 배고픔을 물을 때에는 먹이며 사람이 착한 것을 칭찬하면 벼슬을 내린다. 국풍(國風)에 말하기를 「시인 소공의 의지할 곳 없음을 근심한다. 내게 돌아와 쉬라고 했다」*"

---

* 부유(蜉蝣)

부유(蜉蝣)
하루살이

蜉蝣之羽　衣裳楚楚
부유지우　의상초초

하루살이 날갠가. 옷도 고와라.

心之憂矣　於我歸處
심지우의　어아귀처

걱정이네, 내게 와 살지나 않고!

蜉蝣之翼　采采衣服
부유지익　채채의복

하루살이 깃인가. 옷도 예뻐라.

心之憂矣　於我歸息
심지우의　어아귀식

걱정이네, 내게 와 머물지 않고!

蜉蝣掘閱　麻衣如雪
부유굴열　마의여설

하루살이 껍질인가. 눈 같은 베옷.

心之憂矣　於我歸說
심지우의　어아귀열

걱정이네, 내게 와 쉬지나 않고!

子 曰 口惠而實不至하면 怨菑及其身하니 是故로 君子는 與其有諸責 也론 寧有已怨이니 國風에 日호대 言笑晏晏하며 信誓旦旦하여 不思其反 하니 反是不思어니 亦已焉哉하니라

공자가 말씀하시기를

"하는 말이 어질어도 이루는 것이 없다면 원망을 들어 화를 당한다. 그 러므로 군자는 그 실지가 없는 것보다는 차라리 처음부터 말이 없다. 국 풍에 이르기를 「말과 웃음은 화가 되고 믿음과 맹세는 밝았다. 처음에는 그 반복하려는 일을 생각지 않았고 지금의 반복한 것은 처음에 반복하려 는 일을 생각지 않은 허물이니 또 어찌할 수가 없구나」* 했다."

子 曰 君子는 不以色으로 親人하나니 情疏而貌親하면 在小人則穿窬 之盜也與인저 子 曰情欲信이 辭欲巧이니라

공자가 말씀하시기를

"군자가 좋은 안색으로 사람과 친하지 않는다. 정(情)은 멀고 모양은 친하니 소인에게는 구멍을 뚫는 도둑이라고나 할까."

공자가 말씀하시기를

"정(情)은 진실한 일을 하려고 하고 말은 교묘한 일을 하려고 한다."

---

* p.78 [맹(氓)]

子 言之하사대 昔三代明王이 皆事天地之神明하되 無非卜筮之用하니
不敢以其私로 褻事上帝하시니 是以로 不犯日月하며 不違卜筮하며 卜筮
不相襲也하니라

공자가 말씀하셨다.

"예전의 삼대(三代)는 밝은 왕이었다. 천지신명(天地神明)을 섬김에 복서
(卜筮)를 쓰지 않음이 없었으니 사사롭고 더러운 방법으로 상제(上帝)를 섬
기지 않았다. 이것으로 이미 정한 일월(日月)을 범하지 않았고 복서(卜筮)
를 어김이 없었고, 복서를 재삼 중복해서 행하지 않았다."

大事에 有時日이요 小事에 無時日이라 有筮하며 外事는 用剛日하고
內事는 用柔日하나니라 不違龜筮이니라 子 曰하사대 牲牷禮樂齊盛이 是
以로 無害乎鬼神하며 無怨乎百姓이니라

큰 제사에는 일정한 시일(時日)이 있고 작은 제사에는 일정한 시일이
없다. 밖의 일에는 강일(剛日)을 사용하고 안의 일에는 유일(柔日)을 사용
한다.

공자가 말씀하시기를

"생전(牲牷)을 고르고 예악(禮樂)을 설비해서 제성(齊盛)을 드림이 모두
복서에 어긋남이 없다. 이로써 귀신을 해침이 없고 백성에게 원망 받는
일이 없다."

子 曰 后稷之祀는 易富也니 其辭恭하며 其欲이 儉하며 其祿이 及子孫
하니 詩曰호되 后稷이 肇祀이어늘 庶無罪悔하여 以迄于今이라 하니라

공자가 말씀하시기를

"후직(后稷)의 제사에는 물건을 많이 쓰지 않아 준비가 쉽고, 축사(祝辭)
는 공손하며 신에게 구하는 것이 크지 않으며, 그 복이 자손에게까지 미
친다. 시경(詩經)에 말하기를 「후직이 처음 제사 지낼 때 죄가 없기를 바
랐고 자손이 그 복록을 보전하여 오늘에 이르렀다」*"

---

* 생민(生民)

생민(生民)

처음에 백성 낳으심은

厥初生民　時維姜嫄
궐초생민 시유강원

처음에 백성 낳으심은
고신씨(高辛 氏) 후비(后妃)이신 강원(姜嫄).

生民如何　克禋克祀
생민여하 극인극사

어떻게 낳으셨던가.
정결히 제사 드리어

以弗無子　履帝武敏歆
이불무자 이제무민흠

아들 없음을 염려하여 황제의 용맹함과
민활함을 흠모해 이를 뒤이어,

攸介攸止　載震載夙
유개유지 재진재숙

하늘의 복 받으사
곧 아기 배어 더욱 삼가서

載生載育　時維后稷
재생재육 시유후직

이에 낳으시고 기르시니
이분이 바로 후직(后稷)이셨네.

誕彌厥月　先生如達
탄미궐월 선생여달

드디어 열 달이 차자
초산에도 쉽기 양(羊)을 낳는 듯

不坼不副　無菑無害
불탁불복 무재무해

찢어짐 갈라짐 없어
모체 아니 다치고

以赫厥靈　上帝不寧
이혁궐령 상제불녕

기적은 여기에 이루어지매
상제도 마음 놓으셨으리.

不康禋祀　居然生子
불강인사 거연생자

제사를 가상히 여기사
아들 편히 낳을 수 있었네.

誕寘之隘巷 牛羊腓字之
탄치지애항 우양비자지

아기를 좁은 길목에 버렸더니
소와 양도 밟지 않았고

誕寘之平林 會伐平林
탄치지평림 회벌평림

외따른 숲에 버렸더니
나무꾼이 업어 왔으며

誕寘之寒冰 鳥覆翼之
탄치지한빙 조부익지

얼음판에 버렸더니
새가 날개에 품었기

鳥乃去矣 后稷呱矣
조내거의 후직고의

새가 간 후에
울고 있는 후직을 데려오니

實覃實訏 厥聲載路
실담실우 궐성재로

길고 몹시 우렁찬 울음,
길과 골목에 울려 퍼졌네.

誕實匍匐 克岐克嶷
탄실포복 극기극억

기기 시작할 때부터
영리했고, 의젓하였고

以就口食 蓺之荏菽
이취구식 예지임숙

음식 먹을 나이 되어선
콩 심는 장난을 하셨네.

荏菽旆旆 禾役穟穟
임숙패패 화역수수

콩은 아주 잘 자라났고
모 심으니 벼 이삭 잘 패었고

麻麥幪幪 瓜瓞唪唪
마맥몽몽 과질봉봉

삼과 보리도 무성하고
오이도 탐스러웠네.

誕后稷之穡 有相之道
탄후직지색 유상지도

아, 후직의 농사는
하늘의 도움이네.

茀厥豊草 種之黃茂
불궐풍초 종지황무

무성한 풀을 젖히고
좋은 종자를 뿌렸더니

實方實苞 實種實襃 실방실포 실종실유	차츰차츰 부풀어 올라 쪼개지고 자라기도 해
實發實秀 實堅實好 실발실수 실견실호	모두 피어나 이삭 나오매 알차고 맛이 좋았고
實穎實栗 即有邰家室 실영실률 즉유태가실	패인 이삭 잘도 익었네. 이리해 태(邰)에서 사셨으니!
誕降嘉種 維秬維秠 탄강가종 유거유비	땅 일궈 좋은 씨 뿌렸으니 검은 기장과 두 알 기장 씨.
維穈維芑 恒之秬秠 유문유기 항지거비	조는 붉은 것 흰 것. 검은 기장 두 알 기장 널리 심어
是穫是畝 恒之穈芑 시확시묘 항지문기	이걸 베어 이랑에 깔고 붉은 조 흰 조 널리 심어
是任是負 以歸肇祀 시임시부 이귀조사	둘러메고 등에다 지고 돌아와 처음 제사 드렸네.
誕我祀如何 或春或揄 탄아사여하 혹용혹유	제사를 어찌 드렸나. 방아 찧어 거두어내어
或簸或蹂 釋之叟叟 혹파혹유 석지수수	까부르고, 부비어 까고, 물을 부어 쌀을 일어서
烝之浮浮 載謀載惟 증지부부 재모재유	솥에 넣고 찌고 익히어 날을 받고 심신 삼가고 삼가
取蕭祭脂 取羝以軷 취소제지 취저이발	쑥, 기름과 태워 하늘의 제사, 숫양으로 도조신(道祖神) 제사 드렸고
載燔載烈 以興嗣歲 재번재렬 이흥사세	굽고 더러는 태워서 새해라 명일을 맞았었네.

卬盛于豆　于豆于登
앙성우두　우두우등

其香是升　上帝居歆
기향시승　상제거흠

胡臭亶時　后稷肇祀
호취단시　후직조사

庶無罪悔　以迄于今
서무죄회　이흘우금

김치와 식혜는 목기(木器)에
사발에는 국을 떠놓고
그 향기 높이 풍겨 가면
상제도 기꺼이 흠향하시니
그 내음 향긋하네.
후직께서 처음 제사 드려
허물없기 바라신 그날부터
대대로 지금에 이름일세.

子 曰 大人之器는 威敬하니 天子는 無筮하고 諸侯는 有守筮하며 天子는 道以筮하고 諸侯非其國不以筮하며 卜宅寢室하니 天子 不卜處大廟이니라

공자가 말씀하시기를

"대인의 그릇은 두려워서 공경해야 하며, 천자는 높으므로 귀갑을 쓰고 산가지를 쓰지 않으며, 제후는 나라를 지키고 있을 때에 일이 있으면 산가지를 쓴다. 천자가 순행하는 도중에는 간략히 해서 산가지를 쓰며, 제후는 타국에 있을 때는 점쳐서 길흉을 묻는 것이 예가 아니다. 제후는 거택과 침실을 고칠 때만 귀갑을 쓴다. 천자는 태묘에 있는 것을 점치지 않는다."

이런들 엇더하며 뎌런들 엇더하료

꽝이돈고니다 오슴호료

其二

經死도 판삼고 퇴오며 사마太
平生 代에 病오로 늘거가 이용에
우리도 이돈 허리나며꼬라

其三

清風이 부다하니 幾빛고 거즈마리
人生이어다다하니 幾빛꼬 온호야
天下애 好多 第 론쇼 거 알슈일

其四

滄浪之公하나니 다 然이돈 의도해여

其三

원문

古人도 날 몯보고 나도 古人 몯뵈

古人을 몯봐도 녀던 길 알픠 잇늬

녀던 길 알픠 잇거든 아니 녀고 엇덜고

현대어

고인(古人)도 날 못 보고 나도 고인(古人) 못 뵈

고인(古人)을 못 봐도 가던 길 앞에 있네

가던 길 앞에 있거든 아니 가고 어찌 할꼬

예기(禮記)

—— 치의(緇衣)

子 言之曰 爲上에 易事也하며 爲下에 易知也하면 則刑不煩矣니라

공자가 말씀하셨다.

"윗사람이 되어서 신의(信義)가 있으면 아랫사람이 섬기기 쉬우며, 아랫사람이 간사하지 않으면 정을 알기 쉬워 형(刑)을 행함에 번거로움이 없다."

子 曰 好賢이 如緇衣하며 惡惡이 如巷伯이면 則爵不瀆而民作愿하며 刑不試而民咸服이니 大雅에 曰 儀刑文王이어야 萬國作孚라 하니라

공자가 말씀하시기를

"어진 이를 사랑하기를 치의와 같이 하고, 악한 이를 미워하기를 항백 (巷伯)과 같이 하면 필요 없이 작위를 주어 마음을 일으킬 필요가 없고, 형벌을 주지 않아도 백성이 따른다. 대아(大雅)에 이르기를 「문왕(文王)이 스스로 수양하고 백성을 이끄니 만국의 신민(臣民)이 이를 본보기로 하여 천하에 믿음을 이루었다」*"

---

* 문왕(文王)

문왕(文王)
문왕께선

文王在上 於昭于天
문왕재상 오소우천

주(周)는 오래된 나라이지만
천명(天命)은 새롭거니

文王在上 於昭于天
문왕재상 오소우천

문왕께선 위에 계시어
해처럼 하늘에 빛나시도다.

周雖舊邦 其命維新
주수구방 기명유신

주(周)는 오래된 나라이지만
천명(天命)은 새롭거니

有周不顯 帝命不時
유주불현 제명불시

찬란한 우리의 나라!
온당한 하늘의 분부!

文王陟降 在帝左右
문왕척강 재제좌우

문왕께선 하늘을 오르내려
상제(上帝) 곁에 계시도다.

亹亹文王 令聞不已
미미문왕 영문불이

애쓰시니 문왕의 명성,
온 누리에 그칠 때 없고,
이 나라에 은혜 베푸셨네.

陳錫哉周 侯文王孫子
진석재주 후문왕손자

아, 여기에 문왕의 자손

文王孫子 本支百世
문왕손자 본지백세

문왕의 바로 그 자손,
무궁히 뻗어가며

凡周之士 不顯亦世
범주지사 불현역세

이 땅의 온 사족(士族)들,
대대로 섬기어 받드는도다.

世之不顯　厥猶翼翼
세지불현 궐유익익

思皇多士　生此王國
사황다사 생차왕국

王國克生　維周之楨
왕국극생 유주지정

濟濟多士　文王以寧
제제다사 문왕이녕

穆穆文王　於緝熙敬止
목목문왕 오즙희경지

假哉天命　有商孫子
가재천명 유상손자

商之孫子　其麗不億
상지손자 기려불억

上帝既命　侯于周服
상제기명 후우주복

侯服于周　天命靡常
후복우주 천명미상

殷士膚敏　祼將于京
은사부민 관장우경

厥作祼將　常服黼冔
궐작관장 상복보후

대대로 빛나는 치적(治績),
매사는 한층 삼가도다.
아, 훌륭한 인재(人材)들 있어
이 나라에 태어나도다.
많은 인재 태어났으니
모두 나라의 기둥이어라.
많은 인재들 있으니
문왕께서도 마음 놓으시리.

그윽한 덕을 지녀 문왕께선
끊임없이 공경하셨네.
위대한 것은 천명이어라.
보라, 저 은(殷)의 자손들
그리 찬란하던 그 자손들
그 수효 헤아릴 수 없었건만
천명이 한 번 내리시니
모두가 주(周)에 귀속했도다.

모두가 주에 귀속했으니
천명은 일정하지 않은 것.
은(殷)의 훌륭한 신하들
입조(入朝)해 술 붓고 제물 차리니
아, 제사를 와 도우면서도
은나라의 관을 썼나라.

王之藎臣　無念爾祖
왕지신신 무념이조

충성스런 주의 신하여.
그대의 조상을 잊지 말렸다.

無念爾祖　聿脩厥德
무념이조 율수궐덕

그대 조상을 잊지 말리니
항상 덕을 닦아 키우며

永言配命　自求多福
영언배명 자구다복

길이 하늘 뜻 받들어
스스로 복을 구하라.

殷之未喪師　克配上帝
은지미상사 극배상제

은의 무리 흩어지기 전에는
은도 천명에 부합했나니

宜鑒于殷　駿命不易
의감우은 준명불이

은의 흥망을 거울삼으라!
천명은 보존하기 쉽지 않도다.

命之不易　無遏爾躬
명지불이 무알이궁

천명은 보존하기 쉽지 않으니
그를 잊어버리지 말라.

宣昭義問　有虞殷自天
선소의문 유우은자천

좋은 소문나게 하며,
은의 흥망이 하늘에 의한 줄 알라.

上天之載　無聲無臭
상천지재 무성무취

저 하늘이 하시는 일은
소리도 내음도 없는 법

儀刑文王　萬邦作孚
의형문왕 만방작부

오직 문왕을 본받으면
온 누리 이끌어 무궁하리라.

子 曰 夫民이 教之以德하며 齊之以禮에 則民有格心하고 教之以政하면 齊之以刑에 則民有遯心이니 故로 君民者 子以愛之 則民이 親之하고 信以結之면 則民이 不倍하며 恭以涖之면 則民이 有孫心이니라 甫刑에 曰 苗民이 匪用命에 制以之刑하면 惟作五 虐之刑曰法하니 是以民有惡德하여 而遂絶其世也하니라

공자가 말씀하시기를

"대저 백성은 덕으로 가르치며 예로써 다스리면 백성이 곧 임금을 사모하는 마음이 있으며, 정치만으로 가르치고 형(刑)만으로 다스리면 백성이 피하며 구차하게 면하려는 마음만 생긴다. 그러므로 임금이 백성을 아들같이 사랑하면 백성과 친하고 믿음으로 맺어질 때는 배반하지 않는다. 공손하게 대하면 유순한 마음이 생긴다. 보형에 말하기를 「삼묘(三苗)의 임금은 백성을 착한 정치로 다스리지 않고 혹형으로 제어하고 오학(五虐)의 형을 법으로 하니 백성이 미워하여 삼묘(三苗)는 드디어 후사가 끊어지게 되었다」"

子 曰 下之事上也에 不從其所令하고 從其所行하나니 上好是物에 不必有甚者矣니라 故로 上之所好惡을 不可不愼也이니 是民之表也니라

공자가 말씀하시기를

"아랫사람이 윗사람을 섬김에는 그 명령을 따름이 아니라 그 행한 것을 따르는 것이므로, 만일 위에서 착한 것이나 혹은 악한 행실을 좋아하면 아래 사람은 반드시 그보다 더 심한 자가 있을 것이다. 그러므로 윗사

람은 마땅히 좋아하거나 싫어함을 삼가지 않을 수 없으니 이것은 백성의 사표가 되기 때문이다."

子曰 禹立三年하더니 百姓이 以仁遂焉하니 豈必盡仁이리요 詩云호되 赫赫師尹이여 民具爾瞻이로다 甫刑에 曰호되 一人有慶에 兆民賴之로다 大雅에 曰 成王之孚는 下土之式이로다

공자가 말씀하시기를

"우(禹)임금이 임금 된 지 삼년 만에 백성이 어진 사람으로 되었고, 반드시 조정에는 모두 어진 사람만 있었으나 모든 백성을 능히 교화하지는 못했을 것이다. 시경(詩經)에 말하기를 「빛나는 태사(太師) 윤(尹)씨여, 백성이 너의 행실을 우러러 모범으로 삼는다」* 하였다. 보형에 말하기를 「천자가 착한 행실을 하면 여러 백성이 따른다」 하였다. 대아에 말하기를 「무왕이 왕자의 덕을 잘 이루어 백성에게 믿음이 있고 천하가 모두 이것을 본받는다」** 하였다."

---

* 절피남산(節彼南山)
** 하무(下武)

절피남산(節彼南山)
높이 솟은 저 남산엔

節彼南山　維石巖巖 절피남산 유석엄엄	높이 솟은 저 남산엔 바위들 울퉁불퉁
赫赫師尹　民具爾瞻 혁혁사윤 민구이첨	무서운 세도가 윤공(尹公)의 일은 사람 모두 다 보아 아네.
憂心如惔　不敢戲談 우심여담 불감희담	시름은 가슴에 불 피우듯 농담 한 마디 못하네.
國旣卒斬　何用不監 국기졸참 하용불감	마침내 나라는 망했거늘! 어찌 못 본 척 생각도 않나?

節彼南山　有實其猗 절피남산 유실기의	높이 솟은 저 남산엔 기울어진 언덕이 있네.
赫赫師尹　不平謂何 혁혁사윤 불평위하	무서운 세도가 태사(大師) 윤공의 그릇된 정사(政事) 어찌할거나.
天方薦瘥　喪亂弘多 천방천차 상란홍다	하늘이 재앙 내리느니 사람은 삼단처럼 쓰러지고
民言無嘉　憯莫懲嗟 민언무가 참막징차	백성들 원망 분분하거늘 어찌 막으려 안 하는가.

尹氏大師　維周之氏
윤씨태사 유주지저

삼공(三公)의 으뜸인 태사 윤공은
아, 이 나라의 주춧돌.

秉國之均　四方是維
병국지균 사방시유

나라의 대권 잡았으면
으레 사방을 편히 다스려

天子是毗　俾民不迷
천자시비 비민불미

위로 천자의 성덕(聖德)을 돕고
백성도 이끌어야 할 것을!

不弔昊天　不宜空我師
부조호천 불의공아사

무정한 하늘이여, 말해다오.
모든 사람 못 살아도 괜찮은지.

弗躬弗親　庶民弗信
불궁불친 서민불신

정사를 친히 아니 보면
백성들은 믿지 않고

弗問弗仕　勿罔君子
불문불사 물망군자

민정을 살피지 아니 하면
군자를 속이는 죄 범하리.

式夷式已　無小人殆
식이식이 무소인태

마음이 바른 사람을 쓰고
소인을 가까이 말아야 하네.

瑣瑣姻亞　則無膴仕
쇄쇄인아 즉무무사

보잘것없는 인척을 후하게 씀은
법도 아닐세.

昊天不傭　降此鞫訩
호천불용 강차국흉

어찌 하늘은 고르지 못해
어지러움 내리셨고

昊天不惠　降此大戾
호천불혜 강차대려

어찌 하늘은 은혜롭지 못해
큰 변괴 있게 하시나.

君子如屆　俾民心闋
군자여계 비민심결

군자만 바르시면
흉흉한 민심 가라앉으며

君子如夷　惡怒是違
군자여이　오노시위

군자만 공정하시면
쌓였던 분노 풀리련만.

不弔昊天　亂靡有定
부조호천　난미유정

하늘도 이 땅을 버리시었나?
어지러움 그치기커녕

式月斯生　俾民不寧
식월사생　비민불녕

나날이 늘어만 가서
백성들은 불안에 떠네.

憂心如酲　誰秉國成
우심여정　수병국성

시름은 술병인 양 그칠 때 없네.
누가 나라의 권세를 쥐고

不自爲政　卒勞百姓
부자위정　졸로백성

스스로 정사를 돌보지 않아
백성을 이리도 괴롭히나.

駕彼四牡　四牡項領
가피사모　사모항령

네 필 수말에 수레 끌리니
말은 목이 굵기도 하네.

我瞻四方　蹙蹙靡所騁
아첨사방　축축미소빙

사방을 둘러보아도
마음은 다급해 갈 곳도 없네.

方茂爾惡　相爾矛矣
방무이오　상이모의

악이 나서 남을 미워할 땐
창이라도 들 듯하더니

既夷既懌　如相醻矣
기이기역　여상수의

마음 풀려 기꺼울 땐
술 권할 듯 다정하네.

昊天不平　我王不寧
호천불평　아왕불녕

하늘이 공정하지 못하여
상감은 언제 편안하시랴.

不懲其心 覆怨其正
부징기심 복원기정

家父作誦 以究王訩
가보작송 이구왕흉

式訛爾心 以畜萬邦
식와이심 이축만방

그래도 잘못 안 그치고
간(諫)하는 말 원망하다니!
이에 가보(家父)는 노래를 지어
재앙의 원인을 캐보려네.
그이의 맘을 움직여
온 천하 태평히 하고지어라.

하무(下武)
무궁히 뻗을

下武維周　世有哲王
하무유주　세유철왕

무궁히 뻗을 주나라에
대대로 밝은 임금 나시다.

三后在天　王配于京
삼후재천　왕배우경

하늘 계신 세 임금님과 짝 이뤄
왕께선 서울 계시니

王配于京　世德作求
왕배우경　세덕작구

짝 이뤄 왕께선 서울 계시니
대대의 덕에 어울리시다.

永言配命　成王之孚
영언배명　성왕지부

하늘 뜻 길이 좇아
왕으로의 신실(信實)을 이루시다.

成王之孚　下土之式
성왕지부　하토지식

왕으로의 신실을 이루시니
온 세상 백성의 본이 되시다.

永言孝思　孝思維則
영언효사　효사유측

조상에 효(孝)를 다하자
이로써 백성의 본이 되시니

媚玆一人　應侯順德
미자일인　응후순덕

오직 한 분 우러러 뵈어
백성들도 모두 따르다.

永言孝思　昭哉嗣服
영언효사　소재사복

조상에 효도하시매
정말 미쁘신 후계(後繼)이시니

昭玆來許 繩其祖武
소자내허 승기조무

於萬斯年 受天之祜
오만사년 수천지호

정말 미쁘신 후계이시니
조상의 뒤를 이어 가시다.
오, 천년만년 가도록
하늘의 복록 받으시리.

受天之祜 四方來賀
수천지호 사방내하

於萬有佐 不遐有佐
오만유좌 불하유좌

하늘의 복록 받으시니
사방에서 조공 드리다.
오, 천년만년 가도록
우리 임 도와 드리리.

子曰 上好仁하면 則下之爲仁이 爭先人하나니 故로 長民者 章志貞教
하여 尊仁하며 以子愛百姓하면 民致行己하여 以說其上矣니라 詩云호되
有覺德行하면 四國이 順之하니라

공자가 말씀하시기를

"윗사람이 어진 것을 좋아하면 어진 일을 먼저 하려고 아랫사람들이
다툴 것이다. 그러므로 백성의 어른 된 자는 뜻을 밝혀 가르침을 바르게
하여 어진 것을 높이고, 아들처럼 사랑하면 백성은 자기의 모든 힘을 모
아 착한 일을 하는 데 정성을 기울여 그를 기쁘게 한다. 시경(詩經)에 말하
기를「덕을 행하여 어질게 굴면 능히 천하가 이에 뒤따를 것이다.」*"

子曰 王言이 如絲하면 其出이 如綸이요 王言이 如綸하면 其出이 如綍
할지니 故로 大人은 不倡遊言하고 可言也이나 不可行을 君子弗言也하며
可行也이나 不可言을 君子 弗行也하며 則民이 言不危行하고 而行不危言
矣니 詩云호되 淑愼爾止하여 不愆于儀라 하니라

공자가 말씀하시기를

"왕의 말씀은 명주실처럼 가늘게 나오고 벼리줄처럼 가늘게 나오고
그 나오는 말은 동아줄처럼 클 것이다. 그러므로 대인(大人)은 뿌리도 근
거도 없고 정하지도 않은 말을 하지 않으며, 말할 수는 있으나 행할 수 없
는 것을 말하지 않고, 행할 수는 있으나 말할 수는 없는 것을 군자는 행

---

* p.175 [억(抑)]

하지 않으니, 백성의 말은 행실보다 높지 않고 행실은 말보다 높지 않다. 시경(詩經)에 말하기를 「그대의 자세를 삼가며 의례에 허물이 없도록 하라」* 하였다."

子曰 君子 道人以言하고 而禁人以行하나니 故로 言必慮其所終하고 而行必稽其所敝하면 則民이 謹於言而愼於行이니 詩云호되 愼爾出話하며 敬爾威儀라 하며 大雅에 曰 穆穆文王이여 於緝熙敬止라

공자가 말씀하시기를 "군자는 말로써 사람을 인도하고 삼가도록 하는 데는 행동으로 한다. 그러므로 군자는 말을 할 때는 행동이 이르지 못할까 염려하고, 행동으로 할 때는 그 끝에 폐단이 생기지 않을까 염려하면, 백성은 말을 삼가고 행동을 조심한다. 시경(詩經)에 말하기를 「너의 입으로부터 나오는 말을 삼가고 너의 위의를 공경하라」** 했다. 대아에 말하기를 「덕이 심원한 문왕(文王)이여, 끊임없이 빛나 너를 공경하는 일이 그침이 없다」*** 하였다."

子曰 長民者 衣服이 不貳하며 從容有常하여 以齊其民하면 則民德이 一하나니 詩云호되 彼都人士여 狐裘黃黃이로다 其容不改하며 出言有章

---

* 위 참조
** 위 참조
*** p.237 [문왕(文王)]

하며 行歸于周하니 萬民所望이라 하니라

　공자가 말씀하시기를 "백성의 어른 된 자는 의복을 입음에 예를 어기지 않고, 행동이 떳떳하며 백성을 다스릴 때는 백성의 덕이 하나가 된다. 시경(詩經)에 말하기를 「저 도회의 인사(人士)는 여우의 갖옷이 누르도다. 그 형용을 고치지 않고 군자의 얼굴도 밝으며 군자다운 말을 하여 행실이 충성과 믿음으로 돌아가니 만민의 바람이다」* 하였다."

* 도인사(都人士)

도인사(都人士)
서울 양반

彼都人士 狐裘黃黃 피도인사 호구황황	서울서 온 그 양반은 노란 여우 갓옷 윤이 흐르고
其容不改 出言有章 기용불개 출언유장	언제 봐도 의젓한 모습. 말씀은 조리가 있네.
行歸于周 萬民所望 행귀우주 만민소망	이제 서울로 돌아가시면 천만 사람 우러러보네.

彼都人士 臺笠緇撮 피도인사 대립치촬	서울서 온 그 양반은 사초 삿갓 검은 관 쓰고
彼君子女 綢直如髮 피군자녀 주직여발	저 군자의 아가씨, 삼단 같은 머리채 드리웠네.
我不見兮 我心不說 아불견혜 아심불열	이제부턴 다시 못 보리. 이 마음 어찌 달래리.

彼都人士 充耳琇實 피도인사 충이수실	서울서 온 그 양반은 옥구슬로 귀막이 하고
彼君子女 謂之尹吉 피군자녀 위지윤길	저 군자의 아가씨, 윤(尹)씨나 길씨네 규수.

我不見兮　我心菀結
아불견혜 아심울결

이제부턴 다시 못 보리.
이 마음이 서러워지네.

彼都人士　垂帶而厲
피도인사 수대이려

서울서 온 그 양반은
접은 띠 드리우고

彼君子女　卷髮如蠆
피군자녀 권발여채

저 군자의 아가씨,
틀어 올린 머리는 전갈의 꼬리.

我不見兮　言從之邁
아불견혜 언종지매

이제부턴 다시 못 보리.
그 뒤를 따라갈까나.

匪伊垂之　帶則有餘
비이수지 대즉유여

일부러 드리운 건 아니나
띠는 길어서 드리워지고

匪伊卷之　髮則有旟
비이권지 발즉유여

일부러 틀어 올린 머린 아니나
머리가 많으니까 날려 오르네.

我不見兮　云何肝矣
아불견혜 운하우의

이제부턴 다시 못 보리.
가슴은 어찌 이리 아픈가.

子 曰 爲上하면 可望而知也이며 爲下하며 可述而志也는 則君不疑於
其臣하며 而臣이 不惑於其君矣라 尹告 曰惟尹躬及湯은 咸有一德이라 詩
云호되 淑人君子이어늘 其儀不忒이니라

공자가 말씀하시기를

"임금이 신하를 기다림은 겉과 속이 하나이므로 바라보면 알 수 있다.
신하가 임금을 섬김에는 하나로 충성에 기인하므로 지위를 밝혀 기억할
수 있다. 즉 임금은 그 신하를 의심하지 않고, 신하는 임금을 미혹하지 않
는다. 윤고(尹告)에 말하기를 「이윤(伊尹)과 탕임금은 모두 하나의 덕이 있
다」 시경(詩經)에 말하기를 「착한 사람과 군자는 그 모양이 다를 것이 없
다」* 했다."

---

* 시구(鳲鳩)

시구(鳲鳩)
뻐꾸기

鳲鳩在桑　其子七兮
시구재상 기자칠혜

뽕나무엔 뻐꾸기. 새끼는 일곱.

淑人君子　其儀一兮
숙인군자 기의일혜

어지신 우리 임의 거동은 하나.

其儀一兮　心如結兮
기의일혜 심여결혜

거동이 하나라 그 마음 굳으시네.

鳲鳩在桑　其子在梅
시구재상 기자재매

뽕나무엔 뻐꾸기. 새끼는 매화나무.

淑人君子　其帶伊絲
숙인군자 기대이사

어지신 우리 임의 띠는 비단실.

其帶伊絲　其弁伊騏
기대이사 기변이기

띠는 비단실에 고깔은 청흑.

鳲鳩在桑　其子在棘
시구재상 기자재극

뽕나무엔 뻐꾸기. 새끼는 가시나무.

淑人君子　其儀不忒
숙인군자 기의불특

어지신 우리 임의 거동은 한결.

其儀不忒　正是四國
기의불특 정시사국

거동이 한결이라 나라 바로 하시네.

鳲鳩在桑　其子在榛
시구재상 기자재진

뽕나무엔 뻐꾸기. 새끼는 개암나무.

淑人君子　正是國人
숙인군자 정시국인

어지신 우리 임은 백성 바로 하시네.

正是國人　胡不萬年
정시국인 호불만년

백성 바로 하시니 만세도 더 사소서.

子 曰 有國家者는 章善癉惡하여 以示民厚라 則民情이 不二하니 詩云
호되 靖共爾位하며 好是正直하니라

공자가 말씀하시길

"국가를 가진 자가 착함을 밝히고 악함을 염려하여 백성에게 후함을
보이면, 백성이 착한 것을 사랑하고 악한 것을 미워하는 마음이 일정하
여 둘이 되지 않을 것이다. 시경(詩經)에 말하기를 「너의 지위를 편안히
하고 삼가 정직(正直)함을 좋아한다」* 했다."

子 曰 上人이 疑하면 則百姓이 惑하며 下難知하면 則君長이 勞하나니
故로 君民者는 章好하여 以示民俗하여 愼惡하여 以御民之淫하면 則民이
不惑矣라 臣이 儀行하고 不重辭하며 不援其所不及하며 不煩其所不知하
면 則君이 不勞矣니 詩云호대 上帝板板하여 下民이 卒悅이로다 小雅에
曰 匪其止共이면 維王之邛이라

공자가 말씀하시길

"윗사람이 의심하면 백성이 미혹되고 아랫사람이 알지 못하면 군장
(君長)이 수고하게 된다. 그러므로 백성의 임금 된 자는 좋은 것을 밝혀 백
성에게 보여주어 풍속을 이루어 악행을 삼가게 하며, 백성의 음란함을
막으므로 백성이 미혹되지 않는다. 신하의 본보기가 될 행실이 있어, 근
거 없는 말을 하지 않고, 위에 있는 자의 힘이 미치지 않는 일을 위로 끌

---

* p.210 [소명(小明)]

어 올리지 않고, 위에 있는 자의 지혜가 미치지 못하는 일을 행하도록 끌어올리지 않으면 번거롭지 않아 임금이 신하의 정을 알고 다스리기 쉽다. 시경(詩經)에「유왕(幽王)이 상도에 반대하여 하민을 모두 병들게 하였다.」* 시경(詩經)에 말하기를「참소하는 사람은 공경함이 없어 임금의 병이 될 뿐이다.」** 했다.”

子曰 政之不行也와 教之不成也는 爵祿이 不足勸也이며 刑罰이 不足恥也이니 故로 上不可以褻刑而輕爵이니 康誥에 曰호되 敬明乃罰이라 하며 甫刑에 曰호대 播刑之不迪이라 하나니라

공자가 말씀하시기를
“정사(政事)가 행하여지지 않고 가르침이 이루어지지 않는 것은 작록(爵祿)이 소인(小人)에게 주어져 선을 권장함이 부족하기 때문이다. 벼슬과 녹으로 권해도 되지 않으며 형벌로써 부끄럽게 하여도 부족하다. 그러므로 윗사람은 형벌을 더럽히고 작위를 가볍게 하지 않고 공평하게 하여야 한다. 강고(康誥)에 말하기를「너희 형벌을 공명정대하게 하라」했으며, 보형(甫刑)에 말하기를「백이가 형(形)을 펴서 백성을 열어 인도했다」고 했다.”

---

* p.72 [판(板)]
** p.221 [교언(巧言)]

子 曰 大臣이 不親하며 百姓이 不寧은 則忠敬이 不足하여 而富貴已過
也라 大臣이 不治하고 而邇臣이 比矣니 故로 大臣은 不可不敬也이니 是
民之表也며 邇臣不可不慎也니 是民之道也니라

공지가 말씀하시기를

"대신이 친하지 않고 백성이 편안하지 못함은 충경(忠敬)이 모자라서
이미 부귀(富貴)함이 지나간 때문이다. 대신(大臣)이 잘 다스리지 못한다
면 가까운 신하들이 서로 비교하여 대신의 권리를 빼앗아 간다. 그러므
로 대신은 공경하지 않으면 안 되고, 대신은 모든 백성의 사표가 되니 가
까운 신하들이 삼가지 않을 수 없다. 즉 가까운 신하들은 임금의 좋아하
는 것과 미워하는 것과 관계되고, 백성은 관원을 본받아 모범으로 삼는
다. 이것이 백성의 길이다."

君이 毋以小로 謀大하며 毋以遠으로 言近하며 毋以內로 圖外하면 則
大臣이 不怨하며 邇臣이 不疾하며 而遠臣이 不蔽矣라 葉公之顧命에 曰
호대 毋以小謀로 敗大作하며 毋以嬖御人으로 疾莊后하며 毋以嬖御士로
疾莊士大夫卿士라 하니라

임금이 작은 것을 가지고 큰 것을 꾀하는 일이 없도록 하며 먼 것으로
가까운 것을 말하지 말 것이며 안에서 밖을 도모하지 말 것이니 대신이
원망하지 않으며 근신이 헐뜯고 미워하지 않으며 그리하여 먼 데 신하를
가리지말 것이다. 섭공(葉公)의 고명(顧命)에 말하기를 「적은 신하의 책모
를 받아들여 대신의 행하는 일을 폐하지 말고, 아첨으로 총애 받는 사람

의 말을 취해 공경하는 사람을 미워하고 헐뜯게 하지 말며, 사방에 힘을 베푸는 선비와 대부의 경사를 아첨꾼들이 헐뜯고 미워하는 일이 없게 하라」고 하였다.

子曰 大人이 不親其所賢하고 而信其所賤이라 民이 是以親失하며 而 敎 是以煩하나니 詩云호대 彼求我則하야는 如不我得이러니 執我仇仇하 여 亦不我力이라 하며 君陳에 曰호대 未見聖하야는 若己弗克見이러니 旣見聖하야는 亦不克由聖이라 하니라

공자가 말씀하시기를

"임금이 어진 사람과 친하지 않고 천한 사람들을 믿는다면 백성이 이를 본받아 친한 것은 잃고 가르치는 것은 다만 번거롭고 이익이 없다고 한다. 시경(詩經)에 말하기를 「저 임금이 처음에 나를 구하여 본보기를 삼으려 할 때는 나를 얻지 못할까 두려워하더니, 이미 나를 구하고는 공연히 나를 붙들어 머물게 하고 나를 보기를 원수와 같이 하며 본받으려고 힘쓰지 않는다」*고 했다. 주나라의 군진편(君陳篇)에 이르기를 「아직 성인(聖人)을 보지 못하였을 때는 자기가 볼 수 없을 것처럼 하지만 이미 성인을 보고서는 또한 이를 쓰지 못한다」고 했다."

---

* 정월(正月)

정월(正月)
사월에

正月繁霜　我心憂傷
정월번상　아심우상

사월에 진서리 치니
내 마음은 아파 오네.

民之訛言　亦孔之將
민지와언　역공지장

세상에 파다한 뜬소문은
엄청나고 흉흉한 것.

念我獨兮　憂心京京
염아독혜　우심경경

생각노니 나 홀로
이 시름 그지없네.

哀我小心　癙憂以痒
애아소심　서우이양

소심하니 그냥 못 보고
이 시름도 병이런가.

父母生我　胡俾我瘉
부모생아　호비아유

부모님 어찌 날 낳으시어
이리도 괴롭게 하시나.

不自我先　不自我後
부자아선　부자아후

앞서지도 늦지도 않게
어지러운 세상에 맞춰 낳으셨네.

好言自口　莠言自口
호언자구　유언자구

진심은 젖혀 두고
아무렇게나 칭송하고 헐뜯는 세상이기에

憂心愈愈　是以有侮
우심유유　시이유모

근심은 한이 없어
도리어 업신여김 받네.

憂心惸惸　念我無祿
우심경경　염아무록

항상 근심에 쌓여 사는
나는 나대로 복 없거니와

民之無辜 幷其臣僕
민지무고 병기신복

哀我人斯 于何從祿
애아인사 우하종록

瞻烏爰止 于誰之屋
첨오원지 우수지옥

瞻彼中林 侯薪侯蒸
첨피중림 후신후증

民今方殆 視天夢夢
민금방태 시천몽몽

旣克有定 靡人弗勝
기극유정 미인불승

有皇上帝 伊誰云憎
유황상제 이수운증

謂山蓋卑 謂岡爲陵
위산개비 위강위릉

民之訛言 寧莫之懲
민지와언 영막지징

召彼故老 訊之占夢
소피고로 신지점몽

具曰予聖 誰知烏之雌雄
구왈여성 수지오지자웅

謂天蓋高 不敢不局
위천개고 불감불국

아무 죄 없는 백성들
남의 나라 종이 된다니.

슬프다, 우리네들,
어디 가서 먹고 사나?

하늘을 나는 까마귀,
어느 지붕에 앉을 것인고.

저 숲 속을 바라보면
굵은 나무 잔 나무 분명하건만

위태로운 백성이기
하늘을 봐도 아득하여라.

그러나 하늘 뜻 한 번 정하면
막을 사람 아무도 없으리.

하느님이 누구를 미워함 아냐,
제가 뿌린 씨를 제가 거두리.

산은 아무리 얕다고 해도
등성이나 언덕도 있어.

이리 맹랑한 거짓말을
어찌 막으려 아니하시나.

노신(老臣)을 불러들여도
기껏해야 해몽하는 일.

성인인 체 모두 뽐내니
누가 까마귀의 암수를 가리리.

하늘이 아무리 높다고 해도
몸 굽히고 살아야 하며

謂地蓋厚　不敢不蹐
위지개후　불감불척

땅이 아무리 두텁기로니
조심해 걷지 않으랴.

維號斯言　有倫有脊
유호사언　유륜유척

이렇게 외치는 말에는
정말 일리가 있다 하리니

哀今之人　胡爲虺蜴
애금지인　호위훼척

슬피라, 요즘 사람
도마뱀 같이 이리 두려움에 떨어야 하나.

瞻彼阪田　有菀其特
첨피판전　유울기특

저 산비탈 자갈땅 위에
우뚝 솟은 곡식 싹 같이

天之扤我　如不我克
천지올아　여불아극

외로운 이 몸 흔드는 바람,
행여 모자랄까 걱정하듯.

彼求我則　如不我得
피구아즉　여불아득

위에서 처음 부르실 땐
여간 정성이 아니시더니

執我仇仇　亦不我力
집아구구　역불아력

이젠 담 높이 쌓으려
가까이할 생각도 않네.

心之憂矣　如或結之
심지우의　여혹결지

이 근심의 실오라기는
엉키어 풀 길이 없네.

今玆之正　胡然厲矣
금자지정　호연여의

요즘 나라의 정사(政事)
왜 사납고 모진 것일까?

燎之方揚　寧或滅之
요지방양　영혹멸지

들판의 무서운 불도
끄려고 들면 꺼지듯

赫赫宗周　褒姒滅之
혁혁종주　포사멸지

천하 으뜸 우리 호경(鎬京)도
한 개의 포사(褒姒)가 멸망시켰네.

終其永懷 又窘陰雨
종기영회 우군음우

앞으로의 일 생각하면
장맛비에 고생하리.

其車旣載 乃棄爾輔
기거기재 내기이보

짐을 가득 수레에 싣고
짐판을 떼어 버리니

載輸爾載 將伯助予
재수이재 장백조여

짐이 떨어져 땅에 구를 때
누구 도와 달라 청할 건가.

無棄爾輔 員于爾輻
무기이보 운우이복

수레의 짐판을 버리지 말고
바퀴살도 많이 늘리고

屢顧爾僕 不輸爾載
누고이복 불수이재

마부들도 보살피면
짐은 땅에 떨어지지 않고

終踰絶險 曾是不意
종유절험 증시불의

험한 길 탈 없이 지나
마음 쓰지 않아도 되리.

魚在于沼 亦匪克樂
어재우소 역비극락

못물에 고기 놀아도
그 무슨 즐거움이며

潛雖伏矣 亦孔之炤
잠수복의 역공지조

물 깊은 곳에 숨기로서니
어찌 사람의 눈 피하리.

憂心慘慘 念國之爲虐
우심참참 염국지위학

근심은 정말 한량없어
사나운 정사를 탓할 뿐.

彼有旨酒 又有嘉殽
피유지주 우유가효

그들에겐 맛있는 술, 맛있는 안주.

洽比其鄰　昏姻孔云
흡비기린　혼인공운

念我獨兮　憂心慇慇
염아독혜　우심은은

소인들도 뻐젓한 집을 갖고
천한 자도 녹(祿)을 받건만
헐벗고 굶주리는 백성은
하늘이 재앙을 내리심인가.
부자야 걱정 없네만
가엾음은 외로운 몸일세.

이웃 사람 모아 놓고
끼리끼리 즐기고 있네.
나만 외로이,
마음은 시름으로 아파야 하네.

佌佌彼有屋　蔌蔌方有穀
차차피유옥　속속방유곡

民今之無祿　天夭是椓
민금지무록　천요시탁

哿矣富人　哀此惸獨
가의부인　애차경독

子 曰 小人은 溺於水하고 君子는 溺於口하고 大人은 溺於民하나니 皆
在其所褻也니라 夫水는 近於人하나 而溺人하며 德이 易狎而難親也이나
易以溺人하고 口는 費而煩하여 易出難悔라 易以溺人하고 夫民은 閉於人
而有鄙心하여 可敬不可慢이라 易以溺人하나니 故로 君子는 不可以不愼
也니라

공자가 말씀하시기를

"소인은 물에 빠지고 군자는 입에 빠지고 천자와 제후들은 백성에 빠
진다. 물은 사람에게 가까우면서도 사람을 빠지게 하고 그 덕을 누르기
는 쉬우나 친하기는 어려워 사람을 빠지게 하기 쉽다. 입은 번거롭게 허
비하기는 쉬우나 후회하기 힘들어 빠지기 쉽고, 저 백성은 도에 나가는
마음을 닫아버려 천학 간사하고 거짓되다가도 공경할 수 있으나 거만하
지 않아야 한다. 그래서 빠지기 쉬우므로 군자는 마땅히 삼가야 한다."

太甲에 日毋越厥命하여 以自覆也니라 若虞機張이니 往省括于度則釋
이라 하며 兌命에 日 惟口는 起羞하며 惟甲冑는 起兵하여 惟衣裳은 在笥
하며 惟干戈을 省厥躬이라 하며 太甲에 日 天作孼은 可違也이라 하나 自
作孼은 不可以逭이라 하며 尹告에 日 惟尹이 躬先見于 西邑夏하니 自周
有終호대 相亦惟終이라 하니라

태갑(太甲)에 말하기를 「가르치는 명령을 넘어서 넘어뜨리고 엎지르
고 스스로 넘어지는 일이 없게 하여라. 우(虞)나라 사람이 쇠뇌의 활시위
를 얹은 것처럼 중심을 쇠뇌의 사이에 두고 화살의 오뇌를 법도에 맞는

가 살피고 화살을 쏘라」했다. 서경(書經) 열명편(兌命篇)에 말하기를 「입
은 몸을 빛나게 하지만 가볍게 하면 치욕을 얻기 쉽고, 갑옷과 투구는 몸
을 보호하지만 가볍게 쓰면 난(亂)을 일으키기 쉽고, 옷과 치마는 공(功)
있는 사람에게 상으로 주는 것이지만 옷상자에 잘 보관해야 하며 가볍게
줄 수 없고, 창과 방패는 죄인을 치는 것이지만 무기운 것은 몸을 가볍게
움직이는 데 방해가 되므로 경계하여야 한다」했다. 태갑(太甲)에 말하기
를 「하늘이 내는 요물은 피할 수 있으나 스스로 지은 요물은 가히 도망할
수가 없다」고 했다. 윤고(尹誥)에 말하기를 「윤(尹)의 몸의 선조(先祖)는 서
읍(西邑)의 하(夏)나라에서 보이고 섬겼다. 하(夏)의 왕은 충성과 믿음으로
스스로 몸을 닦고 백성을 다스려 능히 그 끝을 온전하게 하였고, 그를 보
좌하던 재상도 그와 같이 하여 능히 그 끝을 온전하게 하였다」했다.

子 曰 民은 以君爲心하고 君은 以民爲體하나니 心莊則體舒하고 心肅
則容敬하며 心好之하면 身必安之하고 君好之하면 民必欲之하나니 心以
體全하며 亦以體傷하고 君以民存하며 亦以民亡하나니

공자가 말씀하시기를

"백성은 임금을 마음으로하여 좋아함이나 미워함을 임금을 따르며,
임금은 백성을 몸으로 삼아 성하든지 퇴하든지 백성과 함께 한다. 마음
이 씩씩할 때는 몸도 고요하고 마음이 엄숙할 때는 형용도 공경스럽고
마음이 이것을 좋아하면 몸도 반드시 이것에 편안하다. 그러므로 임금이
이것을 좋아하면 백성도 반드시 이것을 하고자 하니, 몸이 온전해야 마
음도 온전하고 몸이 상하면 마음도 상하는 것처럼 임금은 백성으로 하여

있고 백성으로 하여 망한다."

詩云호대 昔吾有先正이 其言이 明且淸하여 國家以寧하며 都邑이 以
成하며 庶民이 以生하나니 誰能秉國成고 不自爲政하여 卒勞百姓이로다
君雅에 日 夏日暑雨 小民이 惟曰怨資하며 冬祁寒에 小民이 亦惟日怨이
라 하니라

시경(詩經)에 말하기를 「예전에 우리 선왕(先王)은 밝고 맑은 정사를 하
여 국가가 편안하고 도읍이 흥성하였으며 백성을 길렀다. 누가 국가를
이루는 법을 쥐었는가? 실로 사음이 쥐었으되 스스로 정사를 펴지 않고
소인 무리를 신임하여 백성을 괴롭혔다.」*라고 했다. 서경(書經) 군아(君雅)
에 말하기를 「무더운 여름날 덥고 비가 내리니 소민(小民)이 이를 원망하
였고, 겨울철 빌 때에 추우니 소민(小民)은 또한 이를 원망한다」고 했다.

子 曰 下之事上也에 身不正하며 言不信하면 則義不一하며 行無類也
하리라

공자가 말씀하시기를
"아랫사람이 윗사람을 섬길 때에 몸이 바르지 못하고 말에 믿음이 없
으면 의로움이 항구하지 못하여 행실이 올바르지 못하다"했다.

---

* P.242 [절피남산(節彼南山)]

子 曰하사대 言有物而行有格也이니라 是以生則不可奪志요 死則不可奪名이니 故로 君子는 多聞하여 質而守之하며 多志하여 質而親之하며 精知하여 略而行之하나니

공자가 말씀하시기를

"말에 징험이 있고 행동에 격식이 있어서 살아서는 뜻을 빼앗지 못하고 죽어서는 이름을 빼앗지 못한다. 그러므로 많이 듣고 사람에게 많이 물어서 바르게 하고 이를 실천에 옮겨 잃지 않으며 많은 뜻을 두어 확실히 하여 이를 배우고 노력함을 싫어하지 않으며 자세히 알고 실천은 요령 있게 한다."

君陳에 曰호대 出入自爾師로 虞하여 庶言이 同이라 詩云 淑人君子는 其儀一也라 하니라

군진편(君陳篇)에 말하기를 「정치를 계획하는 사람은 출입하는 여러 사람과 함께 그 가부를 염려하고 헤아려서 말의 같고 다른 뜻을 참고하여야 할 것이다」 했다. 시경(詩經)에 말하기를 「착한 사람과 군자는 그 법도가 하나이다」*라고 했다.

---

* p.254 [시구(鳲鳩)]

子 曰 唯君子는 能好其正하고 小人은 毒其正하나니 故로 君子之朋友 有鄕하여 其惡이 有方하니 是故로 邇者는 不惑하고 而遠者不疑也이니 詩云호대 君子好逑라 하니라

공자가 말씀하시기를

"오직 군자만이 능히 그 바른 것을 좋아하고 소인은 그 바른 것을 해롭 게 한다. 그러므로 군자의 친구는 그 좋아함에 일정한 방향이 있고, 미워 함에 일정한 방향이 있다. 그러므로 좋아함과 미워함의 방향이 공명정대 하여 백성의 정이 이곳으로 모이고 가까운 자는 미혹하지 않고 먼 곳에 있는 자는 의심하지 않는다. 시경(詩經)에 말하기를 「군자의 친구는 어질 고 착하다」*고 했다.

* 관저(關雎)

관저(關雎)
물수리 우네

關關雎鳩　在河之洲
관관저구　재하지주

우네 우네 물수리 섬가에서 물수리

窈窕淑女　君子好逑
요조숙녀　군자호구

아리따운 아가씨 군자의 좋은 짝

參差荇菜　左右流之
참치행채　좌우유지

올망졸망 조아기풀 이리저리 헤치며

窈窕淑女　寤寐求之
요조숙녀　오매구지

아리따운 아가씨 자나 깨나 그리네.

求之付得　寤寐思服
구지부득　오매사복

그리어도 못 이룰 자나 깨나 그 생각

悠哉悠哉　輾轉反側
유재유재　전전반측

가이없는 그리움에 잠 못 들어 뒤척이네.

參差荇菜　左右采之
참치행채　좌우채지

올망졸망 조아기풀 이리저리 뜯으며,

窈窕淑女　琴瑟友之
요조숙녀　금슬우지

아리따운 아가씨 금슬 좋게 사귀고파

參差荇菜　左右芼之
참치행채 좌우모지

올망졸망 마름풀, 이리저리 고르고,

窈窕淑女　鐘鼓樂之
요조숙녀 종고락지

아리따운 아가씨, 북을 치며 즐기리.

子曰 輕絶貧賤하고 而重絶富貴하면 則好賢이 不堅하고 而惡惡이 不著也이니 人雖曰不利나 吾不信也하노라 詩云호되 朋友攸攝이 攝以威儀라 하니라

공자가 말씀하시기를

"빈천(貧賤)한 자와 교우를 끊는 것은 가볍게 보고, 부귀한 자와 교우를 끊음은 무겁게 보는 것은 어진 것을 좋아함이 견고하지 못하고 악한 것을 미워함이 확실하지 않은 자이다. 그러므로 그 사람이 이(利)를 탐함이 없다 하여도 나는 믿지 않는다. 시경(詩經)에 말하기를 「친구가 서로 도와서 바르게 함은 위의(威儀)로써 하는 것이지 부귀(富貴)로써 하는 것이 아니다.」*라고 했다."

子曰 私惠요 不歸德하면 君子 不自留焉하나니 詩云호대 人之好我라 示我周行이라 하니라

공자가 말씀하시기를

"사람이 자기에게 사사로운 은혜를 주어 덕의 뜻에 합당하지 않으면 군자는 결코 이것을 보존하거나 받지 않는다. 시경 소아에 말하기를 「나를 사랑하는 사람은 내게 큰길을 보여 달라.」**고 했으니 이는 사사로운 은혜에 머물러 있지 않음을 밝힌 것이다."

---

* p.90 [기취(既醉)]
** 녹명(鹿鳴)

녹명(鹿鳴)
사슴이 울면서

呦呦鹿鳴 食野之苹
유유녹명 식야지평

사슴 무리 울면서
들에서 햇쑥 뜯네.

我有嘉賓 鼓瑟吹笙
아유가빈 고슬취생

좋은 손님 오셨으니
슬(瑟)과 황(簧)도 뜯으리.

吹笙鼓簧 承筐是將
취생고황 승광시장

피리도 불고,
바치는 이 폐백을 받아주시고

人之好我 示我周行
인지호아 시아주행

날 어여삐 여기시어
큰 도리를 드리우소서.

呦呦鹿鳴 食野之蒿
유유녹명 식야지호

사슴 무리 울면서
들에서 햇쑥 뜯네.

我有嘉賓 德音孔昭
아유가빈 덕음공소

좋은 손님 오셨으니
자자한 덕망 숨길 길 없고

視民不恌 君子是則是傚
시민부조 군자시측시효

백성들 가볍게 아니하시며
군자가 본받을 어른.

我有旨酒 嘉賓式燕以敖
아유지주 가빈식연이오

내게 맛있는 술 있으니
권하여 함께 즐기리.

呦呦鹿鳴　食野之芩
유유녹명 식야지금

我有嘉賓　鼓瑟鼓琴
아유가빈 고슬고금

鼓瑟鼓琴　和樂且湛
고슬고금 화락차담

我有旨酒　以燕樂嘉賓之心
아유지주 이연락가빈지심

사슴 무리 울면서
들에서 금풀 뜯네.
좋은 손님 오셨으니
슬과 금도 뜯으리,
마음 디히여,
오늘의 이 즐거움 끝없어라.
내게 맛있는 술 있으니
그 마음 즐겁게 하리.

子 曰 苟有車에 必見其軾하고 苟有衣하면 必見其敝하나니 人苟或言
之면 必聞其聲하고 苟或行之면 必見其成이니 葛覃에 曰호대 服之無斁라
하니라

공자가 말씀하시기를 "적어도 수레가 있다면 반드시 수레 앞 가로막
이 나무를 살필 것이요, 적어도 옷이 있다면 반드시 그 해진 곳을 살필 것
이요, 사람이 적어도 말씀이 있다면 반드시 들을 것이요, 적어도 행실이
있다면 그 징험을 보아야 할 것이다. 갈담(葛覃)에 말하기를 「군자는 적어
도 의복이 있으면 해질 때까지 입어서 결코 싫어함이 없다」*고 했다.

---

* 갈담(葛覃)

갈담(葛覃)
칡덩굴

葛之覃兮 施于中谷
갈지담혜 이우중곡

에헤야 칡덩굴은 골짜기에 길게 뻗어

維葉萋萋 黃鳥于飛
유엽처처 황조우비

그 잎새들 무성하네. 꾀꼴꾀꼴 꾀꼬리는

集于灌木 其鳴喈喈
집우관목 기명개개

저기 저쪽 숲에 앉아 우는 소리 아름답네.

葛之覃兮 施于中谷
갈지담혜 이우중곡

에헤야 칡덩굴은 골짜기에 길게 뻗어

維葉莫莫 是刈是濩
유엽막막 시예시확

그 잎새들 검푸르네. 베어다가 쪄내어서

爲絺爲綌 服之無斁
위치위격 복지무역

굵고 가는 칡베 짜서 옷 해 입어 좋을시고.

言告師氏 言告言歸
언고사씨 언고언귀

薄汙我私 薄澣我衣
박오아사 박한아의

害澣害否 歸寧父母
할한할부 귀녕부모

부모님께 말씀하여, 말씀하여 근친가세.

막 입는 옷 나들이옷, 어서어서 빨래하세.

무언 빨고 안 빨 건가, 부모 뵈러 친정 가세.

子曰 言從而行之하면 則言不可飾也이니 行從而言之하면 則行不可飾也이니

공자가 말씀하시기를
"말이 이치에 맞고 순응하여 행하면 말을 더 꾸밀 것이 없다. 행실이 이치에 맞고 순응해서 말을 하면 그 행실은 더 꾸밀 것이 없다."

故로 君子 寡言而行하여 以成其信하면 則民不得大其美하며 而小其惡이니

그러므로 군자는 말을 적게 하고 몸소 그것을 실행하여 믿음을 이루고, 그 언행(言行)에 허물이 없으면 백성은 그 아름다움을 크게 하여 명예를 꾸미며, 악한 것을 작게 하여 틀린 것을 덮어서 꾸미는 일을 하지 않는다.

詩云호대 白圭之玷은 尙可磨也라도 斯言之玷은 不可爲也라 하고 小雅에 曰 允矣君子는 展也大成하리라 하며 君奭에 曰 在昔上帝周하여 田勸文王之德하여 其集大命于厥躬이라 하니라

시경(詩經)에 말하기를「흰 구슬의 티는 갈아 없앨 수가 있지만, 말에 잘못이 있을 때에는 어떻게 할 수가 없다」*고 했다. 소아에 말하기를「충

* p.175 [억(抑)]

성하고 믿음 있는 군자는 진실하고 정성하여 크게 그 행실을 이룰 것이다.」* 했다. 주서(周書) 군석편에 말하기를 「예전에 상제(上帝)께서 은(殷)나라에 재앙을 내려 문왕(文王)의 덕을 더욱 권장하여 대명(大命)이 그 몸에 모이게 하였다」고 했다.

---

* 거공(車功)

거공(車功)
수레는 탄탄하고

我車旣功　我馬旣同
아거기공　아마기동

수레는 탄탄하고
말도 이미 갖추었네.

四牡龐龐　駕言徂東
사모농롱　가언조동

네 필 수말 씩씩하거니
수레 몰아 동쪽 향하리.

田車旣好　四牡孔阜
전거기호　사모공부

수레 이미 마련되고
네 필 수말 씩씩하네.

東有甫艸　駕言行狩
동유보초　가언행수

동녘의 좋은 사냥터에
달려가 사냥하리라.

之子于苗　選徒囂囂
지자우묘　선도효효

우리 임 사냥 떠나시기에
시중꾼 뽑기 소리 높아

建旐設旄　搏獸于敖
건조설모　박수우오

현무(玄武) 기, 쇠꼬리 기 세우고
오(敖) 땅에 가 사냥하리라.

駕彼四牡　四牡奕奕
가피사모　사모혁혁

네 필 수말에 수레 끌리면
가지런히 잘도 달리네.

赤芾金舃　會同有繹
적불금석　회동유역

슬갑은 붉고 신은 황금색,
늘어서서 천자를 뵙네.

決拾旣佽　弓矢旣調
결습기차　궁시기조

射夫旣同　助我擧柴
사부기동　조아거시

깎지 팔찌 늘어 놓이고
활이라 손질 마쳤네.
사냥꾼들 다 모여
짐승 쌓기 거드네.

四黃旣駕　兩驂不猗
사황기가　양참불의

不失其馳　舍矢如破
불실기치　사시여파

네 필 공골말 수레 끌고
곁말은 자리 지키고
교묘히 말을 달리면
화살은 바로 꽂히네.

蕭蕭馬鳴　悠悠旆旌
소소마명　유유패정

徒御佛驚　大庖不盈
도어불경　대포불영

말들이 허흥 울고
깃발도 허공에 나부끼는데
보졸 기병 조용히 걸어
수라간은 가득 차네.

之子于征　有聞無聲
지자우정　유문무성

允矣君子　展也大成
윤의군자　전야대성

우리 임 사냥 가시더니
소리 하나 들림이 없네.
이런 분 위에 계시니
큰일 하실 것 의심 없네.

子曰 殷人이 有言 曰호대 人而無恒하면 不可以爲卜筮라 하니 古之遺言與아 龜筮는 猶不能知也하나니 而況於人乎아

공자가 말씀하시기를

"은(殷)나라 복서의 점치는 사람들이 말하기를 사람으로서 행동이 떳떳하지 않은 사람은 점을 칠 수가 없다고 한다. 이것은 예전부터 전해내려 오는 말인가? 거북이나 산가지를 가지고도 정상이 아닌 사람의 길흉을 알 수 없는데 하물며 사람들에게서랴."

詩云호대 我龜旣厭이라 不我告猶라 하며 兌命에 曰호대 爵無及惡德이면 民立而正事 純而祭祀에 是爲不敬이니 事煩則亂이라 事神則難이라

시경(詩經)에 말하기를 「거북이나 산자기점도 너무 수가 많으면 거북도 또한 싫어하여 나에게 옳게 고하지 않는다.」* 하였다. 열명(兌命)에 말하기를 「벼슬에 있는 사람이 악덕을 행하면 백성이 일어나서 바로 잡으리라. 이들에게 녹(祿)을 주어 제사를 지내면 불경하게 되니 일이 번잡하여 신을 섬기기가 어렵다」고 했다.

---

* 소민(小旻)

소민(小旻)
저 하늘의

旻天疾威　敷于下土
민천질위 부우하토

저 하늘의 사나운 위협,

온 땅을 뒤엎나니

謀猶回遹　何日斯沮
모유회휼 하일사저

정책의 사악함은

아, 언제나 그칠 건가?

謀臧不從　不臧覆用
모장부종 불장복용

좋은 뜻 좇지 않고

나쁨만 되려 따라,

我視謀猶　亦孔之邛
아시모유 역공지공

그를 보매 내 마음 아프도다.

潝潝訿訿　亦孔之哀
흡흡자자 역공지애

어울렸다 헐뜯었다,

이 무슨 추태이리.

謀之其臧　則具是違
모지기장 즉구시위

좋은 뜻엔 모두 등을 돌리고

謀之不臧　則具是依
모지부장 즉구시의

나쁨에는 다 따라가거니,

我視謀猶　伊于胡底
아시모유 이우호저

그를 보매 어떻게 될지 몰라라.

我龜旣厭 不我告猶
아귀기염 불아고유

거북도 싫증을 내 길흉도 안 이르고,

謀夫孔多 是用不集
모부공다 시용부집

사공이 너무 많기 배가 산 위에 오르니,

發言盈庭 誰敢執其咎
발언영정 수감집기구

말하는 이 조정에 가득하기로
누가 그 허물을 책임지나?

如匪行邁謀 是用不得于道
여비행매모 시용부득우도

행인에게 물어보나
신통한 대답 못 얻음 같아라.

哀哉爲猶 匪先民是程
애재위유 비선민시정

아, 슬프도다,
나라를 도모하여 성현을 본받지도

匪大猶是經 維邇言是聽
비대유시경 유이언시청

대도(大道)를 따르려도 안 하여
눈앞의 말만 듣고

維邇言是爭 如彼築室于道謀
유이언시쟁 여피축실우도모

그 말을 다투나니,
행인 잡아 집 질 일 의논하나.

是用不潰于成
시용불궤우성

아무것 이루지 못함과 같도다.

國雖靡止
국수미지

나랏일 불안해도

或聖或否 民雖靡膴
혹성혹부 민수미무

슬기 있고 없는 사람 섞였으며
백성이 흩어져 많진 못해도

或哲或謀 或肅或艾
혹철혹모 혹숙혹예

밝은 사람, 지략(智略) 갖춘 자,
공손한 이, 점잖은 이 없지 않나니

如彼流泉　無淪胥以敗
여피유천　무륜서이패

저 샘물 같이
모든 사람을 다 썩은 양 여기진 말라.

不敢暴虎　不敢馮河
불감포호　불감빙하

맨손으로 호랑이 못 잡고
걸어서는 황야를 못 건널 줄을

人知其一　莫知其他
인지기일　막지기타

모두 다 알고 있건만
도리어 먼 일은 모르는도다.

戰戰兢兢
전전긍긍

두려이 여겨 경계하라.

如臨深淵　如履薄冰
여림심연　여리박빙

깊은 못물 임한 듯,
엷은 얼음 밟는 듯!

易에 曰 不恒其德이면 或承之이오 恒其德이 偵이니 婦人은 吉이오 夫子는 凶이라

역(易)에 말하기를 「그 덕을 항상 행하여도 기회에 따라 변하므로 부끄러움을 방지해야 한다. 그러므로 항상 그 덕을 행하며 살피니 부인은 길(吉)하고 남자는 흉(凶)하다」고 했다.

其四

원문

當時예 녀던 길흘 몃 히를 ᄇ려두고

어듸 가 ᄃ니다가 이제사 도라온고

이제나 도라오나니 녇듸 ᄆ 슴 마로리

현대어

당시(當時)에 가던 길을 몇 해를 버려두고

어디가 다니다가 이제야 돌아왔는고

이제야 돌아오나니 다른 데 마음 말라

예기(禮記)

── 악기(樂記)

凡音之起는 由人心生也요 人心之動은 物使之然也라 感於物而動이라
故로 形於聲하고 聲相應이라 故로 生變하나니 變成方을 謂之音이오 比
音而樂之하여 及干戚羽旄를 謂之樂이라

무릇 음악(音樂)의 일어남은 사람의 마음에서 생겨난 것이다. 사람의
마음의 움직임은 물건이 이처럼 만드는 것이다. 물건에 느껴서 움직이기
때문에 소리에 나타난다. 소리가 서로 응하기 때문에 변(變)을 생(生)한다.
변해서 방법을 이루어, 이것을 음(音)이라고 한다. 그 음을 모아 악기(樂
器)에 담아서 간척(干戚)·우모(羽旄)에 미치는 것을 악(樂)이라고 한다.

樂者 音之所由生也니 其本은 在人心之感於物也니라 是故로 其哀心이
感者는 其聲이 噍以殺하고 其樂心이 感者는 其聲이 嘽以緩하고 其喜心
이 感者는 其聲이 發以散하고 其怒心이 感者는 其聲이 粗以厲하고 其敬
心이 感者는 其聲이 直以廉하고 其愛心이 感者는 其聲이 和以柔하나니
六者는 非性也라 感於物而後에 動하나니라 是故로 先王이 愼所以感之者
라 故로 禮以道其志하며 樂以和其聲하며 政以一其行하며 刑以防其姦하
니 禮樂刑政이 其極은 一也니 所以同民心 而出治道也니라

악(樂)이란 음(音)으로부터 말미암아 생겨난 것이다. 그 근본은 사람의 마음이 사물에 감동하는 데 있는 것이다. 이런 이유로 슬픈 마음이 느껴질 때에는 그 소리가 타는 듯하면서도 낮고 힘이 없다. 즐거운 마음이 느껴질 때에는 명랑하면서도 여유가 있다. 기쁜 마음이 느껴질 때에는 그 소리가 높아져서 흩어진다. 분노의 마음이 느껴질 때는 그 소리가 거칠고도 사납다. 공경하는 마음이 느껴질 때는 그 소리가 진지하면서도 분별이 있다. 사랑하는 마음이 느껴질 때는 그 소리가 화평하면서도 유순하다. 이 여섯 가지는 성품이 아니고 사물로부터 느낀 후에 움직이는 것이다. 이런 까닭으로 선왕(先王)은 사람의 마음을 움직이는 것에 대해 신중을 기했다. 그러므로 예(禮)를 가지고 그 뜻을 이끌고, 악(樂)을 가지고 그 소리를 화평하게 하고, 정치를 가지고 그 행동을 한결같이 했으며, 형벌로써 그 간사(姦邪)함을 막았다. 이렇듯 예(禮)·악(樂)·형(刑)·정(政)의 네 가지는 서로 다르다 할지라도 그 이르는 극점(極點)은 하나이다. 즉 인민의 마음을 통일하며 치국평천하(治國平天下)의 도(道)를 이루도록 하는 것이다.

凡音者는 生人心者也니 情動於中이라 故로 形於聲하나니 聲成文을 謂之音이니라 是故로 治世之音은 安以樂하니 其政이 和하고 亂世之音은 怨以怒하니 其政이 乖하고 亡國之音은 哀以思하니 其民이 困이니 聲音之道 與政通矣니라 宮爲君이오 商爲臣이오 角爲民이오 徵爲事요 羽爲物이니 五者 不亂이면 則無怗懘之音矣니라 宮亂則荒하나니 其君이 驕하고 商亂則陂하나니 其臣이 壞하고 角亂則憂하나니 其民이 怨하고 徵亂則哀하나니 其事 勤하고 羽亂則危하나니 其財 匱니라 五者 皆亂迭 相陵

을 謂之慢이니 如此면 則國之滅亡이 無日矣니라 鄭衛之音은 亂世之音也
니 比於慢矣니 桑間濮上之音은 亡國之音也니 其政이 散하여 其民이 流
니 誣上行私를 而不可止也니라

　　부릇 음(音)이란, 사람의 마음에서 생거나는 것이다. 감정(感情)이 마음
속에서 움직이는 까닭에 소리에 나타나게 되고 소리가 문(文)을 이루는
것을 음(音)이라 한다. 이런 까닭으로 치세(治世)의 음은 편안하고도 즐겁
다. 이는 그 정치가 화평한 때문이다. 난세(亂世)의 음은 원망하여 분노에
차 있다. 그 정치가 도리에 어긋나기 때문이다. 망국(亡國)의 음은 슬퍼해
서 시름에 잠겨 있다. 그 인민이 곤궁(困窮)한 때문이다. 성음(聲音)의 길은
정치와 통하는 것이다.

　　음(音)을 크게 나누어 다섯 가지로 분류하는데 궁상각치우(宮商角徵羽)
가 그것이다. 이것을 정치에 비유한다면 궁(宮)은 임금이 되고, 상(商)은
신하가 되고, 각(角)은 인민이 되고, 치(徵)는 일이 되고, 우(羽)는 물건이
된다. 이 다섯 가지 음(音)이 어지럽지 않으면 조화(調和)되지 않은 음이
없을 것이다.

　　궁음(宮音)이 어지러우면 악(樂)의 소리가 거칠어서 흩어진다. 이는 그
임금이 교만한 때문이다. 상음(商音)이 어지러우면 소리가 기울어진다.
그 신하가 도리를 지키지 않는 때문이다. 각음(角音)이 어지러우면 소리
가 근심스럽다. 그 인민이 원망하는 때문이다. 치음(徵音)이 어지러우면
소리가 슬프다. 그 일이 힘들기 때문이다. 우음(羽音)이 어지러우면 소리
가 위태롭다. 그 재화(財貨)가 궁핍한 때문이다. 이렇듯 다섯 가지가 모두
어지러울 때는 서로 다투며 학대하는데 이를 만(慢)이라고 한다. 이와 같
이 된다면 나라의 멸망이 몇 일남지 않은 것이다.

정(鄭)나라와 위(衛)나라의 음은 난세의 음이다. 만(慢)에 가깝다. 상간복상(桑間濮上)의 음은 망국(亡國)의 음이다. 그 정치가 흩어지고, 그 인민이 유리(流離)한다. 윗사람을 속이고 사악을 행해도 금지시키지 못하는 것이다.

凡音者는 生於人心者也요 樂者는 通倫理者也니 是故로 知聲而不知音者는 禽獸 是也요 知音而不知樂者는 衆庶 是也니 唯君子아 爲能知樂하나니 是故로 審聲以知音하고 審音以知樂하고 審樂以知政하여 而治道 備矣니라 是故로 不知聲者는 不可與言音이요 不知音者는 不可與言樂이니 知樂이면 則幾於禮矣니라 禮樂은 皆得을 謂之有德이니 德者는 得也라

是故로 樂之隆이 非極音也며 食饗之禮 非致味也라 淸廟之瑟이 朱絃而疏越하며 一倡而三歎하여 有遺音者矣며 大饗之禮는 尙玄酒而俎腥魚하며 大羹을 不和하여 有遺味者矣니 是故로 先王之制禮樂也 非以極口服耳目之欲也라 將以敎民平好惡 而反人道之正也이라

무릇 음(音)은 사람의 마음에서 생겨난 것이다. 악(樂)은 윤리(倫理)에 통하는 것이다. 그러므로 소리만을 알고 음을 모르는 것은 짐승이요, 음을 알면서 악을 모르는 것은 뭇사람들이다. 오직 군자만이 악을 알 수 있다. 이런 까닭으로 소리를 살펴서 음을 알고 음을 살펴서 악을 알며 악을 살펴서 정치를 안다. 이렇게 해서 다스리는 길이 갖추어진다. 이런 까닭으로 소리를 알지 못하는 자와는 함께 음을 말할 수 없으며 음을 알지 못하는 자와는 함께 악을 말할 수 없는 것이다. 악을 안다면 예(禮)에 가깝다. 예악(禮樂)을 모두 얻은 자를 유덕(有德)이라 한다. 덕(德)이란 얻는 것이다.

이런 까닭으로 음악의 융성(隆盛)이란, 음을 극진히 하는 것이 아니다. 사향(食饗)의 예란 맛을 극진히 하는 것이 아니다. 종묘의 제사에서는 청묘(清廟)의 시를 노래하는데, 그 때에 쓰는 금은 붉은 연사(練絲)로 글을 메우고, 금 밑에 구멍이 있어서 그 소리가 탁하고 또 느리므로 한 번 소리를 내서 세 사람이 이에 화답하는 데에는 다하지 못한 여음(餘音)이 있는 것이다.

대향(大饗)의 예에 맑은 물을 위에 놓고 생선을 조(俎)에 올려놓으며, 간 맞추지 않은 국을 올린다. 국에 양념을 섞지 않는 데에는 그 속에 다 하지 못한 여미(餘味)가 있는 것이다. 이런 까닭으로 선왕이 예악(禮樂)을 마련함에는 구복(口服)이나 이목(耳目)의 욕심을 극진히 하려는 것이 아니라, 장차 인민(人民)에게 호오(好惡)를 공평하게 하는 일을 가르쳐서 인도(人道)의 바른 길로 돌아가게 하려는 것이다.

人生而靜은 天之性也요 感於物而動은 性之慾也니 物至知知 然後에 好惡 形焉이니 好惡 無節於內知誘於外 不能反躬이면 天理滅矣니라 夫物之感人이 無窮而人之好惡 無節 則是物至而人化物也니 人化物也者는 滅天理而窮人欲者也라 於是에 有悖逆詐僞之心하며 有淫泆作亂之事하나니 是故로 强者 脅弱하며 衆者 暴寡하며 知者 詐愚하며 勇者 苦怯하며 疾病不養하며 老幼孤獨이 不得其所하나니 此 大亂之道也라

사람이 태어나서 고요한 것은 하늘의 성품이요, 외물(外物)의 감촉(感觸)에 의하여 움직이는 것은 성품의 욕구이다. 사물에 이르러 지력(知力)으로 좋고 싫은 것이 구분된다. 이 호오(好惡)가 마음속에서 절도가 없고 지

혜가 의적인 것에 유혹받아 자신에 돌이켜서 도리의 옳고 그른 것을 분별할 수 없다면 천리(天理)가 멸(滅)하는 것이다.

무릇 사물에 대한 사람의 느낌은 다함이 없는데 사람의 호오(好惡)에 절도가 없다면 이는 사람이 물건으로 화(化)하는 것과 다를 바가 없는 것이다. 사람이 물건으로 화(化)한다는 것은 천리에서 벗어나 인간적인 욕구를 충족시키려는 것이다. 이리하여 도리에 어긋나고 거슬리며, 사람을 속이는 마음이 생겨서 음탕하고 난동을 부리는 일이 있게 된다. 이런 까닭으로 강한 자가 약한 자를 위협하고 다수의 자들이 소수인 자들을 업신여기고, 지혜로운 자가 어리석은 자를 속이고, 용기 있는 자가 비겁해지고, 질병 있는 자는 양생(養生)을 할 수 없게 되고, 늙은이와 어린이, 고독한 자가 그 설 자리를 얻지 못하게 된다. 이것이 곧 세상이 크게 어지러워지는 길이다.

是故로 先王之制禮樂에 人爲之節하시니 衰麻哭泣은 所以節喪紀也오 鍾鼓干戚은 所以和安樂也오 昏姻冠筓는 所以別男女也요 射鄉食饗은 所以正交接也니라 禮節民心하며 樂和民聲하며 政以行之하며 刑以防之하여 禮樂刑政이 四達而不悖면 則王道 備矣니라

이런 까닭으로 선왕이 예악을 마련함에 있어 사람의 정리(情理)에 따라 절문(節文)을 만들었다. 쇠마(衰麻)와 곡읍(哭泣)은 상기(喪紀)를 절도 있게 하는 것이다. 종(鍾)·고(鼓)·간(干)·척(戚)은 안락을 고르게 하는 것이다. 혼인과 관계(冠筓)는 남녀를 분별하는 것이다. 사(射)·향(鄉)·사(食)·향(饗)은 교접을 바르게 하는 것이다. 예(禮)는 사람의 마음을 절도 있게 하고, 악(樂)

은 사람의 마음을 화평하게 한다. 정치로써 이것을 행하고 형벌로써 이를
막는다. 예악형정(禮樂刑政)의 네 가지가 천하에 널리 행하여지고 인민이
이에 어긋나지 않는다면 왕자(王者)의 치도(治道)가 갖추어진 것이다.

樂者는 爲同이오 禮者는 爲異니 同則相親하고 異則相敬하나니 樂勝
則流하고 禮勝則離라 合情飾貌者 禮樂之事也이라 禮義立하면 則貴賤이
等矣오 樂文 同하면 則上下和矣오 好惡 著하면 則賢不肖 別矣오 刑禁暴
하고 爵擧賢하면 則政均矣라 仁以愛之하며 義以正之하나니 如此면 則民
治 行矣니라

악(樂)은 같게 하는 일을 하고, 예(禮)는 달리하는 일을 한다. 같으면 서
로 친하게 되고, 다르면 서로 공경한다. 악(樂)이 지나쳐 예(禮)가 없을 때
는 존비(尊卑) 간에 공경이 없고, 예가 지나쳐 악이 없을 때는 사랑이 없어
친속이 잡산(雜散)하게 된다. 서로 뜻을 합하고 외모(外貌)를 장식하는 것
은 예악의 일이다. 예의(禮義)가 확립되면 귀천의 등급이 존재하고 악문
(樂文)이 같을 때에는 상하(上下)가 화목한다. 호오(好惡)가 밝게 나타나면
착한 것과 착하지 않은 것이 뚜렷이 구별된다. 형벌로써 난폭을 금하고
벼슬로써 어진 이를 거용(擧用)한다면 정치가 고르게 이루어질 것이다.
인(仁)을 가지고 인민을 사랑하고, 의(義)를 가지고 이것을 바로 잡는다.
이와 같이 한다면 백성을 다스리는 정치가 잘 행해지는 것이다.

樂由中出하고 禮自外作하나니 樂由中出이라 故로 靜하고 禮自外作이

라 故로 文하니 大樂은 必易하고 大禮는 必簡하니 樂至則無怨하고 禮至
則 不爭이라 揖讓而治天下者 禮樂之謂也라 暴民이 不作하며 諸侯 賓服
하여 兵革을 不試하며 五刑을 不用하며 百姓이 無患하며 天子 不怒하며
如此에 則樂이 達矣오 合父子之親하며 明長幼之序하여 以敬四海之內니
天子 如此면 則禮行矣니라

악(樂)은 마음으로부터 나오고 예(禮)는 밖에서부터 일어난다. 그러므
로 악은 안에서부터 나오는 까닭으로 고요하고, 예는 밖에서부터 일어나
는 까닭으로 문식(文飾)이 있다. 대악(大樂)은 반드시 쉽고 대례(大禮)는 반
드시 간략(簡略)하다. 악이 지극하면 원망이 없고, 예가 지극하면 다투지
않는다. 읍(揖)하여 무위(無爲)로써 천하를 다스린다는 것은 예악을 두고
하는 말이다. 사나운 백성이 일어나지 않고, 제후가 복종하여 병혁(兵革)
을 시험하지 않고, 오형(五刑)을 쓰지 않으며 백성에게 근심이 없고, 천자
가 성낼 일이 없다면, 이것은 악이 곧 천하에 널리 통행하고 있다는 것이
다. 부자의 친함을 화합시키고 장유의 차례를 명백히 하고 온 천하의 안
으로 하여금 공경으로 서로 접하게 한다. 천자가 이와 같이 한다면 예가
완전히 행해진다고 볼 수 있다.

大樂은 與天地同和하고 大禮는 與天地同節하니 和故로 百物이 不失
이요 節故로 祀天祭地하나니 明則有禮樂하고 幽則有鬼神하니 如此면 則
四海之內 合敬同愛矣니라 禮者는 殊事合敬者也요 樂者는 異文合愛者也
니 禮樂之情同이라 故로 明王以相沿也 故로 事與時並하며 名與功偕니라

대악(大樂)은 천지와 화(和)를 함께 하고, 대례(大禮)는 천지와 절문(節文)을 함께 한다. 화(和)한 까닭으로 백물(百物)이 그 성품을 잃지 않고 절문(節文)이 있는 까닭으로 천지에 제사 지낸다. 명계(明界)에는 예악이 있고, 유계(幽界)에는 귀신이 있다. 이와 같이 하면 사해(四海)의 안이 경(敬)을 모으고, 사랑을 함께 하게 된다. 예라는 것은 일을 달리하면서 경을 모으는 것이다. 악이라는 것은 문(文)을 달리하면서 사랑을 모으는 것이다. 예악의 정(情)은 같은 것이다. 그렇기 때문에 밝은 임금은 서로 이것에 따랐던 것이다. 이런 까닭으로 일은 시대에 보조(步調)를 맞추고, 이름은 공(功)과 함께 했던 것이다.

故로 鐘鼓管磬과 羽籥干戚은 樂之器也니라 屈伸俯仰과 綴兆舒疾은 樂之文也라 簠簋俎豆와 制度文章은 禮之器也요 升降上下와 周還裼襲은 禮之文也니 故로 知禮樂之情者는 能作하고 識禮樂之文者는 能述하나니 作者之謂聖이요 述者之謂明이니 明聖者는 述作之謂也라

종(鐘)·고(鼓)·관(管)·경(磬)·우(羽)·약(籥)·간(干)·척(戚)은 모두 악(樂)의 도구이다. 굴신부앙(屈伸俯仰)과 졸조서질(綴兆舒疾)은 악의 문식(文飾)이다. 보궤조두(簠簋俎豆)와 제도문장(制度文章)은 예의 도구이다. 승강상하(升降上下)와 주선석습(周還裼襲)은 예의 문식이다. 이런 까닭으로 예악의 정(情)을 아는 자는 능히 예악을 만들고, 예악의 문식을 아는 자는 능히 예악의 의리(義理)를 논술한다. 만드는 자를 성(聖)이라 하고 서술하는 자를 명(明)이라고 하니, 명성(明聖)이란, 서술과 제작을 말하는 것이다.

樂者는 天地之和也요 禮者는 天地之序也니 和故로 百物이 皆化하고
序故로 群物이 皆別하나니라 樂由天作하고 禮以地制하니 過制則亂하고
過作則暴하나니 明於天地然後에야 能興禮樂也니라

악(樂)은 천지의 화이(和易)이다. 천지간의 질서는 예이다. 화이한 까닭
에 백물이 모두 자연히 감화되고 질서가 있는 까닭으로 만물이 모두 분
별이 있는 것이다. 악은 하늘에 말미암아서 만들어진 것이고, 예는 땅의
법칙을 본받아서 만들어진 것이다. 잘못 만들면 어지럽고, 잘못 지으면
난폭하게 된다. 예악을 능히 일으킬 수 있는 것은 반드시 천지의 이치가
밝은 뒤라야 되며 오직 성인만이 할 수 있다.

論倫無患은 樂之情也요 欣喜歡愛는 樂之官也라 中正無邪는 禮之質也
요 莊敬恭順은 禮之制也라 若夫禮樂之施於金石하며 越於聲音하여 用於
宗廟社稷하며 事乎山川鬼神은 則此所與民同也니라 王者 功成作樂하시
고 治定制禮하시니 其功이 大者는 其樂이 備하고 其治 辯者는 其禮 具하
니 干戚之舞 非備樂也며 孰亨而祀 非達禮也라 五帝 殊時라 不相沿樂하
시니 三王이 異世라 不相襲禮하시니 樂極則憂하고 禮粗則偏矣니 及夫敦
樂而無憂하고 禮備而不偏者는 其唯大聖乎인저

언론이 이치에 맞아 질서가 있을 때에는 근심이 없는데 이것이 악의
정(情)이다. 흔희환애(欣喜歡愛)는 악의 관(官)이다.
심중이 중정(中正)하여 사특한 마음이 없는 것이 예의 본질이다. 장엄
하고, 공경하며, 공손하고 유순한 것은 예의 법도이다. 대저 예악을 금석

(金石)에 베풀고, 성음(聲音)에 올려서 종묘사직의 제사에 적용하여 산천의 귀신을 섬기는 것은 인민과 함께 하는 것이다.

천하의 왕이 된 자는 공이 이룩되고 나서야 악을 제정하며 다스리는 일이 정해진 후에야 예를 만들었다. 그 공이 큰 것은 악이 갖추어지고, 그 정치가 널리 미친 것은 그 예가 갖추어졌다. 그러나 이 예악을 구비한다 할지라도 그 소리와 모습, 혹은 의례(儀禮)를 다함으로써 완전한 것이 아니다. 그 주된 바는 덕(德)과 본(本)에 있다. 그러므로 간척의 춤은 완비된 악이 아니다. 생(牲)을 푹 삶아서 지내는 제사는 지달(至達)의 예가 아닌 것이다. 오제(五帝)는 시대를 달리해서 전대의 예악을 쫓지 않고 삼왕(三王)이 그 세상을 달리해서 선대의 예악을 쫓지 않은 것이다.

악이 극(極)에 달하면 근심하게 되고, 예가 소략(疏略)하면 중정(中正)을 잃게 된다. 대저 악을 제정함에 있어 성용을 돈독히 하면서도 근심이 없고, 예를 제정함에 있어 의물을 갖추고서도 중정을 잃지 않는 것은 오직 대성왕(大聖王)만이 가능한 것이다.

天高地下하며 萬物이 散殊而禮制行矣요 流而不息하며 合同而化而樂이 興焉하니 春作夏長은 仁也요 秋斂冬藏은 義也이니 仁近於樂하고 義近於禮하니라 樂者는 敦和하여 率神而從天하고 禮者는 別宜하이 居鬼而從地하나니 故로 聖人은 作樂以應天하고 制禮以配地하시니 禮樂이 明備하여 天地官矣니라 天尊地卑하니 君臣이 定矣요 卑高以陳하니 貴賤이 位矣요 動靜이 有常하니 小大 殊矣는 方以類聚하며 物以羣分하니 則性命이 不同矣니 在天成象하고 在地成形하니 如此면 則禮者 天地之別也라

하늘이 높고 땅이 낮으며, 만물이 그 사이에 산재(散在)하여 각각 그 체용(體用)을 달리하니 이것이 즉 천지 사이에 예제(禮制)가 행해지는 것이다. 또 음양(陰陽)의 기(氣)가 흘러서 쉬지 않고 합동(合同)하고 화(化)해서 천지 사이에 악(樂)이 일어나는 것이다.

만물이 봄에 심고 여름에 자라는 것은 천지가 이를 사랑하고 키워주는 인(仁)인 것이다. 가을에 추수하고 겨울에 저장하는 것은 천지가 이를 제재(制裁)하는 의(義)인 것이다.

인(仁)은 악에 가깝고 의는 예에 가깝다. 악이란 화(和)를 두텁게 해서 신(神)에 따라서 하늘에 따르는 것이고, 예란 마땅함을 분별하고 귀(鬼)에 있어 땅에 따르는 것이다. 이렇듯 천지의 사이에는 자연의 예악이 있는 법인데, 성인은 악을 만들어서 하늘에 응하고 예를 만들어서 땅에 따랐다. 예악이 밝게 갖추어져서 천지가 생성화육(生成化育)하는 공(功)을 이룬다.

하늘은 존귀한 것으로서 위에 있고, 땅은 천하므로 아래에 있다. 이로써 군신(君臣)의 본분이 정해진다. 산과 구름, 강과 늪 등의 높고 낮은 것들이 벌어져 있는 것을 본받아 귀천의 지위를 정하였다.

음양의 동정(動靜)이 상도(常道)가 있어 이에 따라 적고 큰 것의 일을 구별한다. 도(道)는 유(類)로써 모이고 물건은 무리로써 나뉘는 것은 곧 성명(性命)이 같지 않은 때문이다. 천상(天象)을 본뜨고 땅의 모양을 이룬다. 예(禮)는 천지의 분별이다.

地氣는 上齊하고 天氣는 下降하며 陰陽이 相摩하며 天地 相蕩하며 鼓之以雷霆하며 奮之以風雨하며 動之以四時하며 煖之以日月하여 而百化

興焉하나니 如此면 則樂者 天地之和也라 化下時면 則不生하고 男女 無辨이면 則亂升하나니 天地之情也라

　지기(地氣)는 위로 오르고 천기(天氣)는 밑으로 내려오니 이들이 서로 만나 마찰을 일으키고 천지가 서로 움직여서 이것을 울리는 뇌정(雷霆)으로써 하고, 이것을 윤택하게 하되 바람과 비로써 하고 이것을 움직이되 네 계절로써 하고, 이것을 따사롭게 하되 해와 달로써 하여 만물의 화생(化生)이 이루어진다. 악(樂)은 천지의 화(和)이다. 화생(化生)은 그때가 아니면 나지 않고, 남녀가 분별이 없으면 어지러워지는 것은 천지의 정(情)이다.

　及夫禮樂之極乎天而蟠乎地하며 行乎陰陽而 通乎鬼神하며 窮高極遠而測深厚니라 樂著大始하고 而禮居成物하니 著不息者는 天也요 著不動者는 地也요 一動一靜者 天地之間也니 故로 聖人이 曰禮樂云하시니라 昔者에 舜이 作五絃之琴하고 以歌南風이면 夔 始制樂하여 以賞諸侯하니 故로 天子之爲樂也는 以賞諸侯之有德者也니 德盛而敎尊하고 五穀이 時熟然後 賞之以 樂이라 故로 其治民이 勞者는 其舞行綴이 遠하고 其治民이 逸者는 其舞行綴이 短하나니 故로 觀其舞하고 知共德하며 聞共諡하고 知其行也니라 大章은 章之也요 咸池는 備矣요 韶는 繼也요 夏는 大也요 殷周之樂은 盡矣니라

　무릇 예악은 하늘의 화(和)를 궁극(窮極)하고 땅의 질서를 두루 다하고 음양의 기운에 따라 행하여 귀신에 감통(感通)함에 이르러서는 진실로 높

은 것을 궁구하고 먼 것을 극진하고 심후(深厚)한 것을 헤아린다.

악은 태시(太始)를 나타내고, 예는 성물(成物)에 있다. 드러나서 쉬지 않는 것은 하늘이요, 나타나 있으면서 움직이지 않는 것은 땅이다. 일동일정(一動一靜)은 하늘과 땅 사이다. 그리하여 천지 사이에서 기운은 움직이고 바탕을 정지(靜止)하여 기운과 바탕이 서로 의지하고 행하여 만물이 화성하는 것이다. 이것이 천지자연의 예악이다. 그러므로 성인이 예악이라고 말하는 것이다.

옛날에 순임금은 오현(五絃)의 거문고를 만들어서 남풍(南風)의 시(詩)를 노래했다. 그 곡악(曲樂)의 관(官)인 기(夔)는 비로소 남풍의 악을 제정하여 이로써 제후 중의 공덕 있는 자를 상주었으며 이 곡을 연주하여 춤추게 하였다.

천자가 악을 만든 것은 덕 있는 제후를 상주기 위해서였다. 제후의 덕이 성대하고 가르침이 높으며 오곡이 제때에 익은 연후에야 천자는 이것을 상주되 악을 가지고 했다.

이 곡을 주악하고 춤추게 하여 백성의 마음을 평화롭게 만드는데, 이렇게 하는 제후의 덕에 따라 상주는 것이 일정치 않다. 그 인민을 다스리기에 애썼던 자는 그 무열(無列)이 멀고, 그 인민을 다스리는 것이 등한했던 자는 그 무열이 짧다. 그러므로 그 춤을 보고 덕을 알며 그 시호(諡號)를 보고 행동을 안다.

요임금이 음악을 대장(大章)이라고 한 것은 그 덕이 천하에 장명(章明)하기 때문이며, 황제의 음악을 함지(咸池)라고 한 것은 그 덕이 두루 천하에 구비(具備)함을 일컫는 것이다. 순임금이 음악을 소(韶)라고 한 것은 계승한다는 뜻이다. 우왕이 음악을 하(夏)라고 한 것은 크게 빛낸다는 뜻이다. 은나라와 주나라의 음악은 극진한 것이다.

天地之道는 寒暑 不時則疾하고 風雨 不節則饑하나니 敎者는 民之寒暑也라 敎不時則傷也하고 事者는 民之風雨也라 事不節則無功하나니 然則先王之爲樂也는 以法治也라 善則行이 象德矣니라

천지의 도에는 한서(寒暑)의 때가 있어 이것이 질서가 없으면 백성이 질병에 걸린다. 또 비나 혹은 바람이 절도 없으면 곡식에 해를 끼쳐 백성이 굶주리게 된다. 가르침은 백성의 한서다. 가르침이 때에 맞지 않으면 세상을 해친다. 일은 백성의 풍우(風雨)다. 일에 절도가 없으면 공(功)이 없다. 그렇다면 선왕(先王)의 악을 만듦은 법을 가지고 나라를 다스리려는 것이다. 정치가 착할 때는 인민의 행실이 임금의 덕을 본뜰 것이다.

夫豢豕爲酒는 非以爲禍也로되 而獄訟이 益繁은 則酒之流 生禍也라 是故로 先王이 因爲酒禮호대 一獻之禮에 賓主百拜하여 終日飮酒而不得醉焉이시니 此 先王之所以備酒禍也라 故로 酒食者는 所以合歡也요 樂者는 所以象德也요 禮者는 所以綴淫也니 是故로 先王이 有大事면 必有禮以哀之하고 有大福이면 必有禮以樂之하나니 哀樂之分에 皆以禮終하니 樂也者는 聖人之所樂也니 而可以善民心이라 其感人이 深하여 其移風易俗이니 故로 先王이 著其敎焉하시니라

무릇 돼지를 키워 그것을 안주로 삼아 술잔치를 벌이는 것은 이것을 가지고 재앙을 만들려는 것이 아니었다. 그런데도 옥송(獄訟)이 더욱 번거롭게 일어남은 술의 흐르는 폐단이 재앙을 낳기 때문이다. 이런 까닭으로 선왕이 음주(飮酒)의 예를 제정하였다. 즉 대헌(大獻)의 예에 빈주(賓

主)가 자주 절하도록 하여 종일토록 술을 마셔도 취함이 없게 하는 것이다. 이것이 선왕의 주화(酒禍)에 대비(對備)한 것이다. 그러므로 주식(酒食)의 예는 빈주가 서로 즐거움을 합하지만, 그것이 절제가 없으면 덕을 잊고 음란한 데로 빠질 폐단이 있으므로 주식을 하는 동안에 주악(奏樂)을 하여 예를 행한다.

악(樂)이라는 것은 덕(德)을 본뜨는 것이다. 예(禮)라는 것은 남치는 것을 멈추게 하는 것이다. 이런 까닭으로 선왕은 대사가 있으면 반드시 예(禮)가 있어서 이것을 가지고 슬퍼했으며 대복(大福)이 있으면 반드시 예가 있어서 이것을 가지고 즐거워했다. 슬픔과 즐거움의 정도는 모두 예(禮)를 가지고 마쳤다. 악(樂)은 성인(聖人)의 즐거워하던 바이다. 이것을 가지고 민심(民心)을 선(善)하게 했으며 그 사람을 감동시킴이 깊어서 풍속을 바꿨다. 그러므로 선왕이 그 가르침을 저술(著述)했다.

夫民이 有血氣心知之性하고 而無哀樂喜怒之常하여 應感起物而動한 然後에 心術이 形焉하나니 是故로 急微噍殺之音이 作하여 而民이 思憂하고 嘽諧慢易繁文簡節之音이 作하여 而民이 康樂하고 粗厲猛起奮末廣賁之音이 作하여 而民이 剛毅하고 廉直勁正莊誠之音이 作하여 而民이 肅敬하고 寬裕肉好順成和動之音이 作하여 而民이 慈愛하고 流辟邪散狄成滌濫之音이 作하여 而民이 淫亂이라

무릇 사람은 혈기(血氣)·심지(心知)의 성(性)이 있고 희로애락(喜怒哀樂)의 정해진 것이 없다. 외물(外物)에 접촉한 연후에야 마음으로 느끼고 정으로 나타난다. 이런 까닭으로 지(志)·미(微)·초(噍)·쇄(殺)의 음이 일어

나는 것은 사람이 슬퍼하고 근심하는 것이다. 천(嘽)·해(諧)·만(慢)·이(易)·번문(繁文)·간절(簡節)의 음이 일어나는 것은 사람이 편안하고 즐거워하는 것이다.

추려(粗厲)·맹기(猛起)·분말(奮末)·광분(廣賁)의 음이 일어나는 것은 사람이 굳센 것이다. 염직(廉直)·경정(勁正)·장성(莊誠)의 음이 일어나는 것은 사람이 엄숙하고 공경하는 것이다. 관유(寬裕)·육호(肉好)·순성(順成)·화동(和動)의 음이 일어나는 것은 사람이 자애(慈愛)하는 것이다. 유벽(流辟)·사산(邪散)·적성(狄成)·척람(滌濫)의 음이 일어나는 것은 사람이 음란한 것이다.

是故로 先王이 本之情性하며 稽之度數하며 制之禮義하며 合生氣之和하며 道五常之行하며 使之陽而不散하여 陰而不密하며 剛氣不怒하며 柔氣不懾하며 四暢交於中而發作於外하여 皆安其位而不相奪世然後에 立之學等하여 廣其節奏하며 省其文采하여 以繩德厚하며 律小大之稱하며 比終始之序하여 以象事行하여 使親疏貴賤長幼男女之理 皆形見於樂이니 故로 曰樂觀이 其深矣니라

이런 이유로 선왕이 음악을 제정함에 있어 정성(情性)에 의거하여 도수(度數 : 오성 십이율)를 상고하고, 예의를 만들어서 천지 생생(生生)의 화기(和氣)에 합하고 그 양기로 하여금 흩어지지 않고 그 음기로 하여금 밀폐(密閉)되지 않게 하여 오상(五常)의 행실을 인도하고 또 강기(剛氣)가 성해도 성내지 않고 유기(柔氣)가 성해도 두려워하지 않게 했다. 이 네 가지가 창달(暢達)하며 안에서 조화(調和)를 이루고 겉에 나타나서 모두 그 자리

에 편안하여 서로 빼앗지 않게 된다. 그런 후에야 학등(學等)을 세우고 절주(節奏)를 넓히며 그 문채(文采)를 살펴서 덕후(德厚)를 바로 재고 또 대소(大小)의 칭(稱)을 바르게 하며 처음과 끝의 차례를 정하여 일과 행실의 본이 되게 하고, 친소(親疏)·귀천(貴賤)·장유(長幼)·남녀의 도리(道理)를 모두 악(樂)에 나타나 보이게 했다. 그러므로 악(樂)의 보는 것이 같다고 하는 것이다.

土敝則草木이 不長하고 水煩則魚鼈이 不大하고 氣衰則生物이 不遂하고 世亂則禮慝而樂淫하나니 是故로 其聲이 哀而不莊하며 樂而不安하며 慢易以犯節하며 流湎以忘本하여 廣則容姦하고 狹則思欲하여 感條暢之氣하고 滅平和之德하나니 是以로 君子 賤之也니라

땅의 힘이 다하면 초목이 자라지 않고 물이 번거로우면 고기가 자라지 않는다. 음양의 기(氣)가 쇠하면 생물(生物)이 생성(生成)하지 못한다. 세상이 어지러워지면 예(禮)가 사특(邪慝)하고 음악(音樂)은 음란하다. 이런 까닭으로 그 소리가 슬퍼서 우렁차지 못하고 즐거워하나 편안하지 못하다. 방종으로 흘러서 절도를 범하고, 탐닉(耽溺)해서 근본을 잊는다. 크면 간사(姦邪)를 용납하고, 적으면 탐욕(貪慾)을 생각하게 해서 천지(天地) 조창(條暢)의 기운을 상(傷)하고 평화의 덕을 없애기 때문에 군자는 이것을 천하게 여기는 것이다.

凡姦聲이 感人而逆氣應之하고 逆氣成象而淫樂이 興焉하며 正聲이 感
人而順氣應之하고 順氣成象而和樂이 興焉하나니 倡和有應하여 回邪曲
直이 各歸其分하여 而萬物之理 各以類로 相動也이니라

무릇 간사한 음악은 사람의 마음을 감동시켜 사역(邪逆)의 기(氣)가 곧
나타나 감동된 마음에 응한다. 역기(逆氣)가 형상을 이루어서 나타나며
그리하여 음탕한 춤과 악이 일어나는 것이다.
바른 음악이 사람의 마음을 감동시키면 화순(和順)의 기(氣)가 나타나서
그 감동된 마음에 응한다. 그리하여 순기가 형상을 이루어서 화평(和平)
한 춤과 악이 일어나는 것이다. 부르고 화답(和答)하는 것이 응(應)함이 있
어 회사곡직(回邪曲直)이 각각 그 분계(分界)로 돌아가며 만물의 이치가 서
로 유(類)를 가지고 서로 감동한다.

是故로 君子 反情하여 以和其志하고 比類하여 以成其行하여 姦聲亂
色을 不留聰明하여 淫樂慝禮를 不接心術하며 惰慢邪僻之氣를 不設於身
體하여 使耳目鼻口心知百體 皆由順正이라 以行其義하나니 然後에야 發
以聲音而文以琴瑟하며 動以干戚하며 飾以羽旄하여 從以簫管하여 奮至
德之光하여 動四氣之和하여 以著萬物之理하나니

음악의 정사(正邪)는 사람의 마음에 영향을 미치는 바가 크기 때문에
군자는 바른 감정(感情)으로 돌아가서 그 뜻을 화하게 하고 유(類)를 분별
해서 그 행실을 이룩한다. 간사한 소리와 음란한 빛을 총명에 남겨두지
않고 음란한 음악이나 사특한 예를 마음에 가까이 하지 않을 뿐 아니라

게으르거나 교만한 생각 또는 도리에 어긋나고 편벽된 기(氣)는 몸에 베풀지 않는다. 이렇듯 귀·눈·입·코·마음과 몸으로 하여금 모두 순정(順正)에 따라서 그 도리를 행하고 덕을 이루게 하는 것이다.

그런 다음에 덕을 발휘하는 데 있어 성음(聲音)으로써 하고 이를 문식(文飾)하는데 있어 금슬(琴瑟)로써 하고 간척(干戚)으로써 이를 움직이고 우모(羽旄)로써 장식하며 통소의 악기로써 따르게 한다. 지덕(至德)의 빛을 발하고, 사시(四時)의 화기(和氣)를 움직여서 만물의 이치를 나타낸다.

是故로 淸明은 象天하고 廣大는 象地하고 終始는 象四時하고 周還은 象風雨하니 五色이 成文而不亂하여 八風이 從律而不姦하여 百度得數而 有常하나니 小大相成하며 終始相生하며 倡和淸濁이 迭相爲經하나니 故 로 樂行而倫淸하여 耳目이 聰明하며 血氣 和平하고 移風易俗하여 天下 皆寧이니라

그러므로 맑고도 밝은 것은 하늘을 본뜬 것이고, 넓고도 큰 것은 땅을 본뜬 것이다. 시작과 끝이 있는 것은 사시(四時)를 본뜬 것이고, 춤추는 자가 빙글빙글 도는 것은 비바람의 변화를 본뜬 것이다. 그러므로 오색(五色)이 문리를 이루어 난잡하지 않고, 팔풍(八風)이 성률(聲律)에 따라 변하여 백 가지 법칙의 수를 얻어서 일정함이 있다. 대소(大小)의 음이 서로 이루어지고 처음과 끝이 서로 생(生)하며 창성(倡聲)과 화성(和聲), 청성(淸聲)과 탁성(濁聲)이 서로 번갈아 가면서 주인이 된다. 그러므로 음악이 행해져서 마음이 맑아지고, 이목(耳目)이 총명해지고, 혈기(血氣)가 화평해지며 풍속을 순화하여 천하가 모두 편안하게 된다.

故로 曰樂者는 樂也이니 君子는 樂得其道하고 小人은 樂得其欲하나니 以道制欲하여 則樂而不亂하고 以欲忘道하면 則惑而不樂이니라 是故로 君子는 反情하여 以和其志하고 廣樂하여 以成其教하나니 樂行而民이 鄕方이면 可以觀德矣니라

그러므로 악(樂)이란 즐거워하는 것이다. 군자는 음악에 의하여 도(道)를 얻기를 즐거워하고, 소인은 이것에 의하여 사천(邪淺)의 욕심을 마음대로 할 수 있음을 즐기는 것이다. 바른 도리로써 욕심을 제어한다면 즐거워하되 어지럽지 않고, 욕심을 가지고 바른 도리를 잊는다면 의혹(意惑)하여 즐겁지가 않다. 그러므로 군자는 바른 감정으로 돌아가서 그 뜻을 화평하게 하고 심중에 조금도 사악한 것이 없게 되어야 악을 넓혀서 가르침을 이룬다. 이 음악의 교화가 행해지면 사람은 바른 도리를 지향(指向)해서 덕을 볼 수 있다.

德者는 性之端也요 樂者는 德之華也요 金石絲竹은 樂之器也라 詩는 言其志也요 歌는 詠其聲也요 舞는 動其容也니 三者 本於心然後에 樂器從之하나니 是故로 情深而文明하고 氣盛而化神이라 和順이 積中하여 而英華發外하나니 惟樂은 不可以爲僞니라

덕(德)이란 천성의 단서(端緒)이다. 음악은 덕(德)의 영화(英華)이다. 금석사죽(金石絲竹)은 음악의 기(器)다. 시는 그 뜻을 문자(文字)로 나타낸 것이고, 노래는 그 소리를 가락으로 나타내어 읊은 것이고, 춤은 그 용자(容姿)를 움직이는 것이다. 이 세 가지는 모두 마음의 덕에 근본을 둔다.

이 세 가지가 마음에 갖추어진 연후에야 악기(樂器)가 이에 따른다. 이런 까닭으로 정(情)의 느낌이 깊어야 문식(文飾)의 밖에 나타나는 것이 밝고 천지의 기운이 성(盛)하여야만 조화(造化)의 물건에 비치는 것이 신묘(神妙)하며, 화순(和順)의 덕이 마음속에 쌓여야만 영화(英華)가 밝게 나타난다. 오직 음악만은 거짓으로서는 할 수 없는 것이다.

樂者는 心之動也요 聲者는 樂之象也요 文采節奏는 聲之飾也니 君子 動其本이요 樂其象한 然後에야 治其飾하나니 是故로 先鼓以警戒하며 三步以見方하며 再始以著往하며 復亂以飭歸하여 奮疾而不拔하며 極幽而不隱하니 獨樂其志하고 不厭其道하며 備擧其道하고 不私其欲하나니 是故로 情見而義立하며 樂終而德尊이라 君子 以好善하고 小人이 以聽過하나니 故로 曰生民之道는 樂爲大焉이라 하니라

악이라는 것은 마음의 움직임이다. 소리라는 것은 악의 형상이다. 여러 가지 문채절주(文采節奏)는 소리의 장식이다. 군자는 그 본심을 움직여서 그 형상을 즐기고, 그런 후에 그 장식을 다스린다. 그러므로 주악의 시초에는 북을 쳐서 사람들의 청감을 충동하여 경계하고, 무용의 시초에는 반드시 세 번 발을 들어서 무용의 방법을 표시한다. 1절이 끝나고 다시 시작할 때는 북을 쳐서 그 나아감을 나타내고 또 끝났을 때는 징을 쳐서 물러감을 계칙한다. 무용하는 모양은 분신질속(奮迅疾速)하다 해도 도(度)에 넘지 않고, 음악의 길은 유미(幽微)하여 알기 어렵다 해도 숨기지 않는다. 홀로 그 뜻을 즐거워해서 그 도(道)를 배워 싫어하지 않을 뿐 아니라 자세하게 그 도(道)를 설명하여 사람들에게 가르쳐주고 그 하고자 하는

것을 사사로이 하지 않는다.

　이런 까닭으로 성정(性情)이 나타나서 의(義)가 서고 악(樂)이 끝나면서 덕이 높아진다. 군자는 음악을 들어서 선(善)을 좋아하고, 소인은 이것을 들음으로써 사심을 씻어 허물을 고치기에 이른다. 그러므로 옛말에 이르기를 생민(生民)을 다스리고 교화하는 길은 음악으로써 최대로 삼는다고 하였다.

　樂也者는 施也요 禮也者는 報也며 樂은 樂其所自生하고 禮는 反其所自始하나니 樂은 章德하고 禮는 報情反始也니라 所謂 大輅者는 天子之車也요 龍旂九旒는 天子之旌也요 青黑緣者는 天子之寶龜也이니 從之以牛羊之羣하나니 則所以贈諸侯也라

　악은 베푸는 것이다. 예는 보답하는 것이다. 악은 그 노래하는 바, 즉 공덕(功德)에 의해 그 생기는 것을 즐거워하고, 예는 그 생물(生物)이 유래하여 시작되는 것, 즉 그 처음으로 돌아가는 것이다. 악은 덕을 밝히고 예는 정리(情理)에 보답하고 처음으로 돌아가는 것이다. 대로(大輅)라고 하는 것은 천자의 수레다. 용기구류(龍旂九旒)는 천자의 정기(旌旗)이다. 청흑(青黑)으로 선을 두른 것은 천자의 보귀(寶龜)다. 소와 양의 떼로써 이것에 따르게 하나니, 곧 제후에게 주는 것이다.

　樂也者는 情之不可變者也요 禮也者는 理之不可易者也라 樂은 統同하고 禮는 辨異하나니 禮樂之說이 管乎人情矣이니라 窮本知變은 樂之情也

요 著誠去僞는 禮之經也니 禮樂이 偵天地之情하며 達神明之德하며 降
興上下之神하여 而凝是精粗之體하며 領父子君臣之節하나니라

음악은 마음속의 정이 표현되는 것이므로 그것이 발(發)하여 악이 되었
을 땐 변할 수가 없는 것이다. 예라는 것은 정연한 이치를 바꿀 수 없는
것이다. 악은 같은 것을 통솔하고 예는 다른 것을 분별한다. 그러므로 예
악(禮樂)의 설(說)은 사람의 정을 관할하여 사악을 멀리하고 정에 돌아가
도록 하는 것이다.

근본을 다하고 변(變)을 아는 것은 악의 정(情)이다. 성실을 나타내고 거
짓을 버리는 것은 예(禮)의 경(經)이다. 예악(禮樂)은 천지의 정(情)에 의거
하고 신명의 덕에 통달한다. 상하에 신(神)을 오르내리게 해서 만물의 형
체를 바르게 양성하고 부자(父子)·군신(君臣)의 구별을 분명히 하여 질서
있게 한다.

是故로 大人이 擧禮樂이면 則天地 將爲昭焉이니 天地 訢合하여 陰陽
이 相得하여 煦嫗覆育萬物然後에야 草木이 茂하며 區萌이 達하며 羽翼
이 奮하고 角觡이 生하고 蟄蟲이 昭蘇하며 羽者 嫗伏하며 毛者 孕鬻하며
胎生者 不殰하며 而卵生者 不殈하나니 則樂之道 歸焉耳이니라

이런 까닭으로 성인으로서 천자의 자리에 있는 자가 예악을 맡아서 다
스리면 천지 화육(化育)의 도(道)가 밝아진다. 천지가 화합하고 음양(陰陽)의
기가 서로 조화(調和)를 이루어서 만물을 후구(煦嫗) 복육(覆育)한다. 그런
후에야 초목은 무성하고 구맹(區萌)은 자라나고 새가 날고 짐승이 생양(生

養)되고 칩거(蟄居)했던 벌레가 움직여서 소생하고 새들은 알을 품어 새끼를 부육(孵育)하고 짐승은 새끼를 낳아 기른다. 그리하여 태생(胎生)하는 것은 사산(死産)하지 않고, 난생(卵生)하는 것은 알이 깨져 도중에서 죽은 일이 없다. 이것이 곧 예악이 행해진 귀착점이며 그 효과라 할 수 있다.

樂者는 非謂黃鍾大呂弦歌干揚也라 樂之末節也니 故로 童者 舞之하고 鋪筵席하며 陳尊俎하며 列籩豆하고 以升降爲禮者는 禮之末節也니 故로 有司掌之하고 樂師 辨乎聲詩라 故로 北面而弦하고 宗祝이 辨乎宗廟之禮라 故로 後尸하고 商祝이 辨乎喪禮라 故로 後主人이니 是故로 德成而上하고 藝成而下하며 行成而先하고 事成而後니 是故로 先王이 有上하며 有下하며 有先有後然後에야 可以有制於天下也이니라

음악이란 황종(黃鍾)·대려(大呂)의 율에 맞춰 현가(絃歌)하고 간척(干戚)을 손에 잡고 춤을 추는 것이 아니다. 이것은 악의 말절(末節)이다. 그러므로 동자(童者)가 이것을 춤춘다. 연석(筵席)을 펴고 존(尊)과 조(俎)를 진설(陳設)하고 변두(籩豆)를 벌여놓고 층계를 오르내리는 것을 예로 보는 것은 예의 본의가 아니고 그 말절(末節)이다. 그러므로 유사(有司)가 이를 관장(管掌)한다.

악관(樂官)은 시편을 외우고 성조(聲調)를 바르게 하는 자인데 이는 음악의 말절이다. 그러므로 북면(北面)해서 현악(絃樂)을 연주한다. 종축(宗祝)은 제사의 안내·고어 등의 예를 다스려 바르게 하는 것인데, 이는 예의 말절이다. 그러므로 시(尸)에 뒤따른다. 상축(商祝)은 상례(喪禮) 때에 빈주(賓主)의 안내·접대의 예를 다스려 바르게 하는 자이니, 예의 말절이

다. 그러므로 주인에 뒤따른다.

덕이 이루어진 자는 윗자리에 있고, 예(藝)가 이루어진 자는 아랫자리에 있으며, 행실이 이루어진 자는 앞자리에 있고, 일을 이루는 자는 뒷자리에 있다. 이런 까닭으로 선왕은 예악의 본의를 체득하여 윗자리가 있고 아랫자리가 있으며 앞자리가 있고 뒷자리가 있은 연후에야 천하를 제복(制服)할 수 있었던 것이다.

魏文侯 問於子夏曰 吾 端冕而聽古樂하여 則唯恐臥하고 聽鄭衛之音하면 則不知倦하더니라 敢問古樂之如彼는 何也며 新樂之如此는 何也오 子夏 對曰 今夫古樂은 進旅退旅하며 和正以廣하며 弦匏笙簧이 會守拊鼓하며 始奏以文하고 復亂以武하며 治亂以相하며 訊疾以雅하나니 君子 於是에 語하며 於是에 道古하여 修身及家하여 平均天下하나니 此 古樂之發也이니라 今夫新樂은 進俯退俯하며 姦聲以濫하여 溺而不止하며 及優侏儒 獶雜子女하여 不知父子하나니 樂終不可以語에 不可以道古니 此 新樂之發也니이다 今君之所問者는 樂也요 所好者는 音也니 夫樂者는 與音相近而不同하니이다

위나라의 문후(文侯)가 자하(子夏)에게 물었다.

"내가 단면(端冕)하고 고락(古樂)을 들으면 싫증이 나서 드러눕게 되고 정(鄭)나라와 위(衛)나라의 음악을 들으면 피곤한 줄을 모르니, 고락(古樂)이 그와 같은 것은 왜이며, 신악(新樂)이 이와 같은 것은 왜인가?"

자하가 대답하기를

"무릇 고악에서는 춤추는 자가 일제히 나아가고 일제히 물러나 그 동

작이 정제(整齊)하였으니, 그 소리가 바르면서도 넓습니다. 현(弦)·포(匏)·생황(笙簧) 등 악기를 한데 모으고 부고(拊鼓)를 준비하고서 북을 울려서 연주를 시작하고 징을 울려서 끝냅니다. 마지막을 조정할 때에는 상(相)을 치며 춤추는 자의 동작의 빠름을 다스릴 때에는 아(雅)를 쳐서 조절하므로 모든 것이 정연하고 우아합니다. 군자가 이에 있어 악의 뜻을 말하고, 옛날의 시대를 말하며, 몸을 닦고 집을 다스리고 천하를 평화스럽게 합니다. 이것이 고악의 발현(發顯)입니다.

그런데 신악은 춤추는 자는 진퇴(進退)간에 부북곡절하여 행렬이 어지럽고 성조는 간사하고 방종하며 음란에 흘러서 멈출 줄 모릅니다. 배우와 난쟁이 따위가 자녀들 사이에 섞여 무헌(舞獻)하니, 부자존비(父子尊卑)의 예절을 알지 못합니다. 무악(舞樂)이 비록 끝나도 이에 대해서 그 의의나 효과를 논할 것이 없고, 옛날의 훌륭한 일을 논하여 수양의 밑천으로 삼지 못하는데 이것이 신악의 발현(發現)입니다.

이제 임금의 말씀을 상고해 보건대 물으시는 바는 악이고, 좋아하시는 바는 음입니다. 악과 음은 서로 비슷한 듯 하나 같지 않습니다.

文侯 曰 敢問何如오 子夏 對曰 夫古者에 天地順而四時當하며 民有德而 五穀이 昌하며 疾疢이 不作而無妖祥하니 此之謂大當이니 然後에야 聖人이 作爲父子君臣하여 以爲紀綱하시니 紀綱이 旣正하여 天下 大定이니 天下 大定 然後에야 正六律하며 和五聲하며 弦歌詩頌하시니 此之謂德音이니 德音之謂樂이라 詩云하되 莫其德音하시니 其德 克明이라 克明克類하시며 克長克君하사 王此大邦하사 克順克俾하사 俾于文王하사 其德靡悔라 旣受帝祉하사 施于孫子이라 하니 此之謂也니라 今君之所好者는 其溺音乎인저

문후가 말했다.

"악과 음이 어떻게 다른가?"

자하가 대답하기를

"무릇 옛 선왕의 시대에는 천지가 화순하여 사시(四時)가 질서를 잃지 않았으며, 백성들에게 미덕(美德)이 있어 서로 화목하였으며, 오곡이 풍등 (豊登)하였으며 전염병이 유행하지 않았고, 재앙이 없었는데 이것을 크게 화동한 세상이라 합니다. 이와 같이 된 연후에야 성인이 부자·군신의 예를 만들어 기강(紀綱)을 세웠습니다. 기강이 이미 바로 잡히니, 천하가 크게 평정하여졌고, 이런 연후에 음악을 제정하여 육률(六律)을 바르게 하고 오음(五音)을 조화(調和)시켜서 금슬을 탄주하면서 시송(詩頌)을 노래하였습니다. 이것을 덕음(德音)이라 하는데 덕음이 즉 악이며, 이른바 고악(古樂)이 이것입니다. 시경(詩經)에 이르기를

「덕음(德音)을 고요히 해서 그 덕이 밝아지셨네.

사물을 밝게 분별하시어 인민의 어른이 되시고 군주 되시어

이 큰 나라에 왕자 되셨네.

인민은 잘 따르고 친조하셨네.

그 아들 문왕(文王)에 이르러 그 덕이 더욱 빛났네.

하늘에서 내리신 큰 복을 받아 길이길이 자손에 전하셨도다」*

하셨으니, 이것을 두고 말하는 것입니다. 이제 임금께서 좋아하시는 음은 바른 음이 아니며, 음란하고 방종한 음입니다"

라고 하였다.

---

* 황의(皇矣)

황의(皇矣)
위대하신 상제의

皇矣上帝 臨下有赫
황의상제 임하유혁

監觀四方 求民之莫
감관사방 구민지막

維此二國 其政不獲
유차이국 기정불획

維彼四國 爰究爰度
유피사국 원구원탁

上帝耆之 憎其式廓
상제기지 증기식곽

乃眷西顧 此維與宅
내권서고 차유여택

作之屛之 其菑其翳
작지병지 기치기예

脩之平之 其灌其栵
수지평지 기관기례

啓之辟之 其檉其椐
계지벽지 기정기거

위대하신 상제(上帝)의 덕은
환히 땅에 임하시나니

온 세상 두루 살펴보시고 구하시니
백성을 편안히 할 곳.

하(夏)와 은(殷)에 맡기셨더니
제각기 정사를 어지럽히니

넓은 천지 나라와 나라
덕 있는 이 찾으시던 중

상제께선 모두 물리치시고
나라의 규모를 크게 하리라.

돌아보시니, 서녘 기주(岐周) 땅.
이에 대왕(大王)을 살게 하시니!

도끼로 찍어 뽑아버리니
마른 나무 쓰러진 나무.

솟구어내 알맞게 하니
떨기진 나무에 줄로 난 나무.

가지 줄기 쳐내어 환하게 하니
수양버들에 영수나무들.

攘之剔之　其檿其柘
양지척지 기염기자

가지를 쳐 가꾸는 것은
절로 자라난 산뽕나무들.

帝遷明德　串夷載路
제천명덕 관이재로

태왕이 이에 옮기니
혼이(混夷)는 두려워 도망갔네.

天立厥配　受命旣固
천립궐배 수명기고

하늘은 짝을 지워줘
천명은 이에 굳어지시니!

帝省其山　柞棫斯拔
제성기산 작역사패

상제께서 그 산을 보시니
가지 돋친 잡목 뽑혔고

松栢斯兌　帝作邦作對
송백사태 제작방작대

소나무 칙백나무 곧게 자라다.
나라 열어 천명을 받으심은

自大伯王季　維此王季
자태백왕계 유차왕계

대백(大伯)과 왕계(王季)에 비롯했으니
진실로 왕계야말로

因心則友　則友其兄
인심즉우 즉우기형

천성으로 두터운 우애,
형과의 화목 어찌 이르리.

則篤其慶　載錫之光
즉독기경 재석지광

나라의 경복(慶福)을 두터이하여
빛을 발하셨네.

受祿無喪　奄有四方
수록무상 엄유사방

이러기에 복 받아 잃음 없었고
천하를 능히 보존하시니!

維此王季　帝度其心
유차왕계 제탁기심

참으로 왕계야말로
상제께서 마음 이끌어

貊其德音　其德克明
맥기덕음 기덕극명

맑고 고요한 성예(聲譽)는 물론
그 덕은 흐림도 없이

克明克類　克長克君
극명극류　극장극군

밝아 사물을 분별했으며
백성의 인자한 어른으로서

王此大邦　克順其比
왕차대방　극순기비

이 나라 왕이 되시니
백성은 어버이 따르듯.

比于文王　其德靡悔
비우문왕　기덕미회

문왕에 이르러서는
큰 덕에 빛나시어서

旣受帝祉　施于孫子
기수제지　이우손자

하늘의 복록 한 몸에 받아
자손에 길이 전하시오니!

帝謂文王　無然畔援
제위문왕　무연반원

상제께서 문왕에 이르시길
이리 날뛰게 못 버려두고

無然歆羨　誕先登于岸
무연흠선　탄선등우안

이리 탐하게 둘 수 없나니
우선 송사에 공정하라.

密人不恭　敢距大邦
밀인불공　감거대방

밀수국(密須國) 사람들은 불공하게도
주(周)의 왕명 들은 체 만 체

侵阮徂共　王赫斯怒
침완조공　왕혁사노

완국(阮國)을 치리라 몰려가니
왕께서 큰 역정을 내시고

爰整其旅　以按徂旅
원정기려　이알조려

많은 군대를 정비하시어
침범하는 적병 막으시다.

以篤于周祜　以對于天下
이독우주호　이대우천하

주(周)의 복을 두터이하여
천하에 본을 보이셨네.

依其在京　侵自阮疆
의기재경　침자완강

서울에 앉으신 채로
완국으로 쳐들라 분부하시다.

陟我高岡　無矢我陵
척아고강　무시아릉

我陵我阿　無飮我泉
아릉아아　무음아천

我泉我池　度其鮮原
아천아지　탁기선원

居岐之陽　在渭之將
거기지양　재위지장

萬邦之方　下民之王
만방지방　하민지왕

높은 언덕 올라 바라보시니
아득히 뻗은 언덕 위에는
늘어선 적병 하나도 없고
물가에서 물을 마시는
그림자도 없이 도망친 적군.
그 좋은 언덕 둘러보시고
기산(岐山) 남쪽 터를 얻어서
위수(渭水) 끼고 대궐을 지어
온 천하 법이 되시고
백성의 주인 되시니!

帝謂文王　予懷明德
제위문왕　여회명덕

不大聲以色　不長夏以革
부대성이색　부장하이혁

不識不知　順帝之則
불식부지　순제지측

帝謂文王　詢爾仇方
제위문왕　순이구방

同爾兄弟　以爾鉤援
동이형제　이이구원

與爾臨衝　以伐崇墉
여이임충　이벌숭용

상제께서 문왕에 이르시길
나의 기꺼함은 밝은 덕이니
그 위엄 떨침이 없이
형벌을 없게 하여
저도 남도 모르는
하늘의 도릴 따르라.
상제께서 또 이르시길
너의 우방(友邦)에 소견을 묻고
형제국과 힘을 합하여
사다리는 긴 운제 만들고
임차(臨車)와 충차(衝車) 갖추어
숭(崇)나라 도성을 부수라.

臨衝閑閑　崇墉言言
임충한한 숭용언언

執訊連連　攸馘安安
집신연련 유괵안안

是類是禡　是致是附
시류시마 시치시부

四方以無侮　臨衝茀茀
사방이무모 임충불불

崇墉仡仡　是伐是肆
숭용흘흘 시벌시사

是絶是忽　四方以無拂
시절시홀 사방이무불

수레 몰아 쳐들어가니
도성은 높고 커도
포로들 끊이지 않고
쉽사리 목 쳐다 바치네.
하늘과 군신(軍神)에 제사 드리고
백성들 무마하시니
천하에 누가 넘보랴.
병차(兵車)는 매우 강성하기에
도성은 높고 커도 치고 무찔러

모두 소탕해 끝장을 내니
천하에 누가 안 따르랴.

文侯 曰 敢問溺音은 何從出也오 子夏 對曰 鄭音은 好濫淫志하고 宋音
은 燕女溺志하고 衛音은 趨數煩志하고 齊音은 敖辟喬志하나니 此四者
는 皆淫於色而害於德하나니 是以로 祭祀에 弗用也하니이다 詩云하되 肅
雝和鳴이라 先祖是聽이라 하니 夫肅은 肅敬也요 雝은 雝和也니 夫敬以
和면 何事인들 不行이리잇고

문후가 말했다.
"감히 묻노니, 익음은 어디로부터 나온 것인가?"
자하가 대답했다.
"정(鄭)·송(宋)·위(衛)·제(齊) 등의 나라에서 나온 것입니다. 정나라의
음악은 방종에 흐르며 뜻을 음란하게 합니다. 송나라의 음률은 여색에
혹하여 유련망반하는 가락이므로 듣는 사람의 뜻을 탐닉케 합니다. 위나
라의 음률은 급박하면서도 질속(疾速)으로 흘러서 뜻을 번거롭게 합니다.
제나라의 음률은 오만하고 편벽되니 뜻을 교만하게 합니다. 이 네 가지
는 모두 음란하고 덕을 해치는 것이기 때문에 종묘의 제사 때에는 이 음
악을 사용하지 않습니다. 시(詩)에 이르기를 「엄숙하고 교요하게 울려 퍼
지니 선조의 신령이 이를 들으시네」* 했습니다. 대저 숙(肅)이란 삼가 공
경하는 것이고 옹(雝)이란 부드러운 것을 말하는 것입니다. 정악은 그 소
리가 엄숙하고 부드러우므로 신령이 이를 즐거워 할 뿐 아니라, 사람들
도 또한 이를 듣고서 경화(敬和)하는 마음을 기르니, 무릇 공경하고 온화
한 마음이 있을 때 무슨 일인들 행해지지 않겠습니까?

---

* 유고(有瞽)

유고(有瞽)
눈 먼 악사여

有瞽有瞽　在周之庭
유고유고 재주지정

說業說虡　崇牙樹羽
설업설거 숭아수우

應田縣鼓　鞉磬柷圉
응전현고 도경축어

旣備乃奏　簫管備擧
기비내주 소관비거

喤喤厥聲　肅雝和鳴
황황궐성 숙옹화명

先祖是聽　我客戾止
선조시청 아객려지

永觀厥成
영관궐성

눈 먼 악사(樂師)여!

종묘의 뜰악에서

기둥 세워 업목(業木) 가로지르고

숭아(崇牙)엔 오색 깃 세우고

크고 작은 북 내고 현고(懸鼓)를 걸고 도와

경축 어(圉)를 내어

풍악을 아뢰는 악사여!

퉁소와 저 소리도 어울려 일면

아리따운 그 음성,

아, 부드러이 번지어 가라.

신령도 들으소서.

손이여, 그대도 와서

이 곡조 가만히 귀 기울이라.

爲人君者는 謹其所好惡而已矣니 君이 好之하면 則臣이 爲之하니 上이
行之면 則民이 從之하나니 詩云하되 誘民孔易라 하니 此之謂也이니다

然後에 聖人이 作爲鞉鼓椌楬壎箎하시니 此六者는 德音之音也라 然後
에 鐘磬竽瑟以和之하고 干戚旄狄以舞之하니 此 所以祭先王之廟也며 所
以獻酬酳酢也며 所以官序貴賤各得其宜也며 所以示後世有尊卑長幼之序
也니이다

"임금 된 자는 백성의 모범이 되어야 하므로 그 좋아하고 싫어하는 것
을 삼가야 합니다. 임금이 좋아하는 것은 신하도 또한 이를 좋아하여 행
하고, 윗사람이 행하는 것은 인민도 또한 이것을 따르게 마련입니다. 그
러므로 시(詩)에 이르기를 「임금 된 자는 백성을 인도하기가 매우 쉽다」
고 했는데, 이를 두고 한 말입니다. 이렇게 호오(好惡)를 바르게 한 후에
도(鞉)·고(鼓)·강(椌)·갈(楬)·훈(壎)·지(箎)의 악기를 만들었으니, 이 여
섯 가지는 덕음(德音)의 음악입니다. 이 여섯 가지 악기가 정해진 후에 종
(鐘)·경(磬)·우(竽)·슬(瑟)을 가지고 이에 화응(和應)하고 간(干)·척(戚)·모
(旄)·적(狄)을 가지고 춤추어 그 음악을 성대하게 했습니다.

이런 음악으로 선왕의 묘(廟)를 제사하는 것이며 헌(獻)·수(酬)·윤(酳)·작
(酢)의 예를 행하는 것입니다. 또한 귀신의 관등이 질서 정연하여 모두 사리
에 맞도록 하는 것이며, 후세에 존비(尊卑), 장유(長幼)의 차례가 있음을 보여
주는 것입니다.

鐘聲은 鏗이니 鏗以立號하고 號以立橫하고 橫以立武하나니 君子 聽
鐘聲하면 則思武臣하며 石聲은 磬이니 磬以立辨하고 辨以致死하나니 君

子 聽磬聲하면 則思死封疆之臣하며 絲聲은 哀하니 哀以立廉하고 廉以立
志하나니 君子 聽琴瑟之聲하면 則思志義之臣하며 竹聲은 濫하니 濫以立
會하고 會以聚衆하나니 君子 聽竽笙簫管之聲하면 則思畜聚之臣하며 鼓
鼙之聲은 讙하니 讙以立動하고 動以進衆하나니 君子 聽鼓鼙之聲하면
則思將師之臣하나니 君子之聽音은 非聽其鏗鏘而已也라 彼亦有所合之
也니이다

"종소리는 견강(堅剛)합니다. 견강하므로 호령(號令)을 확립할 수 있으
며 그런 호령으로써 위엄을 세우고, 그 위엄을 세움으로써 무용(武勇)을
분기(奮起)시킵니다. 그러므로 군자는 종소리를 들으면 무신(武臣)을 생각
합니다.

경쇠소리는 가볍고 맑습니다. 그러므로 사물의 변별(辨別)을 명백하게
합니다. 사물의 변별을 명백하게 하니 절의(節義)를 위해 죽을 수 있습니
다. 그렇기 때문에 군자가 경쇠 소리를 들으면 국경을 지키다가 절의에
죽은 신하를 생각합니다.

금슬의 소리는 슬픈 것입니다. 슬퍼해서 염결(廉潔)한 기운을 세우고
염결함으로 해서 뜻을 세웁니다. 그러므로 군자는 금슬의 소리를 들으면
지조 있고 의리 있는 신하를 생각합니다.

죽(竹)의 소리는 남(濫)합니다. 남(濫)하면 백성을 포용하고 백성을 포용
하면 대중(大衆)을 모으게 됩니다. 군자가 우(竽)·생(笙)·소(簫)·관(管)의 소
리를 들으면 곧 많은 사람을 모아 이를 기르는 어진 신하를 생각합니다.

고비(鼓鼙)의 소리는 시끄럽습니다. 시끄러우면 인심을 충동할 수 있
고, 그리하여 그 무리를 진발(進發)시킬 수 있습니다. 그러므로 군자가 고
비의 소리를 들으면 곧 그 신하로서 장수인 자를 생각하게 됩니다. 이와

같이 군자의 음률을 듣는 것은 단지 그 갱장(鏗鏘)한 소리를 들을 뿐 아니라 그 음악소리가 마음에 맞는 바가 있는 것입니다."

賓牟賈 侍坐於孔子러니 孔子 與之言及樂日夫武之備戒之已久는 何也오 對日 病不得其衆也니라 咏歎之 淫液之는 何也오 對日 恐不逮事也니라 發揚蹈厲之已蚤는 何也오 對日 及時事也니라

빈모가(賓牟賈)가 공자를 곁에 모시고 앉아 공자와 더불어 악(樂)에 관해 언급하기에 이르렀다. 공자가 묻기를,

"대저 대무의 무악(舞樂)에 있어서 먼저 북을 쳐서 비계(備戒)하기를 오래도록 한 후에 비로소 춤을 추는 것을 어째서인가?'

하였다.

빈모가가 대답했다.

"무왕이 은나라 주왕(紂王)을 칠 때 뭇사람의 인심을 얻지 못할까 걱정하여 먼저 북을 쳐서 사중(士衆)을 경계한지 오랜 후에야 비로소 나아가서 싸웠으니, 이 춤은 그 사실을 본떴기 때문입니다."

공자가 또 물었다.

"대무의 악이 성조가 긴소리로 탄식하고 요요하여 끊어지지 않음은 어째서인가?'

빈모가가 대답하기를,

"무왕이 주왕을 칠 때, 제후로서 늦게 도착한 자는 싸움에 참여하지 못하고 이를 망모(望慕)하기만 한 것을 걱정했습니다. 이 성조는 망모하는 정이 길이 끊어지지 않음을 본뜬 것입니다."

하였다.

공자가 물었다.

"대무의 춤에 있어 손발을 발하여 들고 땅을 격렬하고 강하게, 그리고 빠르게 밟는 것은 어째서인가?"

빈모가가 대답하기를,

"무왕이 가장 적당한 때에 주나라를 침에 있어 일시도 늦출 수 없는 것을 본뜬 것입니다."

하였다.

武坐致右憲左는 何也오 對曰 非武坐也니라 聲淫及商은 何也오 對曰 非武音也니다 子曰 若非武音 則何音也요 對曰 有司 失其傳也니 若非有司 失其傳하면 則武王之志荒矣니라 子曰 唯라 丘之聞諸萇弘에 亦若吾子之言하나니 是也라

공자가 물었다.

"대무를 춤출 때 가끔 바른편 무릎을 꿇어 땅에 대고 왼쪽 팔을 위를 바라보며 올리는 것은 무엇 때문인가?"

빈모가가 대답했다.

"무(武)를 춤추는 자는 꿇어앉지 않는 것임을 말하는 것입니다."

공자가 또다시 묻기를,

"대무의 악이 성조에 탐욕하여 상(商)나라를 취하려는 기세가 보임은 무엇 때문인가?"

빈모가가 대답했다.

"이것은 무악(武樂)의 음조(音調)가 아닙니다."

공자가 되물었다.

"무악의 음조가 아니면 어떤 음악의 가락이냐?"

빈모가가 대답하기를,

"음악을 관장하는 유사(有司)가 그 전하여 내려오는 설(說)을 잃었습니다. 만일 유사가 그 상전(相傳)하는 설을 잃은 것이 아니라면 이것은 무왕의 뜻이 황란(荒亂)했기 때문입니다."

하였다.

공자가 이 말을 듣고 나서 말하기를,

"내가 이 일을 장홍(萇弘)에게 물었을 때도 그와 같은 대답을 들었으니 아마도 사실인 듯하구나."

하였다.

賓牟賈 起하여 免席而請曰 夫武之備戒之已久는 則旣聞命矣어니와 敢問遲之하며 遲而又久는 何也잇고 子 曰居이라 吾語汝호리라 夫樂者는 象成者也니 總干而山立은 武王之事也요 發揚蹈厲는 太公之志也요 武亂皆坐는 周召之治也라

빈모가가 몸을 일으켜서 자리를 피하며 청해 물었다.

"대저 무악(武樂)의 계비(戒備)하는 태세가 오래인 것에 대해서는 이미 가르치심을 들어서 알았습니다. 감히 묻사온데, 이처럼 춤추는 자로 하여금 비계하여 춤추는 것을 늦게 하고, 또 춤이 시작됨에 이르러서도 역시 느려서 시간이 걸리는 것은 무엇 때문입니까?"

공자가 말했다.

"앉아라, 내가 너에게 그 이유를 설명하겠노라. 무릇 악(樂)이라는 것은 성공을 상징하는 것이다. 대무의 춤이 장차 시작하려할 때 춤추는 자는 간순(干盾)을 잡고 서서 산과 같이 의연히 움직이지 않는데, 이것은 무왕이 주를 칠 때, 방패를 들고 제후가 이르기를 기다리는 것을 본뜬 것이며, 춤추는 자가 춤을 시작하자 손발을 기세 좋게 움직이며 땅을 세차게 밟는 것은 태공망의 위무(威武)의 강성(强盛)한 뜻을 본뜬 것이다. 무악의 종장(終章)에 모두 꿇어앉는 것은 주공·소공의 문덕(文德)의 정치로써 무(武)를 멈추게 한 것에 본뜬 것이다."

且夫武 始而北出하고 再成而 滅商하고 三成而南하고 四成而南國을 是疆하고 五成而分하여 周公이 左하고 召公이 右하고 六成에 復綴은 以崇天子니라 夾振之而駟伐은 盛威於中國也요 分夾而進은 事蚤濟也요 久立於綴은 以待諸侯之至也라

무무(武舞)는 시작하면서 북쪽으로 나가고, 재성(再成)해서 상(商)을 멸하고, 삼성(三成)해서 남쪽으로 돌아오고, 사성(四成)해서 남쪽 나라를 바로 잡고, 오성(五成)해서 나누어진다. 주공(周公)은 왼쪽이고, 소공(召公)은 오른쪽이다. 육성(六成)하여 처음 위치로 돌아와서 천자를 받든다. 두 사람이 무열(武列)을 끼고 방울을 올려서 절주(節奏)를 하면 무자(舞者)가 창을 들어 네 번 치는 것은 위엄을 나라 안에 펴는 것이다. 춤추는 자가 각 부서(部屬)로 나누어지고 방울을 울리는 자가 이들을 끼고 앞으로 나가는 것은 무공(武功)을 빨리 이루려는 것을 상징하는 것이다. 오래 무열(舞列)

에 머물러 있는 것은 제후가 이르기를 기다리는 것이다.

且女 獨未聞牧野之語乎아 武王이 克殷하시고 反商하여 未及下車而封
黃帝之後於薊하시며 封帝堯之後於祝하시며 封帝舜之後於陳하시고 下
車而封夏后氏之後於杞하시며 投殷之後於宋하시며 封王子比干之墓하시
며 釋箕子之囚하사 使之行商容而復其位하시며 庶民을 弛政하시며 庶士
를 倍祿하시다

그리고 또 너만이 아직도 무왕이 목야에서 주를 쳐 없앴을 때의 이야
기를 듣지 못했는가? 무왕이 은나라를 이기고 그 서울에 돌아오자 수레
에서 미처 내리기도 전에 황제의 후손을 계(薊)나라에 봉하고, 요임금의
후손을 축(祝)나라에 봉하고, 순임금의 후손을 진(陳)나라에 봉했다. 수레
에서 내리고 나서 하후씨(夏后氏)의 후예를 기(杞)에 봉하고, 은나라의 후
예를 송(宋)나라에 봉했다. 은나라의 왕자 비간(比干)의 무덤에 봉분하고
기자(箕子)가 갇혀 있는 것을 풀어준 후 기자를 상용(商容)이 있는 곳에 보
내서 그의 지위(地位)를 회복해 주었다.
서민에 대해서는 정치를 관대하게 했고, 서사(庶士)에게는 봉록(俸祿)을
배로 올려주었다.

濟河而西하며 馬를 散之華山之陽而弗復乘하여 牛를 散之桃林之野而
弗復服하며 車甲을 衅而藏之府庫而弗復用하며 倒載干戈하고 包之以虎
皮하며 將帥之士를 使爲諸侯하시고 名之曰 建橐라 하시니 然後에 天下

知武王之不復用兵也니라

　무왕은 은나라를 이기고 황하(黃河)를 건너 서쪽인 호경에 돌아오자, 말을 화산(華山) 남쪽에 놓아주어 다시는 타지 않을 의사를 표시했고, 소를 도림(桃林)의 들판에 놓아주어 다시는 부리지 않을 의사를 표시했다. 병거(兵車)와 갑옷은 짐승의 피를 바르는 식을 행하여 부고(府庫)에 간직하고 다시 쓰지 않았다. 간과(干戈)를 뒤집어 싣고 이를 호피(虎皮)로 싸서 다시 쓰지 않을 의사를 표시했다. 장수는 제후로 봉하여 그 공로를 상주었는데, 이러한 조치를 이름하여 건고(建囊)라 한 것이다. 그렇게 한 후에야 천하 사람들은 무왕이 다시는 군대를 동원하여 전쟁을 하지 않을 것을 알았다.

　散軍而郊射호대 左射는 貍首요 右射는 騶虞니 而貫革之射息也하며 裨冕搢笏하시니 而虎賁之士 說劍也하며 祀乎明堂하시니 而民이 知孝하며 朝覲然後에 諸侯 知所以臣하며 耕籍然後에 諸侯 知所以敬하니 五者는 天下之大敎也라

　군대를 해산하고 교사(郊射)했다. 좌사(左射)는 이수(貍首)를 노래하여 절주(節奏)로 삼고, 우사(右射)는 추우(騶虞)를 노래하여 절주(節奏)로 삼았으며, 관혁(貫革)의 사(射)는 이를 그만 두었다. 무왕은 비면(裨冕)을 입고 혹을 꽂았으며 군인들은 모두 검을 풀어놓았다.
　명당(明堂)에 제사하여 백성이 효도를 알고, 조근(朝覲)의 예를 정하여 행하니 제후가 신하된 도리를 알았으며, 임금이 몸소 지전을 경작하여

제사의 공물(供物)에 사용하니 그런 후에야 제후가 이를 본받아 공경하는 바를 알았다. 이 다섯 가지는 천하를 다스리는 큰 가르침이다.

食三老五更於大學 天子 袒而割牲하시며 執醬而饋하시며 執爵而酳하시며 冕而總干하시니 所以敎諸侯之弟也니 若此則周道 四達하여 禮樂이 交通하나니 則夫武之遲久 不亦宜乎아

무왕은 국립 학교에서 삼로오경(三老五更)을 길렀다. 이때 천자는 옷을 벗어 어깨를 드러내고 짐승의 고기를 베어 장에 찍어 노인에게 공궤(供饋)하고, 술잔을 들어 권하고, 관을 쓰고 간척을 잡고, 춤을 추어서 늙은이를 즐겁게 했다. 이렇게 하여 제후(諸侯)에게 제양(悌讓)의 도리(道理)를 가르쳤다. 이처럼 주나라의 정도(政道)는 사방을 통달하고 예악(禮樂)은 모두 사방에 두루 미쳤다. 그리하여 이 효과를 보기까지는 오랜 시일이 걸렸다.

무릇 대무의 악은, 즉 이 대공을 노래한 것이다. 그러니 그 성조나 무용이 늦은 것은 마땅하지 않으냐."

君子 曰 禮樂은 不可斯須去身이니 致樂以治心하면 則易直子諒之心, 油然生矣오 易直子諒之心이 生則樂하고 樂則安하고 安則久하고 久則天이오 天則神이니 天則不言而信하고 神則不怒而威하나니 致樂以治心者也니라 致禮以治躬하면 則莊敬하고 莊敬則嚴威하나니 心中이 斯須不和不樂하면 而鄙詐之心이 入之矣오 外貌 斯須 不莊不敬하면 而易慢之心이

니 入之矣니라

　군자가 이르기를 「예악(禮樂) 이 두 가지는 잠시도 우리 몸에서 떠날 수 없는 것이며, 음악을 알아 마음을 다스리면 곧 화이하고, 정직하고, 자애스럽고, 양순한 마음을 지닐 수 있어 화악(和樂)을 얻을 수 있다.

　마음이 화락하면 신체가 편안하고, 신체가 편안하면 수명이 길다. 수명이 긴 것은 하늘과 같다. 하늘이면 곧 신(神)이다. 하늘은 말하지 않아도 믿음이 있고, 신은 화내지 않아도 위엄이 있다. 이것이 악을 이루어서 마음을 다스리는 효과이다.

　예를 이루어서 몸을 다스린다면 자태와 동작이 장엄(莊嚴)하고 공경해진다. 장엄하고 공경한다면 엄숙하고 위엄이 있게 된다. 이것이 예로써 몸을 다스린 효과이다.

　이에 반하여 음악을 철저하게 알지 못하여 마음속이 화평하지 않고 즐겁지 않다면 비루하고 사악한 마음이 틈을 타서 들어오게 된다. 예를 철저하게 알지 못하면 외모는 잠시도 장엄하지 않고 공경하는 모습도 보이지 않는다. 장엄하지 않고 공경하지 않으면 경솔하고 태만한 마음이 일어나게 된다」

　故로 樂也者는 動於內者也며 禮也者는 動於外者也니 樂極和하고 禮極順하며 內和而外順하여 則民瞻其顏色而弗與爭也하며 望其容貌而民不生易慢焉하나니 故로 德輝動於內하여 而民莫不承聽하며 理發諸外하여 而民莫不承順하나니 故로 曰致禮樂之道면 舉而錯之天下 無難矣니라

그러므로 악이라는 것은 안에서 움직이는 것이며 예라는 것은 밖에서 움직이는 것이다. 음악은 화이(和易)를 다하고 예는 공순을 다하는 것을 주로 한다. 그러므로 이것으로써 심신을 다스릴 때는 마음속에 화락하고 외모가 공순하다.

이와 같을 때 백성이 임금의 온순한 안색을 살펴 스스로 훈화(薰化)되어 서로 싸우지 않으며, 또 군자의 공순한 동작을 바라보아 감화하여 경박하고 태만한 마음이 일어나지 않는다.

그러므로 음악으로써 덕의 광휘(光輝)가 안에서 움직여서 백성이 명령을 듣지 않을 수 없으며, 바른 도리가 겉에 나타나니 백성이 받들어 따르지 않을 수 없다. 또한 예로써 밖을 다스리므로 그 도의 조리가 외모와 동작에 나타나므로 백성이 동화하여 받들어 따르지 않을 수 없다. 예악의 도를 이루어서 이것을 천하에 편다면 천하를 다스리는 일이 어렵지 않다.

樂也者는 動於內者也니라 禮也者는 動於外者也니 故로 禮主其減하고
樂主其盈하니 禮減而進하여 以進爲文하고 樂盈而反하여 以反爲文이라
禮減而不進則銷하고 樂盈而不反則放하나니 故로 禮有報而樂有反하니
禮得其報則樂하고 樂得其反則安하나니 禮之報와 樂之反이 其義一也라

음악은 마음속에서 발동하여 일어나는 것이고, 예는 밖에서 움직이는 것이다. 그러므로 예는 감쇄(減殺)를 주로 하고, 악은 영만(盈滿)을 주로 한다. 예는 감쇄를 주로 하기 때문에 애써 나아가 행한다. 힘써 앞으로 나가는 것을 원칙으로 삼는다. 음악은 영만(盈滿)을 위주로 하기 때문에 방만에 흐르기 쉬우므로 스스로 억제하여 조절한다. 그러므로 억제하여 조

절하는 것을 원칙으로 삼는다.

만일 예가 감쇄될 뿐 앞으로 나아가지 않는다면 위의(威儀)가 사라지게
되고, 음악이 충만되었을 뿐 절제하지 않을 때는 곧 방탕으로 흐르게 된
다. 그러므로 예에는 보완(補完)함이 있고, 악에는 절제함이 있다. 예가 보
완(補完)을 얻으면 즐겁고, 악이 억제하여 초월할 수 있을 때는 곧 마음이
편안하다. 그러므로 예에서 힘써서 나아가 보완하는 것과 악에 있어 억
제하여 절제하는 것은 그 의의가 같다.

夫樂者는 樂也니 以情之所不能免也라 樂은 必發於聲音하며 形於動靜
하나니 人之道也라 聲音動靜에 性術之變 盡於此矣니라 故로 人不耐無樂
하며 樂不耐無形하며 形而不爲道하면 不耐無亂이니 先王이 恥其亂이라
故로 制雅頌之聲하사 以道之하며 使其聲足樂而不流하며 使其文足論而
不息하며 使其曲直繁瘠廉肉節奏 足以感動人之善心而已矣오 不使放心
邪氣로 得接焉이 是先王立樂之方也라

무릇 음악이란 즐거워하는 것이다. 즐기는 것은 인정(人情)의 면할 수 없
는 것이다. 즐거워 할 때는 반드시 성음(聲音)을 발(發)하여 노래가 되고 동
정(動靜)으로 나타나 춤이 된다. 이것이 사람의 길인 것이다. 이 성음(聲音)
과 동정(動靜)으로 표현되는 가무(歌舞)는 성정(性情)이 사물에 감동하여 발
동한 것이 변화한 것으로서 그 변화는 실로 이 가무 두 가지가 전부이다.

그러므로 사람은 즐거움이 없을 수 없는데, 즐거움은 겉에 나타나지
않을 수 없다. 즐거워 할 때는 성음·동정으로 나타난 것을 바른 방향으
로 인도하지 않으면 어지러워져 음란으로 흐르지 않을 수 없다.

선왕(先王)이 그 어지러워지는 것을 부끄럽게 여겼기 때문에 아송(雅頌)의 소리를 만들어 이를 바르게 인도했다. 그 소리로 하여금 즐거워하기에 족하되 방탕으로 흐르지 않게 했으며, 그 악장(樂章)은 사람으로 하여금 충분히 즐기게 그 의의를 논변하여 선한 방향으로 인도함을 중단하는 일이 없다.

그 성조는 곡절(曲折)하고 혹은 길고 곧으며, 혹은 떠들썩하고, 혹은 담박하여, 혹은 가늘고 날카롭고 혹은 굵고 유연하며, 혹은 멈추고, 혹은 진행하게 하는데, 사람의 착한 마음을 계발하게에 족할 뿐, 방탕한 마음과 사악한 기운이 범접함을 얻지 못하게 했다. 이것이 선왕(先王)이 악(樂)을 설정(設定)하는 방향이다.

是故로 樂在宗廟之中하여 君臣上下 同聽之하면 則莫不和敬하며 在族長鄉里之中하여 長幼同聽之하면 則莫不和順하며 在閨門之內하여 父子兄弟 同聽之하면 則莫不和親하나니 故로 樂者는 審一以定和하며 比物以飾節하며 節奏 合以成文하나니 所以合和父子君臣하며 附親萬民也니 是先王立樂之方也라.

이런 까닭으로 악이 종묘(宗廟) 안에 있어 군신(君臣) 상하가 함께 들으면 화경(和敬)하지 않을 수 없다. 향당(鄉黨) 안에 연장자와 연수자 일동이 이를 들을 때도 또한 화이하고 유순하게 된다. 집안에서도 부자·형제가 함께 들으면 화친하지 않을 수 없다. 그러므로 악이라는 것은 마음을 밝게 해서 그 조화를 정(定)하고, 악기(樂器)를 비교해서 절주(節奏)를 장식하며 절주가 모여 문리(文理)를 이루어서 부자·군신을 화합하게 하고 만민을 따르게 하고 친하게 하는 것이다.

故로 聽其雅頌之聲하면 志意得廣焉하고 執其干戚하며 習其俯仰詘伸하면 容貌 得莊焉하고 行其綴兆하며 要其節奏하면 行列이 得正焉하며 進退得齊焉하나니 故로 樂者는 天地之命이며 中和之紀라 人情之所不能免也라

그러므로 그 아(雅)와 송(頌)의 소리를 들으면 뜻이 넓어짐을 얻는다. 그 간(干)과 척(戚)을 잡고 그 부앙굴신(俯仰詘伸)하는 동작을 익히면 용모가 장엄(莊嚴)함을 얻게 된다. 또 춤추는 자가 그 무도장의 한 가운데 모여 그 장내를 춤추며 돌 때, 음악을 연주하여 합일(合一)하게 하면 행렬이 바르고 진퇴를 가지런하게 할 수 있다. 그러므로 악(樂)은 천지의 대교(大敎)이고, 중화(中和)의 원리이며 인정(人情)을 면할 수 없는 것이다.

夫樂者는 先王之所以飾喜也라 軍旅鈇鉞者는 先王之所以飾怒也라 故로 先王之喜怒 皆得其儕焉하니 喜則天下 和之하고 怒則暴亂者 畏之하니 先王之道에 禮樂이 可謂盛矣라

대저 악이라는 것은 선왕의 기쁨을 장식하여 표현하던 것이다. 군려(軍旅)와 부월(鈇鉞)은 선왕의 노여움을 장식하여 표현하던 것이다. 이와 같이 선왕의 희로(喜怒)는 모두 그 적당한 동류(同類)를 얻어서 기뻐하면 천하 사람이 이에 화응(和應)했고, 성내면 난폭한 자가 이를 두려워했다.

선왕의 도(道)는 예악이 융성(隆盛)하다고 말할 수 있다.

子貢이 見師乙而問焉曰 賜는 聞聲歌 各有宜也하고 如賜者는 宜何歌
也오 師乙이 曰 乙은 賤工也라 何足以問所宜리오 請誦其所聞이니 而吾
子 自執焉하라 寬而靜하며 柔而正者는 宜歌頌하고 廣大而靜하며 疏達而
信者는 宜歌大雅하고 恭儉而好禮者는 宜歌小雅하고 正直而靜하며 廉而
謙者는 宜歌風하고 肆直而慈愛者는 宜歌商하고 溫良而能斷者는 宜歌齊
니라 夫歌者는 直己而陳德也니 動己而天地應焉하며 四時和焉하며 星辰
이 理焉하며 萬物育焉하나니라

자공(子貢)이 사을(師乙)을 만나 물었다.

"나는 듣기를 노래는 각자 자성(資性)에 맞는 것이 있다고 들었는데, 나
와 같은 자는 어떤 노래를 부르는 것이 좋으냐."
고 했다.

사을(師乙)이 말했다.

"저는 천한 악공입니다. 어떻게 당신의 자성에 맞는 노래가 무엇이라
고 말할 자격이 있겠습니까? 그러나 제가 들은 바를 외울 것이니, 당신 스
스로가 자성에 맞는 것을 택하십시오.

그 자성이 너그럽고 고요하며, 유순하고 정직한 자는 마땅히 송(頌)을
노래해야 하고, 마음이 넓고도 침착하며 활달하고도 믿음이 있는 자는 대
아(大雅)를 노래해야 하고, 검소해서 예를 좋아하는 자는 소아(小雅)를 노래
함이 좋다. 자성이 정직하고 안정하여, 청렴하면서도 겸손한 자는 마땅히
국풍(國風)을 노래해야 한다. 자성이 넓고 크며 강직하면서도 자애로운 정

이 있는 자는 상성(商聲)을 노래함이 좋다. 자성이 온량(溫良)하면서도 결단력이 있는 자는 마땅히 제성(齊聲)을 노래함이 좋다.

대체로 노래하는 것은 부르기 전에 자기 몸을 정지하게 하여 덕을 수양하고, 그런 후에 자기 덕에 맞는 노래를 노래하여 자기 덕을 선양하는 것이다. 덕을 선양하여 천지와 덕이 함께 질서를 이루고 사시(四時)가 조화를 이루며 성신(星辰)이 다스려지고, 만물이 잘 자라서 발육하는 것이다.

故로 商者는 五帝之遺聲也니 商人이 識之라 故로 謂之商이요 齊者는 三代之遺聲也니 齊人이 識之라 故로 謂之齊니 明乎商之音者는 臨事而屢斷하고 明乎齊之音者는 見利而讓하나니 臨事而屢斷은 勇也요 見利而讓은 義也니 有勇有義라도 非歌면 孰能保此리요 故로 歌者는 上如抗하며 下如隊하며 曲如折하며 止如槁木하며 倨中矩하며 句中鉤하여 纍纍乎端如貫珠하니 故로 歌之爲言也는 長言之也니 說之라 故로 言之하고 言之不足이라 故로 長言之하고 長言之不足이라 故로 嗟歎之하며 嗟歎之不足이라 故로 不知手之舞之足之蹈之也니라

상(商)이라는 것은 오제(五帝)의 남긴 소리이다. 다만 상(商)나라 사람이 이를 전했기 때문에 이것을 상(商)이라 한다. 제(齊)는 삼대(三代)가 남긴 소리이다. 제나라 사람이 이를 전했기 때문에 제(齊)라고 이름했다.

상(商)의 음(音)에 밝은 자는 그 덕이 활대(濶大)하고 강직하다. 그러므로 일에 임하여 곧잘 결단한다. 제(齊)의 음에 밝은 자는 이(利)를 보면 사양한다. 일에 임하여 곧잘 결단함은 용기이다. 이(利)를 보고도 사취하지 않고 남에게 양보함은 의이다. 용기가 있고 의리가 있더라도 노래가 아니

면 누가 능히 이를 완전히 보전하리오.

그러므로 노래라는 것은 가락이 올라갈 때는 마치 하늘에 오르는 것처럼 경청(輕淸)하고 또한 빠르며, 가락이 내려갈 때는 땅 위에 떨어지는 것처럼 중탁(重濁)하고 느리고 늦으며, 구부러질 때는 굴절하는 것처럼 구불구불하면서도 유연하게 멎을 때에는 마른 나무 같고 그 굴절의 작은 것은 곡척의 각처럼 몹시 급하고, 그 굴절의 큰 것은 갈고리의 구부러짐처럼 그 정도가 완만하여 그 소리가 길게 계속되면서도 바른 것은 마치 꿰어놓은 구슬과 같다.

대저 노래라는 것은 길게 말하는 것이다. 무엇으로써 소리를 길게 하여 말하느냐. 사물에 감촉하여 기뻐하게 되면 입으로 말하게 되고, 말로도 부족하기 때문에 길게 말하게 된다. 이것이 노래의 시작이다. 길게 말해서도 부족하기 때문에 차탄(嗟歎)하게 된다. 차탄해서도 부족하기 때문에 손과 발을 춤추어서 어찌할 줄 모른다.

이린 돔엇나 ᄒᆡ대린도 엿다 ᄒᆞ묘쵹
ᄭᅩᆺ 愛心 이리 닥잇다 ᄒᆞ묘 나ᄭᅩᆺ ᄯᅩ
촬귀놉고 디오ᄉᆞ묘

其二

비가 ᄂᆞ이논 이믄 허묘리나엄고쟈

平딜代에 病이오 로 눈거ᄭᅵ이등에

短笛으로지어삼고 뗴 月오 버놉 사마ᄯᅩ

其三

流風이죽다ᄒᆞ니 實ᄭᅩ거즈마리

人ᄉᆞᆫ이어디다 고니 죽엇ᄭᅩ오늘아

가디 天下애 허多才 론솨 대말솬

其四

幽蘭숌公 ᄒᆞ니 디然이눈 디묘헤어

其五

원문

靑山는 엇뎨ᄒ야 萬古애 프르르며

流水는 엇뎨ᄒ야 晝夜애 긋디 아니ᄂ고

우리도 그치디 마라 萬古常靑 호리라

현대어

청산(靑山)은 어찌하여 만고(萬古)에 푸르르며

유수(流水)는 어찌하여 주야(晝夜)에 그치지 아니하는고

우리도 그치지 말아 만고상청(萬古常靑) 하리라

예기(禮記)

—— 예운(禮運)

昔者에 仲尼 與於蜡賓이러시니 事畢하시고 出遊於觀之上하사 喟然而嘆 仲尼之嘆 蓋嘆魯也러시다 言偃이 在側하여 曰호대 君子는 何嘆이시니꼬 孔子 曰하사대 大道之行也와 與三代之英을 丘 未之逮也나 而有志焉호라

大道之行也에 天下를 爲公하여 選賢與能하며 講信修睦하더니 故로 人이 不獨親其親하며 不獨子其子하여 使老有所終하며 壯有所用하며 幼有所長하며 矜寡孤獨廢疾者 皆有所養하며 男有分이오 女有歸하며 貨惡其棄於地也나 不必藏於己하며 力惡其不出於身也나 不必爲己니 是故로 謀閉而不興하며 盜竊亂賊이 而不作이라 故로 外戶而不閉니 是謂大同이라

今에는 大道 旣隱하여 天下를 爲家하여 各親其親하며 各子其子하며 貨力을 爲己하며 大人이 世及以爲禮하며 城郭溝池以爲固하며 禮義以爲紀하며 以正君臣하며 以篤父子하며 以睦兄弟하며 以和夫婦하며 以設制度하며 以立田里하며 以賢勇知하며 以功爲己니 故로 謀用이 是作하여 而兵由此起하나니 禹湯文武成王周公이 由此其選也이시니 此六君子者 未有不謹於禮者也라 以著其義하며 以考其信하며 著有過하며 形仁하며 講讓하여 示民有常也하시니 如有不由此者면 在勢者去하여 衆以爲殃이라 하나니 是謂小康이니라

옛날에 중니(仲尼)가 노나라의 사제(司祭)의 빈객으로 참석했다. 제례를

마치고 나와 관(觀) 위를 거닐면서 쉬고 있다가 아아, 하고 탄식하였다. 중니(仲尼)의 탄식은 노나라의 주공의 제도가 무너지고 예악이 쇠퇴했음을 한탄한 것이다. 언언(言偃)이 곁에 있다가 말했다.

"군자께서는 무엇을 그렇게 탄식하시는 것입니까?"

공자가 말했다.

"옛날 큰 도가 행하여진 일과 삼(三)대의 영현(英賢)한 인물들이 때를 만나 도를 행한 일을 내가 비록 눈으로 볼 수는 없으나 삼(三)대의 영현들의 한 일에 대한 기록이 있다."

대도가 행해지던 시대에는 천하를 자기의 사유물(私有物)로 생각지 않고 공공(公共)의 것으로 여겨왔다. 그리하여 임금 된 자는 이것을 자손에게 넘겨주지 않고 착하고 유능한 자를 뽑아 전수(傳授)했다. 신의를 강습(講習)하고 화목함을 수행하였다. 그러므로 사람들은 홀로 자기 부모만을 친애하거나 홀로 자기 자식만을 자애하는 일이 없었다. 노자(老者)로 하여금 편안하게 그 생(生)을 마칠 수 있게 하고, 장년으로 하여금 그 힘을 충분히 발휘할 수 있게 하며 어린이로 하여금 건전하게 자랄 수 있게 하고, 환과고독(鰥寡孤獨)과 폐질(廢疾)에 걸린 자로 하여금 다 부양(扶養)을 받을 수 있게 하며, 남자는 사농공상(士農工商)의 직분이 있고, 여자는 각각 시집갈 곳이 있다.

재화라는 것은 헛되이 땅에 버려지는 것을 싫어하지만 반드시 자기 혼자만을 위해 감추어 두지 않았으며, 힘이란 반드시 사람의 몸에서 나오지 않을 수 없는 것이지만 반드시 자기 자신의 사리(私利)를 위해서만 쓰지 않았다. 사람마다 풍습이 이와 같기 때문에 간특한 음모가 폐색(閉塞)되어 일어날 수 없었으며, 절도(竊盜)나 난적(亂賊)이 일어날 수가 없었다. 그러므로 사람마다 대문을 잠그지 않고 편안히 살 수 있었으니 이러한 세상을 공도(公道)를 천하가 함께 한다하여 대동(大同)의 세상이라 하였다.

　지금의 세상은 대도(大道)는 이미 사라지고 천하를 사유(私有)로 생각하여 사람들은 저마다 자기의 어버이만을 친애하고 자기 자식만을 자애한다. 재화(財貨)와 인력은 자기 자신만을 위하여 쓴다. 천자와 제후는 자손에게 대대로 전하는 것을 가지고 나라의 예로 삼고, 성곽(城廓)을 쌓고 못을 파서 나라의 방비를 튼튼히 했다. 예의를 만들어 나라의 기강을 삼아 임금과 신하 사이를 바르게 하고 부자 사이를 돈독하게 하고, 형제 사이를 돈독하게 하며 부부 사이를 화합하게 했다. 제도를 설정하여 전리(田里)를 세우며 용맹과 지혜를 숭상하고 공(功)을 세우는 것은 자기만을 위해서 했다. 이런 까닭에 간사한 책략이 일어나고 병혁(兵革)도 이 때문에 일어났다. 우(禹)·탕(湯)·문(文)·무(武)·성왕(成王)·주공(周公)이 이 예의를 써서 세상을 바로 잡았으니 이들이 삼대(三代)의 영선(英選)인 것이다. 이 여섯 군자들 중 예를 따르지 않은 이가 없다. 그리하여 의(義)를 밝히고, 신(信)을 이루며, 허물을 밝혀내고, 인(仁)을 법칙으로 하며 겸양(謙讓)의 도(道)를 강설(講說)하여 백성들에게 지켜야 할 상도(常道)가 있음을 보여 주었다. 만일 이 도를 따르지 않는 자가 있으면 권세의 지위에 있는 자일지라도 대중을 백성에게 재앙을 끼치는 자라 하여 폐출(廢黜)했다. 이것을 '소강(小康)의 세상'이라고 일컫는다.

　言偃이 復問曰호대 如此乎禮之急也이까 孔子 曰 하사대 夫禮는 先王이 以承天之道하시며 以治人之情이니 故로 失之者 死하고 得之者 生하나니 詩曰호대 相鼠有體어늘 人而無禮아 人而無禮면 胡不遄死라 하니 是故로 夫禮는 必本於天하며 殽於地하며 列於鬼神하며 達於喪祭射御冠昏朝聘

이니 故로 聖人이 以禮示之하시니 故로 天下國家를 可得而正也니라

言偃이 復問曰호대 夫子之極言禮也를 可得而聞與이까 孔子 曰하사대 我欲觀夏道하나니라 是故로 之杞하나니 而不足徵也오 吾得夏時焉하며 我欲觀殷道하나니라 是故로 之宋하니 而不足徵也오 吾得坤乾焉하니 坤乾之義와 夏時之等을 吾 以是觀之하노라 夫禮之初는 始諸飮食하니 其燔黍捭豚하며 汙尊而抔飮하며 蕢桴而土鼓 猶若可以致其敬於鬼神이니라 及其死也하며 升屋而號하여 告曰皐某아 復하니 然後에라야 飯腥而苴孰하나니 故로 天望而地藏也니 體魄則降하고 知氣在上이니 故로 死者는 北首하고 生者는 南鄕하나니 皆從其初니라

언언(言偃)이 다시 물었다.

"세상을 다스림에 있어 예의란 이처럼 긴급한 것입니까?"

공자가 말했다.

"대체로 예라는 것은 선왕(先王)이 하늘의 도리를 받들어 사람의 뜻을 다스리는 것이다. 그러므로 예를 잃는 자는 죽고 예를 얻는 자는 산다. 시(詩)에 이르기를

「쥐를 보니 몸이 있네. 사람에게도 또한 몸이 있네.

쥐가 금수인 것은 예가 없기 때문인데,

사람이 예절이 없으면 무엇이 쥐와 다르리.

사람으로서 예절이 없으면 어째서 일찍 죽지 않는고.

오래 살아서 쥐와 같게 보이는 것보다 낫지 않은가」*

했다. 그러므로 예란 것은 반드시 하늘에 근본을 두었으며 땅의 형세에

---

* 상서(相鼠)

높고 낮음을 드러내서 상·하의 등급을 세우고, 귀신을 포열(布列)하여 제사를 행하고 상제(喪祭)·사어(射御)·관혼(冠婚)·조빙(朝聘)에 이르기까지 천하에 통하게 하여 걸릴 것이 없는 것이다. 그러므로 성인(聖人)이 예로써 몸소 이것을 실천하여 천하에 보여주어 사람들로 하여금 따르게 하였다. 이런 까닭에 천하국가(天下國家)를 바르게 할 수 있었던 것이다.

언언(言偃)이 다시 물었다.

"예에 대한 근본적인 설명을 들을 수 있겠습니까?"

공자가 말했다.

"내가 하(夏)나라의 법을 보기 위해 하나라의 후신인 기(杞)나라에 갔었다. 그러나 아무런 고증(考證)할만한 풍속이 남아 있지 않았다. 겨우 하나라의 사시(四時)에 관한 서적을 얻을 수 있었다. 나는 은(殷)나라의 도를 얻기 위해 은왕조(殷王朝)의 후손인 송(宋)나라에 갔었다. 그러나 남은 법도와 풍속에 고증할만한 것이 전혀 없었다. 송(宋)에서 겨우 곤건(坤乾)을 얻었을 뿐이다. 나는 『곤건(坤乾)』에서 말하는 바 뜻과 『하시(夏時)』에서 말하는 등급을 보고 상대(上代)시대 이후의 변천과 예(禮)의 변동을 알게 되었다. 하(夏)·은(殷)시대의 예도를 어찌 죄다 얻어 들을 수 있겠는가."

대체로 예(禮)의 시초는 음식에서 비롯되었다. 옛날 그들은 기장쌀을 소석(燒石) 위에 얹어서 굽고 돼지고기를 찢어 돌 위에 구우며 땅을 파서 웅덩이를 만들어 물을 담고, 손으로 움켜 떠마셨으며 흙을 뭉쳐서 북채를 만들고, 흙을 쌓아서 북을 삼았었다. 미개하기가 이와 같았는데도 오히려 귀신에게 공경하는 뜻을 바칠 수가 있었다.

사람이 죽기에 이르면 지붕 위에 올라가 혼을 불러 말하기를 「아무개 돌아오라」라고 하였다. 이렇게 하여도 살아나지 않으면 비로소 시체를 목욕시키고 쌀을 입에 물려서 습렴(襲殮)하여 입관(入棺)시킨다. 장사 지내기에 이르러서 불에 익힌 고기를 싸서 관에 넣어 그 영혼을 보낸다. 옛날 사람들은 죽으면 영혼은 하늘로 올라가고 육체는 땅으로 돌아간다고 생각했다. 때문에 하늘을 향해 영혼을 불렀으며 시체는 땅 속에 묻은 것이다. 또 살아 있는 자는 이 세상에 있고, 죽은 자는 명계(冥界)로 간다고 생각했다. 이 때문에 죽은 자의 머리를 북쪽으로 두어 눕게 했던 것이다. 명계는 음이고 북쪽도 음이며, 이 세상은 양에 속하며 남쪽 또한 양이다. 이러한 일들은 모두 고초(古初)에 있었던 예(禮)에 좇은 것이고 후세에 창작한 것은 아니다."

상서(相鼠)
쥐를 보아도

相鼠有皮　人而無儀
상서유피 인이무의

人而無儀　不死何爲
인이무의 불사하위

쥐를 봐도 가죽 있는데
사람이면서 위엄 없으면
사람이면서 위엄 없으면
차라리 어서 죽기나 하지!

相鼠有齒　人而無止
상서유치 인이무지

人而無止　不死何俟
인이무지 불사하사

쥐를 봐도 이빨 있는데
사람이면서 행실 없으면
사람이면서 행실 없으면
죽지 않은들 그 무슨 소용?

相鼠有體　人而無禮
상서유체 인이무례

人而無禮　胡不遄死
인이무례 호불천사

쥐를 봐도 몸이 있는데
사람이면서 예의 없으면
사람이면서 예의 없으면
어째서 일찍 죽지 않나?

昔者에 先王이 未有宮室이라 冬則居營窟하시고 夏則居檜巢하시며 未
有火化라 食草木之實과 鳥獸之肉하며 飮其血하고 茹其毛하며 未有麻絲
라 衣其羽皮하더니 後聖이 有作하사 然後에 修火之利하고 范金合土하여
以爲臺榭宮室牖戶하며 以炮以燔하며 以亨以炙하며 以爲醴酪하며 治其
麻絲하여 以爲布帛하여 以養生送死하며 以事鬼神上帝하니 皆從其朔이
니라 故로 玄酒 在室하고 醴醆在戶하며 粢醍는 在堂하며 澄酒는 在下하
며 陳其犧牲하며 備其鼎俎하며 列其琴瑟管磬鐘鼓하며 修其祝嘏하여 以
降上神과 與其先祖하여 以正君臣하며 以篤父子하며 以睦兄弟하며 以齊
上下하며 夫婦 有所니 是謂承天之祜니라 作其祝號이오 玄酒以祭하며 薦
其血毛하며 腥其俎하며 孰其殽하며 與其越席하며 疏布以冪하며 衣其澣
帛하며 醴醆以獻하며 薦其燔炙이니 君與夫人이 交獻하여 以嘉魂魄이니
是謂合莫이라 然後에라야 退而合亨하여 體其犬豕牛羊하며 實其簠簋籩
豆鉶羹하여 祝以孝告하며 嘏以慈告하나니 是謂大祥이니 此 禮之大成也
니라

옛날 선왕의 시대엔 궁실(宮室)이 없었다. 그래서 겨울엔 토굴(土窟)에
서 살고 여름에는 나무를 모아 울타리를 만들어 살았다. 아직 불로 음식
을 익혀 먹는 법을 몰라 풀과 나무의 열매와 짐승의 고기를 먹었다. 그 피
를 마시고 털옷을 해 입었다. 아직도 마사(麻絲)가 없어서 새털과 짐승의
가죽을 입었다. 후세에 성인이 나서야 불을 사용하는 이점을 알았으며
쇠붙이를 녹여 틀에 넣어서 그릇을 만들고 질그릇을 만들었다. 나무를
베어 깎아 대사(臺榭), 궁실(宮室), 유호(牖戶)를 만들었으며 짐승의 고기를
싸서 굽고 삶고 또 적(炙)을 만들고, 단술을 만들고, 식초를 만들어서 이
것을 먹었다. 삼과 실을 다스려서 베와 명주를 만들었으며 이를 염직하

여 포백(布帛)을 만들었다. 이로써 산 사람을 봉양(奉養)하고, 죽은 이를 장송(葬送)하며 귀신과 상제(上帝)를 섬겼다. 이것이 모두 고초(古初)의 예에 따른 것이고 후세에 새로 창작된 것은 아니다.

현주(玄酒)는 방에 있고 예잔(醴酸)은 방문이 있는 데에 있고, 자제(粢醍)는 당 위에 있고, 증주(澄酒)는 당 밑에 있고, 묘문(廟門) 밖에 희생(犧牲)을 늘어놓고 솥과 조두(俎豆)를 갖추고 금슬(琴瑟)과 관경(管磬)과 종고(鐘鼓)를 벌여 놓으며 축하(祝嘏)를 닦아서 상제(上帝)와 선조의 신을 흠강(歆降)하게 한다. 그리하여 군신(君臣)의 도리를 바로잡고 부자(父子)의 친애를 돈독하게 하며 형체를 화목하게 하고, 상하의 구분을 바르게 하며, 부부는 처소가 있어 그 예가 이와 같으니 이것을 일컬어 하늘의 복을 받든다고 말한다. 제사에는 먼저 축호(祝號)를 만들어서 신에게 고하고 현주로써 제사 지내며 그 피와 털을 천형(薦亨)하며 제기(祭器)에 희생의 날고기를 담고 희생의 뼈와 체구는 익혀서 올리며 부들자리를 펴고 조포(粗布)로써 술통을 덮는다. 바랜 명주로 지은 옷을 입고 예잔(醴酸)을 올리며 번육(燔肉)과 적간(炙肝)을 드리되 주인과 부인이 교대로 헌작(獻酌)하여 죽은 자의 혼백을 즐겁게 한다. 이것을 합막(合莫)이라고 한다. 예식을 마친 뒤에는 물려내어 데친 고기들을 모아 다시 합하여 삶아 익힌다. 그 익힌 개·돼지·소·양의 고기를 고기의 등급에 따라 구분하여 보궤변두(簠簋籩豆)와 형갱(鉶羹)에 각기 물건을 담는다. 축사(祝辭)는 효(孝)로써 고하고, 하사(嘏辭)는 자애(慈愛)의 뜻으로서 고(告)한다. 이것을 크게 선(善)한 일이라고 한다. 이것은 상고(上告)·중고(中告)를 거쳐 금세(今世)에 이르는 예(禮)를 집대성한 것이다.

孔子 曰하사대 於呼哀哉라 我觀周道호니 幽厲 傷之하니 吾 舍魯何適
矣리오 魯之郊禘 非禮也니 周公은 其衰矣로다 杞之郊也는 禹也오 宋之
郊也는 契也니 是天子之事를 守也라 故로 天子는 祭天地하고 諸侯는 祭
社稷이니라 祝嘏를 莫敢易其常古할새 是謂大嘏니라 祝嘏辭說을 藏於宗
祝巫史 非禮也니 是謂幽國이니라 醆斝를 及尸君이 非禮也니 是謂僭君이
니라 冕弁兵革을 藏於私家 非禮也니 是謂脅君이니라 大夫 具官하여 祭
器를 不假하며 聲樂을 皆具 非禮也니 是謂亂國이니라 故로 仕於公曰臣
이오 仕於家曰僕이니 三年之喪과 與新有昏者를 期不使하나니 以衰裳入
朝하며 與家僕으로 雜居齊齒면 非禮也니 是謂君與臣同國이니라 故로 天
子 有田하사 以處其子孫하시며 諸侯 有國하여 以處其子孫하시며 大夫
有采하여 以處其子孫하니 是謂制度니라 故로 天子 適諸侯하사 必舍其祖
廟하시나니 而不以禮籍으로 入하면 是謂天子 壞法亂紀니라 諸侯 非問疾
弔喪이어든 而入諸臣之家하면 是謂君臣이 爲謔이니라

공자가 말했다.

"아아, 슬프다. 내가 주나라의 도를 보건대 유왕(幽王)과 여왕(厲王)이
이것을 무너뜨렸다. 노나라는 주공의 후예로서 주나라의 도가 아직도 남
아 있다. 내가 노나라를 버리고 어디로 가겠는가. 그러나 노나라에서 교
사(郊祀)와 체사(禘祀)를 거행하는 것은 예가 아니다. 주공의 가르침을 그
자손이 지키지 않아 쇠했도다. 기(杞)나라에서 교사(郊祀) 지내는 것은 우
왕(禹王)의 후손이 되기 때문이며 송(宋)나라에서 교사(郊祀)지내는 것은
설(契)이 은(殷)나라의 시조가 되기 때문이다. 송은 은나라의 후예이다. 그
것은 천자의 일이다. 오직 이 두 나라만 이 대대로 지켜서 거행할 수 있는
것이다. 주공은 비록 성인이나 신하였다. 그러니 주공의 나라인 노나라

가 천자의 후손이 아닌데, 천자가 지내는 제사를 거행함은 예가 아니다. 그러므로 천자는 천지에 제사하고 제후는 사직(社稷)에 제사지내는 것이 옛날부터의 상례이다.

제례에 있어서 축(祝)은 제사의 처음에 고하고 가(嘏)는 제사를 마친 뒤에 행한다. 이것이 정해진 예제이므로 감히 바꿀 수 없다. 이렇게 옛 예법에 따라 제사를 행하는 것을 대가(大嘏)라고 한다. 축(祝)·하(嘏)의 사설(辭說)을 종축(宗祝)·무사(巫史)에게만 맡겨두고 나라의 군신들이 예문(禮文)을 경시하는 예(禮)가 아니다. 이러한 나라를 그윽하고 어두운 나라라고 한다.

제사지낼 때 제후로서 잔(醆)·가(斝)로 시동씨에게 사용하는 것은 예가 아니다. 그것은 오직 기(杞)·송(宋) 두 나라의 왕만이 사용할 수 있을 뿐인데, 그 밖의 나라 임금들이 이것을 사용하는 것을 참군(僭君)이라고 한다. 제복의 면관(冕冠)과 피변(皮弁)과 병혁(兵革)을 국고에 보관하지 않고 사가(私家)에 보관하는 것은 예에 어긋난다. 이런 것은 임금을 위협하는 행위라 하여 협군(脅君)이라고 한다.

대부로서 많은 벼슬아치를 둔다든가, 제기(祭器)를 구비하여 둔다든가 음악이 모두 갖추어져 있는 것은 국군과 대등하려는 행동이므로 예가 아니다. 이러한 나라는 질서가 어지러운 나라라고 한다.

그런 까닭에 제후 밑에서 벼슬하는 자를 일컬어 신(臣)이라고 하고 대부의 집에 벼슬하는 자를 복(僕)이라고 한다. 이들이 3년상을 당했거나 혼인한 자는 1년간 군(君)이 부리지 않는 것이 예이다. 만일 대부가 상중이면서 기년(朞年)을 기다리지 않고 최마복의 차림으로 조정에 들어간다면 그것은 임금의 조정을 자기 집처럼 여기는 행위이다. 또 대부의 복(僕)이 상복의 차림으로 들어오면 경대부는 상복을 입은 자기의 가복(家僕)과

섞여 자리를 같이하게 되니 그것은 예가 아니다. 이런 일을 임금과 신하가 나라를 같이한다고 한다.

군신의 구별을 정확하게 하지 않으면 안 된다. 그런 까닭에 천자에게는 전사(田土)가 있어 그의 자손들을 봉하여 자리 잡게 하며, 제후는 봉건(封建)된 나라가 있어 자기의 자손들에게 채지(采地)를 주어서 그 자손들의 살 자리를 잡게 한다. 대부는 채지(采地)의 녹(祿)이 있어서 그의 자손들을 살아갈 수 있게 한다. 자손은 이것을 받아 서사(庶士)가 되며, 이것을 선왕(先王)의 제도라고 한다.

군신의 제도는 일정하며 이것을 바르게 이끌어 나가기 위하여 군주 자신이 몸소 실천해야 한다. 천자가 순행하여 제후의 나라에 가면 반드시 그 조묘에 유숙하는 것이 예다. 그러나 태사(太史)가 예적(禮籍)을 받들고 들어가서 예의를 다하지 않는다면 이것은 법도를 파괴하고 기강을 어지럽힌다고 말한다.

제후가 문병하거나 조문하는 것이 아니고는 제신(諸臣)의 집에 들어가는 것은 군신이 서로 희롱한다 하여 예에 어긋나는 것이다.

是故로 禮者는 君之大柄也니 所以別嫌明微하며 儐鬼神하며 考制度하며 別仁義하나니 所以治政安君也니라 故로 政不正하면 則君位危하면 則大臣이 倍하고 小臣이 竊하며 刑肅而俗敝하면 則法無常하고 法無常하면 而禮無列하나니 禮無列하면 則士不事也오 刑肅而俗敝하면 則民弗歸也니 是謂疵國이니라 故政者는 君之所以藏身也니 是故로 夫政은 必本於天하여 殽以降命하나니 命降于社之謂殽地오 降于祖廟之謂仁義오 降於山川之謂興作이오 降於五祀之謂制度니 此聖人所以藏身之固也니라 故

聖人이 參於天地하시며 並於鬼神하사 以治政也니 處其所存은 禮之序也
오 玩其所樂은 民之治也니 故天生時而地生財하며 人其父生而師敎之하
나니 四者를 君이 以正用之하시나니 故君者는 立於無過之地也니라 故君
者는 所明也라 非明人者也며 君者는 所養也라 非養人者也며 君者는 所
事也라 非事人者也니 故君이 明人則有過하고 養人則不足하고 事人則失
位니 故百姓은 則君以自治也하며 養君以自安也하며 事君以自顯也하나
니 故禮達而分定이니 故人皆愛其死而患其生이니라 故用人之知하고 去
其詐하며 用人之勇하고 去其怒하며 用人之仁하고 去其貪이니라 故國有
患이어든 君이 死社稷을 謂之義오 大夫 死宗廟를 謂之變이라 하나니라
故聖人이 耐以天下로 爲一家하며 以中國으로 爲一人者는 非意之也라 必
知其情하여 辟於其義하며 明於其利하며 達於其患하시나니 然後能爲之
니라 何謂人情고 喜怒哀懼愛惡欲이니 七者는 弗學而能이니라 何謂人義
오 父慈하며 子孝하며 兄良하며 弟弟하며 夫義하며 婦聽하며 長惠하며
幼順하며 君仁하며 臣忠이니 十者를 謂之人義오 講信脩睦을 謂之人利오
爭奪相殺을 謂之人患이라 하나니 故로 聖人之所以治人七情하며 脩十義
하며 講信脩睦하며 尙辭讓去爭奪은 舍禮하고 何以治之리오

이런 이유로 예라는 것은 군주가 나라를 지키는 큰 권병(權柄)이다. 또
한 예는 미세한 혐의도 밝혀 판별하고, 귀신을 예로써 대해 어긋남이 없
게 하며 인(仁)과 의(義)를 구별하여 정사를 다스리고 임금의 몸을 편안케
하는 것이다. 그리하여 군주는 이것을 지키고 행하지 않으면 정치를 바
로 잡을 수 없는 것이다. 정치가 바르지 않으면 임금의 지위가 위태하며
이렇게 되면 대신(大臣)은 임금을 배반하고 소신(小臣)은 국록(國祿)을 도둑
질하여 제 집을 살찌게 한다. 형벌만이 엄하고 풍속은 퇴폐하면 법에 신

빙성이 없게 된다. 바르고 떳떳한 법이 없으면 예(禮)에 존비귀천의 서열이 없게 되며, 예에 차례가 없어지면, 사(士)가 자기의 맡은 바 직분을 다하지 못하고 사리(私利)만을 꾀하게 될 것이다. 형벌이 엄준하고 풍속이 퇴폐하면 백성들의 마음은 이반(離叛)하게 될 것이다. 이렇게 되면 민심이 배반하여 돌아오지 않으며 이것을 병든 나라라고 한다.

그러므로 정치라는 것은 임금이 몸을 편안히 간직하기 위한 곳이다. 그런 까닭에 정치는 반드시 하늘의 법칙에 근본을 두고 그것을 본받아서 아래에 명령을 내려야 하는 것이다. 후토(後土)의 제사로 인하여 명령을 내린 것은 땅을 본받은 정치라고 하고, 조묘(祖廟)에 제사할 때에 내린 정령(政令)을 인의(仁義)의 정치라고 하며, 산천(山川)의 신(神)을 제사할 때에 내린 정령을 흥작(興作)의 정치라고 하고, 오사(五祀)의 제사 때에 내린 정령을 제도의 정사라고 한다. 이것이 성인이 몸을 편안히 간직할 수 있는 견고한 까닭이다.

그런 까닭에 성인이 천지의 법칙을 참찬(參贊)하고 귀신의 일을 아울러서 정사를 다스리는 것이다. 천지·귀신의 존재하는 바에 처하는 것은 바로 예(禮)의 순서이고 천지·귀신의 즐겨하는 것을 완미(玩味)하는 것은 바로 백성을 다스리는 일이다. 그러므로 하늘은 사계절의 때를 낳고 땅은 산물을 낳는다. 사람은 그 아버지가 낳고 스승이 가르친다. 하늘과 땅과 아버지와 스승, 이 네 가지에 대한 도리를 임금이 바르게 써야 한다. 그렇게 하기 때문에 임금은 허물이 없는 곳에 설 수 있는 것이다.

그러므로 임금은 남에게 본받아지는 것이고 남을 본받는 것이 아니다. 임금은 남에게 길러지는 자이고 남을 기르는 자가 아니다. 임금은 남에게 섬겨지는 자이고 남을 섬기는 자는 아니다. 그러므로 임금이 남을 본받으면 과실이 있게 되고, 남을 기르면 한 사람의 몸으로 억조창생(億兆蒼

生)을 기르기에는 부족할 것이다. 임금이 남을 섬기면 지위를 잃을 것이다. 그런 까닭에 백성들은 임금을 본받아 스스로 다스리고, 임금을 봉양함으로써 스스로 편안하며 임금을 섬김으로써 스스로 드러나게 되는 것이다. 그러므로 예(禮)가 통달하게 되면 분수가 정해진다. 그렇게 되면 사람들은 다 임금을 위하여 죽기를 사랑하고 불의(不義)하게 사는 것을 근심할 것이다.

그런 까닭에 사람의 지혜를 쓰고 그의 사위(詐僞)를 버려야 하며 사람의 용맹을 취하고 그의 사납게 성내는 것을 버려야 하고 사람의 어진 것을 등용하고 탐욕한 것을 버려야 한다. 그러므로 나라의 환란이 있을 때에 임금이 사직(社稷)을 위하여 죽는 것을 의(義)라고 하고 대부(大夫)가 임금의 종묘를 위하여 죽는 것을 정(正)이라 한다.

그런 까닭에 성인(聖人)이 능히 천하로써 한 집안처럼 만들고, 온 중국으로써 한 사람처럼 되게 하는 것은 사사로운 뜻으로 억측하여서 그렇게 만든 것은 아니다. 반드시 그들의 정(情)을 알아서 그것을 의(義)의 길로 향하도록 계발하고 그 이(利)를 명백하게 지시하며, 그 환란이 어떤 것이라는 것을 통달하여 깨우치도록 가르쳐야 한다. 그렇게 한 뒤라야 능히 천하가 한 집안처럼 되고 온 중국의 마음이 한 사람의 마음과 같이 될 수 있는 것이다.

무엇을 인정(人情)이라고 하는가? 기뻐하고, 성내고, 슬퍼하고, 두려워하며, 사랑하고, 미워하고, 탐내는 심정, 이것이 사람이 배우지 않고도 할 수 있는 일곱 가지 감정이다. 무엇을 의(義)라고 하는가? 아버지는 자식을 사랑하고, 자식은 아버지에게 효도하며, 형은 어질고 아우는 공경하며 남편은 바른 길로 아내를 이끌고 아내는 남편을 순종하며, 어른은 은혜를 베풀고, 어린이는 유순하며, 임금은 인애(仁愛)하고 신하는 충성하는 일, 이 열 가지를 사람의 의(義)라고 한다. 신의를 강습하고 화목한 것을 닦아 익히는 것을 인리(人利)라고 하고, 다투고 빼앗고 죽이는 것을 인환(人患)이라고 한다. 그러므로 성인이 사람의 칠정(七情)을 다스리고 십의(十義)를 닦으며 신의를 강습하고 화목한 것을 수습하며 자애와 겸양을 숭상하여 쟁탈(爭奪)을 제거하는 것을 예(禮)로써 다스려야 한다.

飮食男女에 人之大欲이 存焉하고 死亡貧苦에 人之大惡 存焉하니 故로 欲惡者는 心之大端也니라 人藏其心이라 不可測度也며 美惡이 皆在其心이라 不見其色이니 欲一以窮之인댄 舍禮하고 何以哉리오

故 人者는 其天地之德이요 陰陽之交며 鬼神之會며 五行之秀氣也니라 故 天이 秉陽하여 垂日星하고 地秉陰하여 竅於山川이라 播五行於四時하여 和而後에사 月生也하나니 是以 三五而盈하고 三五而闕하나니라 五行之動이 迭相竭也니 五行四時十二月이 還相爲本也오 五聲六律十二管이 還相爲宮也오 五味六和十二食이 還相爲質也오 五色六章十二衣이 還相爲質也니라 故 人者는 天地之心也며 五行之端也며 食味別聲被色而生者也니라 故 聖人이 作則하사대 必以天地爲本하시며 以陰陽爲端하시며 以四時爲柄하시며 以日星爲紀하시며 月以爲量하시며 鬼神以爲徒하시며 五行以爲質하시며 禮義以爲器하시며 人情以爲田하시며 四靈以爲畜하시니 以天地爲本이라 故 物可擧也며 以陰陽爲端이라 故情可睹也며 以四時爲柄이라 故事可勸也며 以日星爲紀라 故事可列也며 月以爲量이라 故功有藝也며 鬼神以爲徒라 故事可守也며 五行以爲質이라 故事可復也며 禮義以爲器라 故事行有考也며 人情以爲田이라 故人以爲奧也며 四靈以爲畜이라 故飮食有由也니라 何謂四靈고 麟鳳龜龍을 謂之四靈이라 하나

니 故龍以爲畜라 故魚鮪不淰하며 鳳以爲畜라 故鳥不獝하며 麟以爲畜라
故獸不하며 狀龜以爲畜라 故人情을 不失이니라 故先王이 秉蓍龜하시며
列祭祀하시며 瘞繒하시며 宣祝嘏辭說하시며 設制度하시니 故 國有禮하
시며 官有御하시며 事有職하시며 禮有序니라

　음식과 남녀 간의 사랑은 사람이 탐내는 것이 크고 사망과 빈고는 사람
이 크게 싫어하는 것이다. 이렇게 사람의 마음속엔 하고자 하는 것과 싫어
하는 것이 두 가지고 크게 구분되어 있으니 이것이 큰 단서(端緒)이다.

　사람이 그 좋아하고 미워하는 마음을 속에 감추고 있어서 억측이나 촌
탁(忖度)으로 알 수 없다. 아름다운 것과 악한 것도 그 마음속에 있고 얼굴
에 나타나는 것이 아니니, 일일이 이것을 살펴서 알려면 예(禮)를 버리고
무엇으로 하겠는가?

　그러므로 사람이란 것은 천지의 덕(德)이며 음양(陰陽)의 변합(變合)이며
귀신의 모임이며 오행(五行)의 빼어난 기운이다.

　그러므로 하늘은 양을 잡아 해와 별빛을 드리우고 땅은 음을 잡아 산
과 내에 구멍이 있어서 기(氣)를 통한다. 오행(五行)을 사시(四時)에 뿌려서
그 뿌려진 것이 화순하게 된 뒤라야 달이 생긴다. 그런 까닭에 달은 삼오
(三五)에 차고 삼오(三五)에 사라진다.

　오행(五行)의 운행은 서로 교체하여 끝이 된다. 오행은 사계절인 12개
월 사이에 서로 처음이 되고 또 끝이 되면서 운행된다.

　오성(五聲) 육률(六律)의 12의 율관(律管)은 돌아서 서로 궁(宮)이 된다.

　오미(五味) 육화(六和)의 12월간의 먹는 것은 돌아서 서로 바탕이 된다.

　오색(五色) 육장(六章)의 12월의 의복 빛은 돌아서 서로 바탕이 된다.

　그런 까닭에 사람이란 것은 천지의 마음이며 오행의 단서이며 오미(五

味)를 먹고 오성(五聲)을 분별하며 오색(五色)을 입고 사는 자이다.

그런 까닭에 성인(聖人)이 법칙을 만들 때에는 반드시 천지로 근본을 삼고 음양으로 단서를 삼으며 사시로 자루를 삼고 해와 별로 강기(綱紀)를 삼으며 달의 소장(消長)으로 분한(分限)을 삼고 귀신으로 무리를 삼으며 오행으로 바탕을 삼고 예의로 그릇을 삼으며 인정으로 밭을 삼고 사령(四靈)으로 가축을 삼는다.

천지로써 근본을 삼기 때문에 사물(事物)의 이치를 들어서 행할 수 있다. 음양으로 단서를 삼기 때문에 선악의 정을 볼 수 있다. 사시(四時)를 권병(權柄)으로 삼기 때문에 백성들에게 때를 따라 일을 권할 수 있다. 해와 별로 벼리를 삼기 때문에 12월의 일을 벌여 놓을 수 있다. 달의 소장으로 분한(分限)을 정하였기 때문에 사공(事功)이 나무를 심은 것처럼 자장(滋長)할 수 있다. 귀신으로 무리를 삼기 때문에 무리가 서로 의지하여 지키는 것처럼 일을 지킬 수 있다. 오행을 바탕으로 하기 때문에 오행이 한 번 돌면 다시 시초가 되는 것처럼 일을 회복할 수 있다. 예의로써 그릇을 삼기 때문에 일을 성취할 수 있다. 인정으로써 밭을 삼기 때문에 사람이 만물의 주(主)가 될 수 있다. 사령(四靈)을 가축으로 삼기 때문에 음식이 말미암아 올 곳이 있는 것이다.

무엇을 사령이라고 하는가. 기린과 봉황과 거북과 용을 네 가지의 영물이라고 한다. 그러므로 용을 가축처럼 길들이니 물고기와 상어의 떼가 놀라 흩어지는 일이 없고, 봉황새를 가축처럼 길들이니 새들이 놀라 날아가는 일이 없다. 기린을 가축처럼 길들이니 짐승들이 놀라 달아나는 일이 없다. 거북을 가축처럼 기르니 신령한 거북점에 의지하여 사람의 심정의 바른 것을 상실하지 않는다.

그런 까닭에 선왕이 시초와 귀갑을 잡아 점을 치고 제사를 벌이며 희생과 폐백을 묻어 신에 고하며 축가사설을 선포하여 제도를 설정하였다.

故로 先王이 患禮之不達於下也라 故로 祭帝於郊는 所以定天位也오
祀社於國은 所以列地利也오 祖廟는 所以本仁也오 山川은 所以儐鬼神也
오 五祀는 所以本事也니 故로 宗祝이 在廟하여 三公이 在朝하며 三老 在
學하며 王이 前巫而後史하시며 卜 筮瞽侑 皆在左右어든 王이 中하사 心
無爲也하여 以守至正이니라

故로 禮行於郊而百神이 受職焉하며 禮行於社而百貨를 可極焉이며
禮行於祖廟而 孝慈를 服焉이며 禮行於五祀而正法則焉이니 故로 自郊社
祖廟山川五祀는 義之修而禮之藏也니라

선왕이 예가 아래에 이르지 못할 것을 근심하였다. 그래서 상제(上帝)
를 교사(郊祀)에서 제사 지내는 것은 하늘의 높은 지위를 정하는 것이며,
나라에서 후토(后土)를 제사하는 것은 지리(地利)를 표열(表列)하는 것은 조
묘(祖廟)에 제사 지내는 것은 인(仁)을 근본으로 하는 것이며 산천(山川)에
제사하는 것은 귀신을 공경하여 예로써 섬기는 뜻이고 오사(五祀)를 지냄
은 사위(事爲)를 근본으로 한 것이다. 이런 까닭에 사당에는 종축(宗祝)이
있고 조정에는 삼공(三公)이 있으며 학교에는 삼로(三老)가 있는 것이다.
왕은 무관(巫官)을 앞에 두고 사관(史官)을 뒤에 두었으며 복(卜), 서(筮), 고
(瞽), 유(侑)가 모두 좌우에 있어 왕을 보좌했으니, 왕이 나라의 중앙에 있
어도 해야 할 일이 없으니 오직 바른 도(道)를 지켜 행할 뿐이다.

이런 까닭으로 제천하는 예가 교(郊)에서 행하여져서 모든 신이 각기
받은 직책을 다하고 예가 사(社)에 행하여지니 온갖 땅에서 얻어지는 재

화를 남김없이 얻으며 조묘(祖廟)에 제례를 행하니 효자의 도를 감복한다. 오사(五祀)에 제사 지내는 예를 행하니 귀천의 예가 각각 제도가 있어서 감히 참월(僭越)하지 못한다는 법도를 바로잡을 수 있다. 교사(郊社), 조묘(祖廟), 산천(山川), 오사(五祀)에 이르기까지의 제사는 실로 의(義)의 수식(修飾)이고 예의 부장(府藏)인 것이다.

是故 夫禮必本於大一이라 分而爲天地하며 轉而爲陰陽하며 變而爲四時하며 列而爲鬼神하며 其降曰命이니 其官於天也니라 夫禮必本於天하여 動而之地하며 列而之事하며 變而從時하며 協於分藝하니 其居人也曰義라 其行之에는 以貨力辭讓飮食과 冠婚喪祭射御朝聘이라 故 禮義也者는 人之大端也니 所以講信脩睦하며 而固人之膚之會와 筋骸之束也며 所以養生送死하며 事鬼神之大端也며 所以達天道하며 順人情之大寶也니 故 唯聖人이 爲知禮之不可以已也하시니 故壞國喪家亡人이 必先去其禮니라 故 禮之於人也에 猶酒之有蘗也니 君子는 以厚요 小人은 以薄이니라 故 聖王이 脩義之柄과 禮之序하사 以治人情하시나니 故 人情者는 聖王之田也니 脩禮以耕之하며 陳義以種之하며 講學以耨之하며 本仁以聚之하며 播樂以安之니라 故禮也者는 義之實也니 協諸義而協이어든 則禮雖先王이 未之有하시나 可以義起也니라 義者는 藝之分이며 仁之節也니 協於藝하며 講於仁하여 得之者强이니라 仁者는 義之本也며 順之體也니 得之者尊이니라

그런 까닭에 예는 반드시 태일(大一)에 근본을 두고 나뉘어서 천지가 되었으며 변전하여서 음양(陰陽)이 되고 사시(四時)가 되었으며 벌어서 귀

신이 되었다. 성인(聖人)이 예를 제정하는 것은 다 이것에 근본하여 명령을 내렸으니 그것은 하늘에 근본을 두는 것을 주(主)로 한 것이다.

예는 반드시 하늘에 근본을 둔다. 예는 움직여서 땅에 간다. 그리하여 땅을 본받는다. 예는 벌여서 일에 간다. 예는 변하여 때를 좇는다. 예는 달의 분한(分限)과 사공(事功)이 나무 심는 것처럼 성장하게 하는 일에 협력한다. 예가 사람에게 있으면 그것을 의(義)라고 한다. 이러한 예(禮)를 행하는 데는 재화(財貨)의 뒷받침과 노력의 수고가 있어야 한다. 예는 사양하는 일, 음식·관혼상제·사어(射御)·조빙(朝聘) 등 사람이 마땅히 해야 할 모든 일에 미친다.

그런 까닭에 예(禮)와 의(義)는 사람의 도리의 큰 단서이다. 그러기에 신의(信義)를 강습하고 화목함을 닦아서 사람의 피부의 형성과 근육·골격의 결속을 예로써 굳게 해야 하며 산 사람을 보양(保養)하고 죽은 자를 장사하며 귀신을 섬기는 데 예는 큰 단서가 된다. 예는 천도에 통달하고 인정을 화순하게 하는 큰 구멍인 것이다. 그러므로 오직 성인만이 예를 버릴 수 없다는 것을 안다. 그러므로 저 나라를 파괴한 임금과 집안을 상실한 주인과 자신의 몸을 폐망한 필부(匹夫)는 다 먼저 그 예를 버린 자들이다.

그러므로 예가 사람에게 있어서는 술에 누룩과 같은 것이다. 군자는 예에 후하기 때문에 군자가 되고 소인은 예에 박하기 때문에 소인이 되는 것이다. 그런 까닭에 성왕(聖王)은 의(義)의 조수(操守)와 예(禮)의 차례를 닦아서 사람의 정을 알맞게 다스린다. 그러므로 사람의 심정이란 것은 성왕의 밭이다. 성왕은 예를 닦아서 그 밭을 갈며 의를 벌여서 그 밭에 씨를 뿌리고 학문을 강명(講明)하여 김매며, 인(仁)에 근본 하여 모든 선한 것을 모아 거두어들이고, 악(樂)을 뿌려서 편안하게 한다.

그런 까닭에 예(禮)라는 것은 의(義)의 열매인 것이다. 의(義)에 맞추어

보아서 화협하면 그것이 곧 예인 것이다. 비록 선왕(先王)의 예법에 그러한 예가 없을지라도 의(義)에 참작하여 적절한 것이면 새로 일으킬 수 있는 것이다.

의(義)란 것은 사물의 분한(分限)이며 인(仁)의 절도이다. 예(藝)에 맞추어 보고 인(仁)의 견지에서 강론하여 적절하면 감히 그것에 복종하지 않는 자가 없을 것이니 그러한 자는 강하다. 인(仁)이란 것은 의(義)의 근본이며 순(順)의 본체(本體)이다. 인(仁)을 얻은 자는 존귀하다.

故로 治國호대 不以禮면 猶無耜而耕也오 爲禮호대 不本於義면 猶耕而弗種也며 爲義而不講之以學이면 猶種而弗耨也며 講之以學而不合之以仁이면 猶耨而弗穫也오 合之以仁而不安之以樂猶穫而弗食也 安之以樂而不達於順이면 猶食而弗肥也니 四體旣正하고 膚革이 充盈은 人之肥也오 父子 篤하며 兄弟睦하며 夫婦 和는 家之肥也오 大臣이 法하고 小臣이 廉하며 官職 相序하며 君臣相正은 國之肥也오 天子 以德爲車하시고 以樂爲御하시며 諸侯 以禮相與하시며 大夫 以法相序하며 士 以信相考하며 百姓이 以睦相守는 天下之肥也니 是謂大順이니 大順者는 所以養生送死하며 事鬼神之常也니라

그러므로 나라를 다스리는데 예(禮)로써 하지 않는다면, 이는 쟁기 없이 밭을 가는 것과 같다. 예를 행하되 의(義)에 근본을 두지 않는 것은 밭을 갈고 씨를 뿌리지 않는 것과 같다. 의(義)를 행하되 이것은 학문적으로 그 도리를 밝혀 강습하지 않는 것은 곡식을 심어둔 채 잡초를 매지 않는 것과 같으며 학문을 강습하는 데 인(仁)에 맞게 하지 않는다면 마치 잡초

를 제거하여 곡식을 배양한 채 수확하지 않는 것과 같고 인(仁)에 맞게 하고도 악(樂)으로써 안정시키지 않으면 수확하고도 먹지 않는 것과 같으며 악으로 편안하게 하였으나 순(順)에 이르지 못하면 먹어도 살찌지 않는 것과 같은 것이다.

사체(四體)가 정상이고 피부가 윤택한 것은 사람이 살쩌 있는 것이다. 부자(父子) 사이가 돈독하며 형제가 화목하며 부부가 서로 화합한 것은 가정이 살쩌 있는 것이다. 대신(大臣)은 법을 지키고, 소신(小臣)은 청렴하여 관직은 서로 질서가 있고 임금과 신하가 서로 바른 도리를 지키는 것은 한 나라가 살찌는 것이다. 천자는 덕으로써 수레를 삼고, 음악으로써 어자(御者)를 삼으며 제후는 예로써 서로 사귀고, 대부(大夫)는 법으로써 서로 차례를 지키며 사(士)는 서로 믿음을 이루고, 백성들은 서로 화목한 도리로써 서로를 지키면 이것은 천하가 살찌는 것이다. 이렇듯 한 몸에서부터 가정, 국가, 천하에 이르기까지 살쩌 있는 것을 대순(大順)이라고 한다. 대순(大順)이란 산 사람을 보양하고 죽은 이를 장송(葬送)하며 귀신을 섬기는 상도를 통틀어 대순(大順)이라 한다.

故 事大 積焉而不苑 並行而不謬 細行而不失 深而通 茂而有間 連而不相及也 動而不相害也 此順之至也 故明於順然後 能守危也 故 禮之不同也 不豐也 不殺也 所以持情而合危也 故聖王所以順山者 不使居川 不使諸者 居中原 而弗敝也 用水火金木飮食 必時 合男女 頒爵位 必當年德 用民必順 故 無水旱昆蟲之灾 民無凶饑妖孽之疾 故 天不愛其道 地不愛其寶 人不愛其情 故天降膏露 地出醴泉 山出器車 河出馬圖 鳳皇麒麟 皆在郊棷 龜龍在宮沼 其餘鳥獸之卵胎 皆可俯而闚也 則是無故 先王能脩禮以達義

體信以達順故 此順之實也

그런 까닭에 대순(大順)의 도(道)로써 천하를 다스리면 일의 큰 것이 겹쳐 쌓이더라도 교체(膠滯)하지 않으며 여러 가지 일이 일시에 병행되어도 잘못됨이 없고, 작은 일의 미세한 처리에도 실수하는 일이 없으며 비록 심오한 것일지라도 통하고 비록 빽빽하게 무성할지라도 사이가 있으며 잇달아 있을지라도 서로 부딪치지 않고, 두 가지 이상의 일이 함께 움직일지라도 서로 해치지 않을 것이다. 이것은 화순(和順)한 것의 극치이다. 그러므로 화순한 것이 밝은 뒤라야 능히 위태한 것을 지킬 수 있는 것이다.

그러므로 귀천의 차이가 있는 경우에 예(禮)는 같지 않으며 검소한 것이 좋아야 할 경우에 예는 풍부하게 하지 않으며 융숭하게 해야 할 곳에 예는 강쇄하지 않는다. 이것은 인정을 유지하여 교만방종에 흐르지 않게 하며 상하를 보합(保合)하여 위란(危亂)에 빠지는 일이 없게 하기 위한 것이다. 그런 까닭에 착한 임금은 산에서 편안하게 사는 자로 하여금 옮겨 하천에 살게 하지 않으며 물가에 살기를 좋아하는 사람으로 하여금 중원(中原)에 살게 하지 않는다. 그리하여 백성으로 하여금 곤폐(困弊)하게 만들지 않는다. 물과 불과 쇠와 나무를 사용하는 것과 음식 하는 것을 반드시 해야 할 때에 한다. 남녀를 결합시키는 일은 반드시 그럴 만한 나이가 되어야 하고, 작위를 나눠 주는 일은 반드시 그럴 만한 덕이 있는 자에게 한다. 백성을 쓰되 반드시 농한기에 한다. 이렇게 모든 일을 순리로 행하기 때문에 능히 천지의 화기(和氣)를 빚어서 수해(水害)·한재(旱災)·충재(蟲災)가 없으며 백성에게 흉년의 기근이나 요얼(妖孽)의 질병이 없을 것이다.

그런 까닭에 하늘은 그 도를 인색하지 않고 땅은 그 보배를 애석해 하지 않으며 사람은 그 정을 아낌이 없다. 그러기에 하늘은 기름진 이슬을 내리고 땅은 단술의 샘을 내보내며 산에서는 은옹단중(銀甕丹甑) 같은 보기(寶器)와 잡아 다스리지 않아도 저절로 원곡(圓曲)하다는 자연의 수레 산거(山車)를 산출하고 하수에서는 용마(龍馬)와 하도(河圖)가 나오며 봉황과 기린이 다 교수(郊藪)에 있고 거북과 용이 궁중의 못에 있으며 그 밖의 조수(鳥獸)가 사람을 두려워하지 않아서 낮은 곳에 집을 짓기 때문에 그 알과 태(胎)를 다 몸을 굽혀서 엿볼 수 있다. 이것은 다른 까닭이 있는 것이 아니다. 선왕(先王)이 능히 예(禮)를 닦아서 의(義)에 통달하고 신(信)을 체득하여 순(順)에 통달한 까닭이다. 이것이 대순(大順)의 실효(實效)이다.

其六

원문

愚夫도 알며 ᄒᆞ거니 긔 아니 쉬운가

聖人도 몯다 ᄒᆞ시니 긔 아니 어려운가

쉽거니 어렵거낫 듕에 늙ᄂᆞᆫ 주를 몰래라

현대어

우부(愚夫)도 알며 하거니 그 아니 쉬운가

성인(聖人)도 못다 하시니 그 아니 어려운가

쉽거나 어렵거나 중에 늙는 줄을 모르는구나

예기(禮記)
—— 경해(經解)

孔子 曰 入其國하여 其敎를 可知也니 其爲人也 溫柔敦厚는 詩敎也오
疏通知遠은 書敎也오 廣博易良은 樂敎也오 絜靜精微는 易敎也오 恭儉莊
敬은 禮敎也오 屬辭比事는 春秋敎也라

공자가 말했다.

"그 나라에 들어가면 그 가르침을 알 수 있다. 그 사람됨이 온유(溫柔)
하고 돈후(敦厚)한 것은 시(詩)의 가르침이다. 소통(疏通)하고 먼 것을 아는
것은 서(書)의 가르침이다. 광박(廣博)하고 화이(和易), 양순한 것은 악(樂)
의 가르침이다. 심성(心性)이 맑고 의리가 정미(精微)한 것은 역(易)의 가르
침이다. 공손하고 장중(莊重)한 것은 예(禮)의 가르침이다. 말을 분석하고
일을 비교하는 것은 춘추(春秋)의 가르침이다."

故로 詩之失은 愚요 書之失은 誣요 樂之失은 奢요 易之失은 賊이오 禮
之失은 煩이오 春秋之失은 亂이라

따라서 시경(詩經)의 실(失)은 어리석음이요, 서경(書經)의 실은 속임이요,
악경(樂經)의 실(失)은 사치함이요, 역경(易經)의 실(失)은 해치는 것이요, 예
경(禮經)의 실(失)은 번잡스러움이요, 춘추(春秋)의 실(失)은 어지러움이다.

其爲人也 溫柔敦厚而不愚하면 則深於詩者也요 疏通知遠而不誣하면 則深於書者也요 廣博易良而不奢하면 則深於樂者也요 絜靜精微而不賊하면 則深於易者也요 恭儉莊敬而不煩하면 則深於禮者也요 屬辭比事而不亂하면 則深於春秋者也라

그 사람됨이 온유돈후(溫柔敦厚)하면서 어리석지 않으면 시경의 가르침에 깊이 통달한 자이다. 소통(疏通)해서 먼 것을 알고 속임수가 없으면 서경의 가르침에 깊이 통달한 자이다. 의리를 넓고 해박하게 알며 또 성정이 화이하고 순량하면서도 사치스럽지 않으면 악경의 가르침이 깊이 통달한 자이다. 심성이 깨끗하고 차분하여 의리가 청미하면서 남을 해치지 않으면 역경에 깊이 통달한 자이다. 성정이 공검하고 용모가 장경하면서도 번잡하지 않으면 예경의 가르침에 깊이 통달한 자이다. 언사를 교묘히 연결하고 사물을 비교하여 옳고 그름의 판단에 능하면서 어지럽지 않으면 춘추경의 가르침에 깊이 통달한 자이다.

天子者는 與天地로 參이라 故로 德配天地하시며 兼利萬物하시니라

천자는 천지와 더불어 존재를 같이 한다. 고로 덕이 천지에 짝하고 겸하여 만물을 이롭게 한다.

與日月並明하사 明照四海而不遺微小하시고 其在朝庭하시늘 則道仁聖禮義之序하시며 燕處에 則聽雅頌之音하시며 行步에 則有環佩之聲하

며 升車에 則有鸞和之音하며 居處 有禮하시며 進退有度하사 百官이 得
其宜하며 萬事 得其序하나니 詩云호대 淑人君子에 其儀不忒이니 其儀
不忒이라야 正是四國이라 하니 此之謂也라

해와 달과 더불어 함께 밝음을 지니어 사해(四海)를 밝게 비치어 아주
작은 것도 남기지 않는다. 그 조정에 있어서는 인성(仁聖)·예의(禮義)의
차례를 말하고, 연거(燕居)에서는 아송(雅頌)의 음률을 듣는다. 걸어 다니
면 환패(環佩)의 소리가 있고, 수레에 타면 난화(鸞和)의 음이 있으며, 거처
에 예(禮)가 있고, 나아가고 물러남에 법도가 있다. 백관이 마땅한 바를
얻고 만사가 그 차례를 얻는다.
시(詩)에 이르기를
「어지신 임금이여, 그 거동 법도에 맞으시네.
그 거동 법도에 맞으심이여, 온 누리의 나라들을 바로 잡으셨네」*
라고 했으니, 이를 가리켜 일컫는 말이다.

發號出令而民說을 謂之和요 上下相親을 謂之仁이요 民不求其所欲而
得之를 謂之信이요 除去天地之害를 謂之義니 義與信과 和與仁은 覇王之
器也라 有治民之意하고 而無其器하면 則不成하나니라

호령을 내서 백성이 기뻐하는 것을 화(和)라 일컫고, 상하가 서로 친하
는 것을 인(仁)이라 하고, 백성이 그 하고자 하는 것을 구(求)하지 않고도

---

* p.254 [시구(鳲鳩)]

이것을 얻는 것을 신(信)이라 일컫고, 천지의 폐해를 없애는 것을 의(義)라 일컫는다. 의(義)와 신(信), 화(和)와 인(仁)은 패왕(霸王)의 그릇이다. 백성을 다스릴 뜻이 있어도 이만한 그릇이 없으면 이룰 수가 없는 것이다.

禮之於正國也는 猶衡之於輕重也와 繩墨之於曲直也와 規矩之於方圜也하고 故로 衡이 誠縣하면 不可欺以輕重이요 繩墨이 誠陣하면 不可欺以曲直이요 規矩 誠設하면 不可欺以方圜이요 君子 審禮하면 不可誣以姦詐니라 是故로 隆禮由禮를 謂之有方之士요 不隆禮와 不由禮를 謂之無方之民이니 敬讓之道也라

예(禮)에 「나라를 바로잡는 것은 저울의 경중(輕重), 승묵(繩墨)의 곡직(曲直), 규구(規矩)의 방원(方圜)에 있어서와 같은 것이다. 고로 저울이 진실로 바르다면 경중으로써 속이지 못하고, 승묵이 진실로 펴진다면 곡직으로써 속이지 못하고, 규구가 진실로 마련되어 있다면 방원으로써 속이지 못하고, 군자가 예(禮)에 밝으면 간사(姦詐)로써 속이지 못한다」고 했다. 그런고로 예를 높이 받들고 예에 순종하는 사람을 도(道)가 있는 사(士)라 이르고, 예를 높이 받들지 않고, 예에 순종하지 않는 자를 도(道)가 없는 백성이라 이른다. 예는 경양(敬讓)의 도리이다.

故로 以奉宗廟則敬하고 以入朝廷則貴賤이 有位하고 以處室家則父子親하며 兄弟和하고 以處鄕里則長幼 有序니라 孔子 曰 安上治民은 莫善於禮라 하시니 此之謂也라

고로 이로써 종묘(宗廟)를 받들면 공경하게 되고, 조정에 들어가면 귀천이 있고, 집에서는 부자가 친하고 형제가 화목하게 되고, 마을에서는 장유(長幼)의 차례가 있다.

공자가 말하기를

"윗사람을 편안히 하고 백성을 다스리는 것으로 예(禮)보다 더 좋은 것이 없다."

고 했으니. 이를 두고 하는 말이다.

故로 朝覲之禮는 所以明君臣之義也요 聘問之禮는 所以使諸侯相尊敬也요 喪祭之禮는 所以明臣子之恩也요 鄕飮酒之禮는 所以明長幼之序也요 昏姻之禮는 所以明男女之別也니라

고로 조근의 예는 임금과 신하의 대의를 밝히는 도리요, 빙문의 예는 제후로 하여금 서로 존경케 하는 도리이고, 상제의 예는 신하의 은의를 밝히는 도리이고, 향음주(鄕飮酒)의 예는 장유의 질서를 밝히는 도리이고, 혼인의 예는 남녀의 분별을 밝히는 도리이다.

夫禮 禁亂之所由生이 猶坊이 止水之所自來也하니 故로 以舊坊으로 爲無所用而壞之者는 必有水敗하니 以舊禮로 爲無所用而去之者는 必有亂患이니라 故로 昏姻之禮 廢하면 則夫婦之道 苦하며 而淫辟之罪多矣요 鄕飮酒之禮 廢하면 則長幼之序失하여 而爭鬪之獄繁矣요

대저 예라는 것은 어지러움으로 말미암아 일어남을 금하는 것이 마치 제방이 흘러오는 물을 멈추게 하는 것과 서로 같은 것이다. 그러므로 묵은 제방을 필요 없다 하여 헐어버리는 자는 반드시 물로 말미암아 재앙을 입는다는 일이 있었고, 묵은 예법을 쓸모없다고 버리는 자는 반드시 환난(患難)을 있었다.

그러므로 혼인하는 예(禮)를 폐하면 부부 사이가 어지러워져 음벽(淫僻)의 죄가 많아지게 된다. 향음주의 예가 폐하게 되면 장유의 질서가 없어져 다툼의 옥사(獄事)가 번다(煩多)해질 것이다.

喪祭之禮 廢하면 則臣子之恩이 溥하여 而背死忘生者 衆矣오 聘覲之禮 廢하면 則君臣之位失하며 諸侯之行이 惡하여 而倍畔侵陵之敗起矣니라

상제(喪祭)의 예가 폐하게 되면 신하의 은의(恩義)가 박해져서 죽음에 항거하는 생(生)을 잊은 자가 많아질 것이다. 빙문과 조근의 예가 폐한다면 임금과 신하의 지위가 무너지고 제후의 행동이 악해져서 배반하고 침범하는 패역(悖逆)이 일어날 것이다.

故로 禮之敎化也 微하니 其止邪也 於未形하여 使人으로 日徙善遠罪 而不自知也하나니 是以로 先王이 隆之也하시니 易에 日 君子 愼始니 差 若毫釐하나 繆以千里라 하니 此之謂也라

고로 예의 교화(敎化)가 정미(精微)한 것이다. 그 사악함을 멎게 하는 것

은 아직 형성되기 전에 하는 것이다. 사람으로 하여금 날로 선(善)에 옮기고 죄악을 멀리하면서도 스스로 느끼지 못하게 한다. 때문에 선왕(先王)이 이를 높이셨던 것이다.

역경(易經)에 말하기를 「군자는 처음을 신중히 한다. 처음에 어긋남이 호리(毫釐) 정도라면 뒤에 틀리는 것은 천 리가 된다」고 했으니, 이를 두고 한 말이다.

편저자_이재흥(李在興)

한학자. 1954년 안동 출생. 본관은 영천(永川). 조선 중기 문신 농암 이현보(聾巖 李賢輔, 1467~1555)의 다섯째 아들 환암공파 14대손.

불혹의 나이에 가까워질 즈음 논어를 여러 차례 읽은 후 성리학에 몰두하기 시작하였다. 그리고 십여 년 동안 경서를 붓으로 쓰고 외우고 사색하고 또 붓으로 쓰고 외우고 사색하기를 수십 차례 반복하며 그렇게 옛 선현들의 공부법 그대로 공부하기 시작하였다. 삼경(三經)이라 일컫는 서경(書經), 시경(詩經), 주역(周易), 그리고 예기(禮記), 황제내경소문(黃帝內經素問)에 이르기까지 원전의 문장 하나라도 소홀함이 없이 깊이 사유하고 두루 살펴 글 속에 담긴 함의를 파악하기 위해 부단한 노력을 기울였다. 시대가 변하여도 공자의 도를 학문하는 자는 서로 통하는 바가 있으니 도산십이곡은 편저자가 경서를 연구할 시기에 자연스레 퇴계 이황 선생의 학문을 접하게 되면서 그 와중에 알게 된 일부의 소산이다.

오랜 시간이 흘러 여러 사람이 글을 마음에 간직하여 학문에 힘써 바른 배움의 길을 알게 되는 데 도움이 된다면 이 책의 역할은 다한 것이다.

도산십이곡
시의 참의를 찾아서

초판 1쇄 발행일 2011년 5월 30일

| 인 지 는 |
| 저 자 와 의 |
| 합 의 하 에 |
| 생 략 함 |

엮은이 이재흥
펴낸이 박영희
펴낸곳 도서출판 어문학사
    132-891 서울특별시 도봉구 쌍문동 525-13
    전화: 02-998-0094/편집부: 02-998-2267
    홈페이지: www.amhbook.com
    e-mail: am@amhbook.com
    등록: 2004년 4월 6일 제7-276호

ISBN 978-89-6184-159-7 93800
정가 24,000원

※잘못 만들어진 책은 교환해 드립니다.

이 도서의 국립중앙도서관 출판시도서목록(CIP)은 e-CIP홈페이지(http://www.nl.go.kr/ecip)와 국가자료공동목록시스템(http://www.nl.go.kr/kolisnet)에서 이용하실 수 있습니다.(CIP제어번호: CIP2011001987)